名曲荟萃　　曲目精华

粤剧金曲精选

（第九辑）

黄鹤鸣　记谱选编

广西民族出版社

图书在版编目（ＣＩＰ）数据

粤剧金曲精选．第 9 辑/黄鹤鸣选编．—南宁:广西民族
出版社，2009.2
ISBN 978 - 7 - 5363 - 5536 - 1

Ⅰ．粤…　Ⅱ黄…　Ⅲ．粤剧—戏曲音乐—乐曲—选集
Ⅳ．J643.565

中国版本图书馆 CIP 数据核字（2008）第 128327 号

YUE JU JIN QU JING XUAN

粤剧金曲精选（第九辑）

黄鹤鸣　记谱选编

出版发行	**广西民族出版社**（地址：南宁市桂春路 3 号　邮政编码：530028）
发行电话	(0771) 5523216　5523226　传　真：(0771) 5523246
E - mail	CR@ gxmzbook. cn
责任编辑	韦启福
封面设计	玉荣奖
责任校对	孙和宾
责任印制	蓝剑风
印　刷	南宁市方达印制有限责任公司
规　格	787 毫米×1092 毫米　1/16
印　张	8
字　数	200 千
版　次	2009 年 2 月第 1 版
印　次	2009 年 2 月第 1 次印刷
印　数	1～3000 册

ISBN 978 - 7 - 5363 - 5536 - 1/J·547　　　　　　　　　　定价：25.00 元
如发现印装质量问题，影响阅读，请与出版社联系调换。　　　电话：(0771) 5523216

序

李英敏

粤剧源远流长，发源于南粤，首先流行于广东、广西，已有两百多年历史。粤剧在两广有深厚的群众基础，深受广大群众所喜爱，是中华民族宝贵的精神文化财富内容之一。

我生长在一个粤剧之乡，家有一个爱好粤剧的祖传，我从小受到熏陶，也喜爱粤剧。我没有专门从事过粤剧事业，却有过马师曾、红线女、罗品超、卢启光等许多粤剧的老朋友，还结交了一位新朋友（论年龄，应该说，是个"小朋友"）黄鹤鸣同志。

前些年，鹤鸣出版了一本他自己创作的粤曲演唱集，名为《春满白龙塘》（广西民族出版社出版），邀我作了序。最近，他又选编了一系列粤剧演唱集，取名《粤剧金曲精选》，又邀我为之作序。出于后生可爱，振兴粤剧后继有人的真挚感情，更出于为振兴粤剧的强烈愿望，义不容辞，我欣然从命。

统观全书，仔细品味，实在感到欣喜，无比兴奋。本书所选之粤曲，尽皆粤剧传统剧目中之金曲，而且配有乐谱。可概言之曰：有"一全、二精、三有谱"三大特色和优点。"全"和"精"固然难得，"有谱"则更为可贵。

粤剧流行地区广阔，群众基础深厚，粤曲爱好者甚为广泛。要学唱粤剧，就得有谱，无谱，就只能望曲兴叹。可惜，目前大凡粤曲的图书和音像制品，一般都只有唱词，没有乐谱，不利于学唱。本书既有唱词，又有乐谱，既有利于学唱和伴奏，又有利于粤剧普及，这是一件大好事。鹤鸣为粤剧金曲记录乐谱，日以继夜，呕心沥血，坚持数年，做了许多深入细致的工作，付出了大量艰辛的劳动，编成此书，出版问世，这对振兴粤剧也是一件极其有益的事情。

黄鹤鸣同志，从事粤剧工作50年，系中国戏剧家协会会员、中国曲艺家协会会员。曾编演剧本50多本，撰写粤曲100多首，发表学术论文10多篇，多次获奖。还曾应邀出席羊城国际粤剧节、羊城国际广东音乐节及香港大学、香港中文大学举办的国际粤剧学术研讨会，与两广及港澳粤剧粤曲界有广泛的交流和密切联系。

黄鹤鸣同志在职期间，敬业爱岗，专心致志，勤勤恳恳，做了大量工作，出了不少好成果，为粤剧事业作出了突出贡献。他退休后，仍然意气风发，壮心不已，致力于粤剧事业。先后担任广西老干部活动中心粤剧团团长、南宁市老年大学粤剧班教师以及南宁市社会上诸多粤剧粤曲演唱网点的艺术指导，所教授的生员，以及由这些生员带动起来的剧曲爱好者，数以千百计。这些粤剧粤曲团体和演唱网点，广大离退休干部朝气蓬勃，焕发青春，奋发向上，老有所学，老有所乐，老有所为，呈现一派绚丽的"夕阳红"风采和粤剧兴旺活跃的喜人景象。

更值得称道的是，黄鹤鸣同志在教学中，积极倡导运用粤剧粤曲的传统形式，高唱社会主义主旋律，弘扬社会主义精神文明。近年来，他紧密配合党和国家的政治任务和重大活动，先后创作了《昆仑关大捷》、《长征颂歌》、《喜迎香港回归》、《澳门潮声》、《讴歌祖国五十年》、《南疆颂》、《中国人民在怒吼》等现代题材的大型曲目。同时，创作了《春满白龙塘》、《壮乡行》、《南疆首府赞》、《愿作桂林人》、《北海夜明珠》等一批歌颂党的丰功伟绩和赞美壮乡新貌的粤曲作品。他还锐意创新，另辟蹊径，将毛主席诗词《沁园春·长沙》、《忆秦娥·娄山关》、《水调歌头·游泳》等配以粤曲演唱。这些现实题材的作品，受到了广大粤曲爱好者的喜爱和欢迎，不但在广西区内广为流传，而且传唱到广东等地，产生了良好的社会效应。

喜看振兴粤剧有仁志士。黄鹤鸣同志为粤剧事业努力奋斗了半个世纪，如今仍然矢志不移，坚持不懈，奋进不已，精神可嘉，业绩可贺。我作为一个老粤剧爱好者，深感欣慰。祝愿他的《粤剧金曲精选》受到广大粤剧粤曲爱好者的喜爱和欢迎，更愿他继续努力，为振兴粤剧作出更大的贡献。

2001.10

（序作者系中共中央宣传部文艺局原局长、广西文联名誉主席、广西老干部活动中心粤剧团顾问、著名电影编剧和作家。）

前　言

粤剧是中国地方戏曲剧种之一，发源于广东而流行于两广、港澳和东南亚、南洋群岛各国，还随着华侨的足迹传遍世界各地。粤剧唱腔丰富多彩，旋律优美，为广大群众所喜闻乐见。粤曲是从粤剧剧本中精选出来的主要唱段，或由词曲作家为粤曲唱家编撰，可概括某剧特定情景和主要人物的思想活动情况。唱腔经过唱家和演员的精心雕琢，使粤剧唱腔音乐得到升华，所以能够经久不衰。粤曲从 20 世纪 20 年代开始出现于广州市的茶楼上，到 30 年代已形成小明星、徐柳仙、张月儿、张蕙芳四大平喉唱家，以后所有著名粤剧演员都以其精彩唱段灌制成唱片发行，因而形成了众多的唱腔流派，除四大平喉唱家各树一帜外，最早形成薛（觉先）、马（师曾）、廖（侠怀）、桂（名扬）、白（驹荣）五大流派，继后有新马师曾的新马腔、芳艳芬的芳腔、红线女的红腔、何非凡的凡腔、罗家宝的虾腔、陈笑风的风腔等等。这些唱腔流派经他们的弟子们继承发展，变得万紫千红，更加绚丽多姿，使粤曲艺术得以在群众中广泛流行。现在除两广和港澳有粤曲茶座或私伙局外，还有众多的业余粤曲演唱团体遍于世界各地。

《粤剧金曲精选》是从已公开发行的唱片、录音带、CD 碟、VCD 碟中精选出唱腔优美、流行广泛、群众喜欢的粤曲逐一进行记谱整理，分成若干辑出版的。每辑二十首，分平喉子喉对唱、平喉独唱和子喉独唱三个部分，展现了各种唱腔流派和各个名家的唱腔特色。这本书作为广西老干部活动中心粤剧团和南宁市老年大学的教材，对于广大粤曲爱好者依谱自行学唱粤曲也会有较大的帮助。

粤剧的语言、声调和音韵

　　中国幅员辽阔，民族繁多，语言复杂，归纳起来有北方方言、西南方言、吴方言、湘方言、客家方言、闽方言、粤方言等七大方言，各少数民族还有自己的民族语言。为了规范全国各地各民族的语言，便于进行交流，中华人民共和国成立后，制定了以北方方言为基础的现代汉语，即普通话，成为我们国家的统一语言。但各地区各民族的民间交往仍然习惯使用本地区的方言，各地方剧种也都使用本地区的方言。古代汉语分平、上、去、入四声，现代汉语取消了入声，将入声字分别列入平上去三声中，并将平声分阴阳，成为阴、阳、上、去四声。粤剧以粤方言为主要语言，粤方言仍然保留古汉语的平上去入四声，并将平上去三声各分阴阳（不是所有平上去三声的字全都有阴阳），入声分上中下（不是所有入声字都有上中下，有些只有上下，有些只有中下），共为九声。粤方言与古汉语在声调上有非常密切的联系，难怪陈毅元帅在《广东》一诗中有"千载唐音听粤腔"之句。粤剧唱词严格分上句和下句，上下相间不重复，仄声字（包括上声和去声）为上句，平声字为下句，以平仄声入韵。入声字因发音短促，不利于演唱，一般只用作韵白、白榄（类似快板）或编成新曲演唱。

　　古代诗词都要押韵，称诗韵，每一首诗、每一阕词都使用一个韵，当然也有个别诗词在中间转韵的。粤剧唱词同样要押韵，称音韵，以前是一场戏一个韵，后来放宽至每个段落一个韵，甚至有一个唱段中间转韵的。押韵是为了易于背诵，而且听来悦耳。音韵是将韵母相同的字凑在一起组成，粤剧音韵细分约有 35 个之多，但有些音调相近的可以合韵，入声韵 17 个，编撰粤曲的人员必须精通音韵和掌握诗词格律，才能写出琅琅上口的唱词。演唱粤曲要求字正腔圆，发音准确。为帮助学唱粤曲的人们掌握粤剧音韵，特制简表如下：

平仄声音韵表

声　调	阴平	阴上	阴去	阳平	阳上	阳去
序　列	第一声	第二声	第三声	第四声	第五声	第六声
亲人韵	因(原因)	隐(归隐)	引(指引)	人(树人)	印(治印)	孕(怀孕)
依时韵	诗(赋诗)	史(历史)	市(都市)	时(天时)	试(测试)	事(办事)
优悠韵	休(退休)	柚(蜜柚)	友(朋友)	由(来由)	幼(年幼)	右(左右)
乌狐韵	夫(丈夫)	斧(弄斧)	妇(媳妇)	符(桃符)	富(致富)	父(教父)
宣传韵	穿(揭穿)	喘(气喘)	(缺)	全(成全)	寸(方寸)	(缺)
工农韵	通(交通)	统(总统)	(缺)	同(认同)	痛(悲痛)	(缺)
读　音	3	2	1	5	7	6

入声音韵表

声　调	上入	中入	下入
序　列	第七声	第八声	第九声
热烈韵	必(未必)	鳖(龟鳖)	别(分别)
落索韵	扑(bog)用棍扑	博(渊博)	薄(厚薄)
竹木韵	督(总督)	(缺)	毒(狠毒)
核实韵	失(损失)	(缺)	实(事实)
月缺韵	(缺)	拙(笨拙)	绝(隔绝)
八达韵	(缺)	挖(开挖)	滑(光滑)
读　音	3	7	6

目 录

简谱与工尺谱比较

粤剧过去用工尺谱，由于简谱的时值比较准确，明了易懂，从 20 世纪 50 年代开始，国内粤剧团体已逐步改用简谱，而港澳地区仍沿用工尺谱，至今是两种乐谱并存。现将两种乐谱作个简略的比较，以帮助读者区分和鉴别。

简谱七个音阶是 1 2 3 4 5 6 7，工尺谱的写法是上尺工反六五亿。

从低音到高音排列是 1 2 3 4 5 6 7 1 2 3 4 5 6 7 1 2 3 4 5 6
仩伬仜伬合士乙上尺工反六五亿生伬红伬伬伍

粤曲以 C 调定弦，主乐器高胡定弦 5 2，称合尺线，也叫正线；G 调为反线，定弦 1 5，称上六线。二弦以 ♭B 调定弦 6 3，称士工线；其反线为 F 调定弦 2 6，称尺五线。

粤曲的七个调分别为 C 调，定弦合尺（5 2）；♭B 调，定弦士工（6 3）；A 调，定弦乙反（7 4）；G 调，定弦上六（1 5）；D 调，定弦仮上（4 1）；F 调，定弦尺五（2 6）；♭E 调，定弦工亿（3 7），常用的是 C、G、♭B、F 四个调。

粤曲以四分音符为一拍，其拍节分慢板（一板三叮），简谱为 4/4；中板（一板一叮），简谱为 2/4；快板亦称流水板（有板无叮），简谱为 1/4；还有一些小曲用三拍子（一板两叮），简谱为 3/4。每小节第一拍为强拍，强拍为板，用X表示，弱拍为叮，用\表示，如强拍第一个音符是休止符，叫底板，用**X**表示，弱拍的第一个音符是休止符叫底叮，用 L 表示。

简谱与工尺谱对照：

【寒关月】 1＝G 4/4   2 1 2 3 5·4 3 5 3 2 1 │ 6 1 6 5 3 5 2 1 2 3 5·(6 5 6 5) │
　　　　　　　　 X 　　 \ 　 \ 　　 \ 　 X 　　 \ 　 \ 　 \
（反线）（一板三叮）尺上尺工 六反 工六工尺上 五生五六工六 尺上尺工六（五六五六）

【胡不归】 1＝C 3/4   5·4 5 3 │ 2 - - │ 4·2 4 5 6 │ 5 - - │ 7·2 3 7 │
　　　　　　　　 X L 　 \ 　 X L L 　 X L 　 \ 　　 X L L 　 X L 　 \
（正线）（一板两叮）合 仮合工 尺　　　反 尺反六五六　　　乙 尺工乙

夜祭飞鸾后

陈自强　　撰曲
陈小汉　卢秋萍　唱

【引子】1=G ^艹（2 - 5 - 6 5 1 3 2 - $\frac{4}{4}$ 0 6 5 3 6 i 5 6 5 3 ｜ 2 3 2 1

6· 5 1· 2 3 5 2 3 2）｜【新曲】2 2 3 2 3 5 2（2 3 2 7）｜6 i 6 5

【旦唱】暗见冤家哭　祭，　　　　　　心 酸

3 5 2 3 5（0 6 5 4）｜3 4 3 2 1 5 3 2 7 2 3 4｜3·（5 7 2 3）5 3 2 3

泪 如 雨，　　　　薄 命 人一朝惨受枉 屈 罪。　　　毁 名

5 6 5｜0 4 5 4 2 4 5·（6 5 4 3 4）｜5 3 2 6 i 5 2 7 2 7 2 4｜3·（2

丧 节　纵生 若似死。　　　　　设 灵哭 祭似 有情还有 义，

7 2 3）5 5 6 5 3 2 5 3 2｜1（1 2 1 6）5 6 7 6 5 4 4 3｜2（2 3 2 1）

却补不了　横加入罪 时。　　　　要冤家思悔却贷无 词，

6 7 0 2 7｜5 3 2 1· 6 1· 6 1 2 5｜^艹3 - 3 2 -（5 - 5· i 6 5 6 i

平复 这唉 冤屈 气。

5 0 6 4 6 5 i 6 i 5 7 4 0 5 4 3 2 1 2 4 5· i 6 i 5 7 4 2 4 2 4 5 6 4 5 2 4

【生白】啊啊，梓童，梓童！【先锋钹】【口鼓】唉呀好咯，今日求得你魂今
归来，孤心又惊又喜。【旦口鼓】相见争如不见，徒惹满腹伤悲！【生口鼓】
虽是月影朦胧，惨看你花容憔悴。【旦口鼓】你只知道妾花容憔悴？

1 5 4 5 6 [∨] 5 -）【散板】1=C（2 -）2 - 3 2 2 3 7 -（7 -）2 5 5 -

【旦唱】却　不见我冤重　　　　压天低。

3 - 3 5 3 2 2 - 3 2 7 - 2 - 7 -【反线二黄祭塔腔】1=G $\frac{4}{4}$ 0 5 3 2 2 3

有恨无从

5̇ 6̇ 1 5 6 5 | 2̇ 1 2̇ 3 6 5 3 5 3 5 3 2 1 7 2 | 5 5 1 2 5 3 ³2 (0 4 3 5) |
去申 诉,只有满　腔冤屈　气,恨你　颠倒是　非,

2 3 5 5 3 2 7 7 6 1 3 5 6 7 6 | 5· 1 6 5 4 3 2 6 5 2 3 4 5 | 3 4 3
妄加猜测多心算度疑　还忌,　帝　主一句胡　言生死和　功　罪,

0 4 3 2 7 2 7 0 6 5 6 | 7 1 7 0 7 2 2 7 2 7 2 7 6 | 2 3 2 0 5 3 2
千秋　万代　成　憾事。我好比白璧洁身无瑕　疵,　屈枉我

7 2 2 7 7 6 | 5 3 5 2 5 6 6 1 2 3 5 3 5 3 2 | 1 2 3 1 (3 2 6 5 3 5
败节声誉受凌　夷,　伤人话甚过眼中钉腹中　刺。

2 1 2 3 5 6 5 3 2 3 5 1 3 5 3 2 | 1 1 6 5 3 5 2 1 2 3 4 5 4 3

2 3 5 1 6 5 3 2 1 2 3) 6 6 ‖【反线二黄】5 5 6 5 6 1 7 6 1 2 0 3 4 5
冤家　　　祭　亡魂,

3 2 7 3 | 6 5 3 2 7 2 6 5 6 1 1 3 2 2 5 6 | 2· 3 2 3 2 1 6· 1 5
说什么　红　颜　薄命,　分明是　掩

5 1 2 3 5 3 (2 3 1 2 | 3 5 3) 5· 3 5· 1 6 1 5 3 2 | 1 6 1· 2
饰　　砌　　　词。

3 5 6 1 6 5 3 5 2 3 2 1 6 1 2 3 1 2 3 1 | 0 2 7 6 5 5 0 2 7 6 1 2 1

0 5 3 2· 3 5 4· 6 5· 3 2 3 5 6 4 3 2 | 1 2 7 6 5 6 1 6 5 3 2 3 5

2 5 0 1 6 1 2 3 2 (2 1 2 3 | 5 6 1 6 5 3 5 2 3 5 5 6 1 6 5 3 5
【生白】孤皇都知道错咯!

2 3 1 2) 2 1 | 6 0 3 2 7 6· 7 6 5 2 2 3 5 | 2· 2 1 5 2 2 7 6 5
【旦唱】一语　薄　命　红颜,　千　古女儿千古

6 1 (6 1 2 3 1 2 3) 5 5 | 1 0 3 2 7 6 1 7 6 6 5 (7 6 5 6 5) 3 1 |
恨,　　冤屈　劫　难折磨,　　　　一切

2

650432 123532 76 5 （6535 12351276 | 5635）

皆　　　　　由

6516535 2312·3 4345 32 35 | 1 （653 52 312·3

天　　　　　　　意。

434 5323 5 1231) i | i 61 53·53 21 123 12530732 |

【生白】梓童！　【唱】孤心　痛若　焚，　莫执怪

23532761 50 212 （232）2321 | 6·3 23 216·1 5

片　词　只　语，　痛心铸下　大

1123455 3 （2312 | 3453) 5305655·16 1653 53 |

错　　　　　　悔莫

650432 50 2·16 12·【尺字过门】1 | 2 2 3321 5 1061 |

追。　　　　【旦唱】却　不知　欺　人也　自

2322 | 052·354·65·43 5432 | 1

欺，　　祭亡　妻你　的心　有几分真心　意？【生白】有呀！【唱】

4·65 4·65 24654 | 5 3561653 532 12765·5 |

我 知错，也 思悔，自责心 有 亏，玉珮一 方 还 卿一点　故 旧　情，你

i653235 2 2561125321 ‖ 1=C （1-7-6-5-）

冤屈也尽　洗得　清，孤皇在世也守得心宽慰。

【清歌】2571 1654-5 7742-752-76652·42424

九龙玉珮铸　情　义，今朝奉还　信物表　情　痴。

2122 7575-（5-0542·421717125421·245

【生白】俾番只玉珮你啦！【旦白】九龙玉珮？【生白】唉！

2117575-2-1-7-5-)【乙反中板】1=C 2/4 0217 7571（21 |

　　　　　　　　　　　　　　　　　　　【旦唱】惊看玉　珮

3

7571)122654 | 575(757121654 | 5)71 | 5712(7

泛心　潮，　　　　是爱　还憎，

242)51 | 44211175(7517 | 5)14447 | 1(1245

留也　不堪　留，　　弃之不忍　弃。

440757 | 1)25524(25 | 524)1465442 | 1(5654

白璧本　无　　瑕，

244542 | 1)11110217 | 57(517)444 | 10421

此身冰清　玉洁，　冤家一　句

717124 | 15571 2654 | 575(245)55 ‖【乙反减字芙蓉】

话，　白玉也变污　泥。　　红颜

77710 24 | 2(242)14 | 55111 5557 | 14217

命薄 话也 非　虚，　妾身　薄命嫁了个 糊涂皇　帝。

1(2124 | 112124 1217 | 54571)54 | 421415 |

【生白】系呀，孤皇真系糊涂呀！　【旦唱】糊涂　凡夫　唯一

7(57127)55 | 5.711771 | 1217575 ‖【滚花】1=C

笑，　　糊涂皇　帝家国也堪　悲。

(35231—)35363215(3536325)26535(26

生前不念夫妻　情，　　死后　徒劳

35)53-321676-1——

哭　　奠　祭。【生白】哎呀，梓童！【先锋钹】唉，唉，

梓童，孤皇知错咯！【反线中板】1=G 2/4 (3561 55 | 556564 |

3231) | 0ii535(ii | 535)616532 | 2(2123

【生唱】一番肺　腑　言，

$5\overset{\frown}{1654}3$ | $2\cdot)\overset{\frown}{\dot11}5(565)$ | $3\overset{\frown}{53}(65353)\overset{\frown}{\dot1\dot1}$ | 33

虽嬉笑　怒骂，　声声　掷地

$6\overset{\frown}{535}65$ | $5222\overset{\frown}{54}$ | $2\overset{\frown}{325}321(32532$ | $1\cdot)3\overset{\frown}{253}27\cdot$

响，　语语扣心　扉，　　孤痛　定

$(2532)55\overset{\frown}{2532}161$ | $2(3532\overset{\frown}{11}1235$ | $2\cdot)55$

思　　　痛，　　　　怨我

5305 | $6\overset{\frown}{5321}(32121)33$ | $6\overset{\frown}{51}\overset{\frown}{653}17061$ | $2\dot1\dot1$

每事妄猜　疑，　自负不　凡　天聪

$\dot15$ | $6\overset{\frown}{1653}(2312$ | $3)0727\cdot$ | 72 | $6\overset{\frown}{535}321(3532$

一帝　主。　　　今日我害　了　卿，

$1)6101$ | $6356(35676)661$ | $1\cdot3\overset{\frown}{6\dot1}5(356\dot1$ | $5)37\cdot$

痴迷梦方　醒　悲昭阳无　主，　苦朕

654 | 353065435 | $231\cdot32556$ | $1\|$【滚花】$1=C$ ▽33

长相　思。　　　　　　　　　　千金

$563765(33563765)6663(6663)3-276-7-2-$

能换卿　还阳，　　　　　　赎朕在生　　一　点　罪。

【旦白】千金能换我还阳？【生白】千金万金朕在所不惜㗎！【木鱼】

$357\overset{\frown}{323}2222-443-3321\cdot23\overset{\frown}{26}35\cdot6$

【旦唱】真　命天子，　富贵压　天低，　江山　社　稷手下一盘

$1\cdot3237\overset{\frown}{6}765-3\overset{\frown}{27}27645-363\overset{\frown}{36}722-0262$

棋，　一笑美　人　可为她倾　城宇，　更何计

$363277723\cdot77651\cdot2353-676\cdot7650676$

千乘金　玉万斛　明　珠。【生唱】就算为　帝为皇，　系也食

$532\overset{\frown}{27}6560113\overset{\frown}{567}6$【千般恨】$1=C$ $\frac{2}{4}$ $6\cdot12353$ |

人间烟火　味我有情还　有义，　　　朕　错可哀疑还

$\overset{.}{6}$ 0 3 5 | 6· 5 3 5 2 4 | 3 (0 3 2) | 1· 2 5 3 2· 3 | 1 2 3 5 $\overset{.}{6}$ |

忌，悟作 非 痛定 求今 是。　　有 一颗痴心 可 鉴天 地，

6· 1 2 3 1 2 5 3 | $\overset{.}{6}$ (0 2 7) | 6· 1 2 3 5 3 | $\overset{7}{\overset{.}{6}}$ 0 3 5 | 6· 5

愿 以千金卖卿你魂 归。【旦唱】若 要招得妾魂 归，万斛 金与

3 5 2 5 | 3 (0 3 2) | 1 2 5 3 2 | 1 2 3 5 $\overset{.}{6}$ | 6 1 2 3 1 2 5 3 | $\overset{.}{6}$

玉也无济 事，　　纵使称夫妻，缺少恩 义，在世偷生有夫也是 虚。

0 2 7 | 3 6 3 2 2 | 5 2 5 3 | 6 6 6 $\overset{.}{1}$ 7 6 5 2 | 3 (0 3 5) |

【生唱】 我系 真诚思悔㗳，设灵祭奠，真心为盼夫妻再重 聚。【旦唱】

3 6 3 2 | 5 2 5 3 | 2 2 2 3 7 5 7 | 6 （稍快）（0 2 7）| 6· 1

真诚相敬，两情永系，起死转生说难也 易。　　　　　【生唱】朕 向

2 3 5 3 | $\overset{.}{6}$ 0 3 5 | 6· 5 3 5 2 5 | 3 （原速）（0 5 3 2）| 1· 2 5 3

苍天发盟 誓，誓悔 改 再续两情永 系。　　　　　【旦唱】要 君

2 | 1 2 3 5 $\overset{.}{6}$ | 6 1 2 3 1 2 5 3 ∨ | $\overset{7}{\overset{.}{6}}$ — ‖

依 妾心三宗愿 或可招得妾 魂　　归。【生白】好！若果救得梓童，莫说三愿，就

【春风得意】1=C $\frac{4}{4}$ 0 3 5 | 2 1 2 3 5（3 2）1 |

算千愿万愿孤也一定依从㗳！【旦白】主上！【唱】万岁 从 今 对

1 2 3 7 2 6 1 | $\overset{.}{5}$ （0 2 7）6 3 5 6 1·（3 5）| 2 3 5 1 6 1 2 3 5 3

妾身 要 莫 疑，　　尽真情实意，　只当 断事要 多 思，

（0 3 5）| 2 1 2 3 5 5 3 2 1 （0 2 3 5）| 3 5 6 1 5 1 2 3 7 2 7 6 |

　　还 要须紧记，　　　堂 堂国主要 慎

5 6 5 （0 1 6 5 3· 5 1· 2 | 7 2 7 6 5 6 1 5 6 5 0 2）7 6 | 5 3 5 6

言 辞。　　　　　　　　　　少 华 年

1· 5 6 1 6 5 3 | 5 6 1 6 1 2 3 5 3 　　　0 3 7 | 6 1 2 3 1· 2 3

少 你休 降罪，想他处事欠 心 思。【生唱】孤更 尽 依 你，对他

6

$\widehat{2\,3}\,\underline{1\,2}\,3$（$\underline{3\,5\,3\,2}$）| $\dot{7}\,3\,\underline{6\,3}\,\underline{6\,7}\,\underline{2\,3\,2}$（$\underline{0\,5\,3\,2}$ | $\dot{7}\,3\,\underline{6\,3\,6\,7}$

两　妹　兄　　　　　立即传旨皇命已宽恕。【白】梓童，讲话第三啦!

$\underline{2\,3\,2}$）$\underline{0\,6\,2}$ | $5\cdot\underline{6}\,\underline{7\,2}\,\dot{6}\cdot\underline{1}\,\underline{5\,6\,7\,2\,6}$（$\underline{3\,5\,3\,2}$）| $\widehat{7\,6\,7\,2}\,\underline{5\,5\,5\,7}$

【旦唱】第三　还　盼　望　你　能　撮　合　　　定华待结鸳　鸯

2（$\underline{0\,2\,7\,6}$）| $5\,\underline{5\,6\,7\,6\,5}$（$\underline{0\,2\,7\,6}$）| $\underline{6\,2}\,\underline{5\,5\,6\,7}\,\underline{2\,7\,2\,2\,5\,6}$ |

侣，　　　　鸿　鸾　引凤凰　　　西秦与小　姑　亦请君作主，

$\widehat{6\,5\,6\,1}\,\underline{5\,6\,4\,4}\,\widehat{7\,2\,7\,6}\,5$（$\underline{2\,7}$）| $\widehat{6\,5\,6\,7\,2\,3}\,\overset{\vee}{5}-$‖

花　开　锦　绣正合　宜，　　鸾　凤永相　随。【生白】好!

孤皇作主婚，三愿全依梓童你!【旦白】谢主隆恩!【生白】好! 喂喂喂喂，乜你双手温暖如春，你是否还阳抑或真未死?【旦白】主上!

【滚花】（$3\,5\,2\,3\,1-$）$1\,3\,\dot{5}\,\widehat{7\,6}\,\underline{5}\,\widehat{3\,2\,1}$（$\underline{5\,3\,2\,1}$）$5\,4\,3-\dot{7}\,\dot{6}$

　　　　　　【旦唱】妾投湖自尽原谎　报，　　皇姑　布局

$\widehat{2\,1}\,\underline{3\,2\,7}\,\widehat{6\,1}\,5-$（$2\,1\,4\,3\,5-$）$2\,6\,2\,7\,2-3\,4\,\widehat{5\,3\,2}\,\underline{2\,7}\,6-$（$6-$）

把计施。　　　　　　设灵祭奠戏　君　皇，

$\widehat{6\,6\,1}\,\underline{3\,2}\,3-1\,3\,2\,\underline{3\,7}\,6-1\,6\,1$——

冒犯至尊　　妾知　　罪。【生白】啊! 原来如此，爱卿无罪! 哈哈哈哈……

【反宫装牌子】1=C（$3\,5\,6-\,\frac{4}{4}\,\underline{6\,6\,6}\,\underline{5\,3\,5\,2}$ | $\underline{6\,5}\,\underline{3\,5\,6\,7\,7}$ | $\underline{6\,5}$

$\underline{3\,5\,6\,7\,7}$ | $\underline{6\,5\,3}\,\underline{5\,2\,2}$ | $\underline{2\,6}\,\underline{5\,3\,2}$ | $\underline{6\,5}\,\underline{3\,5\,6\,7\,5\,7}$ | $6---$）‖

【煞板】$\frac{4}{4}$（$3\,3$）| $5\,3\,\widehat{2\,3}\,\underline{1\,2}$ | $\widehat{3\,5}\,\underline{3\,5}\,3$ | $\widehat{2\,3}\,1$

【生白】好呀!　　　　【生唱】云开月　吐清　辉，　皇心　欣　慰，

$2\,\dot{5}$ | $\widehat{2\,3}\,\underline{2\,7}\,\widehat{6\,5\,6}$ |（$\underline{7\,6\,7}\,\underline{2\,5\,7\,6}$）| $1\cdot\dot{2}\,6\,1\,\dot{5}$ | $\underline{0\,2}\,\underline{2\,3\,3\,5}$ |

昭阳　卿　你复　位。　　　　　　【旦唱】怨　恨忌　疑　烟消　云

$6-$　　　| $\widehat{2\,5\,3\,2}$ | $\widehat{7\,6\,7\,7\,2\,7\,6}\,\overset{\widehat{6}}{\underset{7}{\dot{5}}}$ | $\widehat{5\,6\,7\,2\,6}\,\underline{5\,3\,5}$ | $1---$‖

逝。【合唱】啊……

望江楼饯别

姚志强　曾慧　唱

【胡不归引子】1=C ♯ 5 1 7 1 2 —— 2 1 7 1 1 4 5 ——【二黄板面】

【旦唱】惆怅梦太短，【生唱】妹呀月缺也能圆。

$\frac{4}{4}$ (0 7) 6 1 | 5 5 6 5 3 2 3 5 3 5 3 2 | 1· 5 5 5 1 2 3 5

【旦唱】月纵圆，到今却被云 遮不 得 见，【生唱】好比 花难长 吐

3 2 3 2 2 2 1 1 6 5 1 | 5· 2 1 1 5 3 5· 1 1 5 3 5 6

艳， 好比 风雨折并 蒂 莲，【旦唱】苦我 送离 鸾，【生唱】我也沉 吟

1 2 7 6 5 | 6 5 5 3 2 3 5 2· 5 6 0 1 2 5 3 2 1【二黄】2 6 | 7 3 2 7

愧 无 一语慰秋 娟，离恨 剪不 断。【旦唱】怎能 炼 石

3 6 1 2 3 5 3 2 (3 6 1 3 2 3 1 2) 6 6 6 | 5 3 5 2 (3 5 2) 5 1

补情 天， 六十日 情 深 缘太

2 3 1 (5 1 6 5 1 2 3 1) 3 6 | 2 2 1 7 6 5 3 5 2 7 6 7 2 6 (5 7

浅， 忆自 青 楼 初邂 逅，

6 7 6) 2 1 | 2 2 6 1 0 2 7 6 5 (6 1 7 6 5 6 3 5) 2 1 | 6 0 7 6 5

个晚 中秋月正 圆， 一个 慧

1· 7 6 7 6 5 3 2 3 5 (2 3 5 3 5 0) | 5 2 2 2 7 6 5 2 3 1 (2 7 6 5

眼 怜 才， 灵犀通一 点，

1 2 3 1) 2 1 | 2· 3 2 1 7 6 5 3 5 6 5 1 (2 3 1 2 1) 1 1 | 1 3 3 5 6 6

一个 相 逢 恨晚， 我俩 携

5 6 3 5 2 2 1 1 ·(7 6 5 6 1 5 3 5) | 2 2 3 1) 1 5 3 5 (3 5) 3 5 3 2

手 拜婵

8

1 7 6 5 3 5 | 2 (2 1 7 6 5 6 3 5 3 2 1 2 7 6 5 6 1 2 3 1 2) 2 5 2 |

娟。　　　　　　　　　　　　　　　　　　　只赢得

1·3 2 7 6 (6 5 6 1) 2 2 1 5 (3 6 5 3 5) 2 1 1 1 | 1 0 7 6 5

两　月　　　恩　情，　　　　　　　一旦变作　百

3 2 2 1 7 6 5 3 5 (6 7 6 5 3 2 2 1 7 6 | 5 6 3 5) 5 3 2 1 2 6 1

劳　　　　　　　　　　　　　　　　　　飞

2 3 2 2 1 7 6 5 7 6 1 5 | 1 ‖

燕。【生白】同群催我整归鞭，【旦白】望江楼

上设离筵。【生白】几回眷恋难分舍，【旦白】别离滋味苦还酸呀！

【妆台秋思】1=G 2/4 (0 1 6 1 | 2 2 3 3 5 6 | 2 3 5 2 3 1 7 | 6 1

5 6 3 5 | 6 6 6 6) 6 5 | 3 6 5 6 5 3 | 6 (5 6 3 5 2 3) | 5 6 1

【生唱】此际　并肩与妹袂共　牵，　　到江滨

3 5 3 2 | 3·(3 3 5 1 3) | 2 3 5 1 6 1 | 3 2 (5 6 5 3) | 3 5 6

渐觉情怀　乱。　　【旦唱】小芳心似万箭　穿，　　望江

2 3 5 6 | 1·(1 1 1) 2 3 | 1·1 2 3 6 | 3 2 | 1 6 2 1 6 1 2 | 3 (3 2

楼上设酒　筵。【生唱】分飞　燕　有双飞愿，心坚　铁石敢发誓证苍　天，

3 5) 5 | 5 6·3 | 2·　　5 3 5 6 | 2 3 5 2 3 2 1 | 6 5 1 5 4 3 5 |

我　爱卿　　怜，【旦唱】降慧剑把　情断了，鸳鸯分散　泪　满芙　蓉

6 (6 6 6 6 3 2) | 1 2 1 6 5 3 5 6 | 1·　　2 3 | 1 2 3 6 | 2 2 2 3 5 6 |

面。　　【生唱】叹息我亦愁　难自免，【旦唱】痴心　女牵衣问，檀郎何日作归

2　　　3 5 2 3 1 7 | 6 1 5 1 3 5 | 6 - ‖【南音短序】1=C 4/4 (0 6 5 3 5)

旋？【生唱】密语秋娟盼　续那情　缘难　断。　　　　　　　　【旦唱】

2 3 2 5 6 5 1·1 2 3 5 3 5 6 ∨ 5 | 【南音】（清唱）3 2 6 0 7 3 3 5

秋娟心如乱　絮　盼他　朝得续　缘。【生白】唉！【唱】堪叹缘　份浅，

9

2 (入乐)(3 5 2) 3 2 | 7 2 0 3 5 5 1 7 6 5 4 5 0 6 4 3 2 (6 5 3 5 2 5 2) |
搔首 问 情 天，

5. 4 3. 2 1 2 5 3 2 7 6 5 1 2 3 (2 3 5 4 3) 2 1 | 6 5 1 1 2 5 3 2 7 |
天 心 何 忍 毁 折 并 蒂

6 1 5 (5 1 6 5 3 5 6 2 3 4 3) | 5 3 2 (3 2 3) 5. 1 2 (3 5 2 3 5 4 3) 3 7 |
莲。 莲花 高洁 不被

3 5 3 2 1 7 6 1 5 (5 5 5 5) 2 1 2 (3 5 2 3 5 6 3 5 5) | 2. 3 5 |
污 泥 染， 染

1 2 (2 5 3) 5 5 5 3 (3 5 2 3 5 6 3) 2 3 | 7 2 (7 2) 3 2 3 6 1 5 |
着了 情丝 困扰 月 中

3 5 0 6 4 3 2 (5 4 3 5 2 5 2) | 5. 3 2 1 0 2 3 2 7 6 5 (2 3 5 6) 1 1 1 6 |
仙， 仙子 本多 情， 与我结下

5 3 5 3. 3 2 3 2 6 1 6 1 (5 4 3 5 2 3 5 6 3) 7 2 | 5 3 5 3 2 3 |
同 心 愿， 愿化 神 仙

7. 7 2 (3 5 2 3 5 6 3 5 5) | 1 6 1 (6 1) 2 5 1 2 7 6 5 (5 1 6 5 |
伴 侣， 两 相 连。

3 5 6 2 6 4 3) | 5 1 2 3 7 6 5 (2 5 3 5) 5. 5 6 1 (3 2 3 5 6) 3 2 1 |
怜 才 情 重， 不管我

5 3 5 1 7 6 5 6 7 6 5 1 (3 5 2 3 5 6 3) 6 1 ‖【转二黄】 3 5 1 2 7 6 |
贫 与 贱， 为佢 同

5 3 5 (3 5) 1 3 2 7 6 (2 7 6 7 6) 1 5 5 1 | 3 1 0 2 7 6 5 3 5 |
情 洒泪 有谁怜我 鸳

6 7 6 5 1 (2 7 6 5 6 1 5 3 5 | 6 7 6 5 1) 6 5 6 1 5 1 6 1 2 3 2 3 5 |
梦 未能

10

$\widehat{2\ 3\ 5\ 1\ 2\ 7\ 6}$ | $5\ (2\ 3\ 2\ 6\ \ 5\ 1\ 2\ 3\ 1\ 3\ 5\ \ 2\ 3\ 5\ 1\ 2\ 7\ 6\ \ 5\ 1\ 3\ 5)$ |
圆。

$\widehat{6\ 7\ 6}\ (\widehat{7\ 2}\ \widehat{6\ 7\ 6})\ \widehat{5\ 4\ 3\ 5}\ \widehat{2\ 2\ 1\ 2\ 3\ 1}\ \widehat{2\ 1\ 2}\ (\widehat{2\ 1\ 2\ 3}$ | $\widehat{5\ 6\ i}\ \widehat{6\ 5\ 3\ 5}$
恨   情   天,

$\widehat{2\ 3\ 1\ 5\ 7\ 6}\ \widehat{5\ 6\ i\ 6\ 5\ 3\ 5}\ \widehat{2\ 3\ 1\ 2})\ \widehat{3\ 1}$ | $\widehat{5\ 3\ 5}\ (\widehat{5\ 3\ 5})\ \widehat{3\ 2\ 7\ 6}\ 1\ 0\ \widehat{3\ 5}$
不 与 人   方   便,

$\widehat{2\ 7\ 2}\ 0\ \widehat{5\ 3\ 2}$ | $\widehat{1\ 2\ 7\ 1}\ (\widehat{1\ 2\ 3\ 4}\ 5\ \cdot\ \widehat{4\ 3\ 5}\ \widehat{2\ 6\ 5\ 4\ 3}\ \widehat{2\ 1\ 7\ 6\ 5\ 4\ 3\ 5}$ |

$1\ \cdot\ \widehat{5\ 6\ 5\ 4\ 3}\ \widehat{2\ 7\ 2\ 3\ 4\ 5\ 4\ 3}\ \widehat{2\ 3\ 5\ 3\ 5\ 3\ 2}\ \widehat{1\ 2\ 7\ 1})\ \widehat{2\ 1\ 1}$ |
只怨我

$\widehat{1\ 0\ 3\ 2\ 7\ 6}\ 0\ \widehat{2\ 7\ 6}\ \widehat{5\ 4\ 3\ 5\ 2}\ (\widehat{3\ 5\ 2\ 3\ 2})\ \widehat{6\ 2\ 1}$ | $\widehat{5\ 3\ 5\ 2\ 3}\ 6\ 0\ \widehat{2\ 7\ 2}$
阮   籍   囊   空,   未许作 量

$\widehat{3\ 5\ 3}\ (\widehat{5\ 4\ 3\ 5\ 2\ 3}\ 6\ 0\ \widehat{2\ 7\ 2}$ | $\widehat{3\ 5\ 2\ 5\ 3})\ \widehat{5\ 3\ 2\ 1\ 2\ 7\ 1}\ \widehat{2\ 3\ 5\ 2\ 1\ 7\ 6}$
珠   心

$\widehat{5\ 2\ 7\ 6\ 1\ 5}$ | $\widehat{6\ \cdot\ 1}$ ‖【汉宫秋月】1=C $\frac{4}{4}$ $2\ 1\ \widehat{6\ 7\ 6}\ \widehat{1\ 6\ 5}$ | $\widehat{3\ 5\ 1\ 6\ 1}$
愿。   【旦唱】休再自   怨,君纵 贫穷我未见

$5\ (\widehat{3\ 5\ 6\ 1}\ 5\ \cdot\ \widehat{2\ 7\ 6})\ \widehat{5\ 6\ 1}$ | $\widehat{6\ 1\ 6\ 5}\ 3\ \cdot\ \widehat{5\ 6\ 1\ 5}\ (\widehat{3\ 5\ 6\ 1\ 5\ 3})\ \widehat{2\ 6}$
嫌,   惟望你   今番此去名 成便再旋。【生唱】个阵

$\widehat{1\ 2\ 3}\ \widehat{6\ 1\ 5\ 3}\ (\widehat{6\ 5\ 3\ 5})\ \widehat{2\ 3\ 5\ 6}$ | $1\ (\widehat{2\ 3\ 5\ 6\ 1\ 2})\ \widehat{1\ 6\ 1}\ \widehat{2\ 1\ 2\ 1\ 2\ 3}$
永洗 旧 寒酸,   人月两相 圆。【旦唱】我命 卑似秋

$5\ \cdot\ (7)\ \widehat{6\ 2\ 1}\ \widehat{5\ 6\ 1}\ (\widehat{5\ 3\ 5\ 6\ 1})\ \widehat{6\ 5}$ | $3\ \cdot\ \widehat{6\ 1\ 5}\ 5\ 5\ \widehat{5\ 5\ 1}$ | $\widehat{6\ 5\ 6\ 1}$
蝉,   望君你情莫变。【生唱】休挂 念,虽则我俩燕侣 分

$\widehat{6\ 1\ 6\ 5\ 3}\ \widehat{5\ 3\ 5\ 3\ 2}$ | $1\ \cdot\ 1\ 1\ 1\ 1\ 2\ 3\ \cdot$ $\widehat{6\ 5}$ | $\widehat{5\ 6\ 4}\ \widehat{6\ 4\ 3}\ \widehat{2\ 7\ 2\ 3}$
飞,   任教海枯心不 变,更永远爱秋娟。【旦唱】不枉 妾心已   属郎

$\overline{4\cdot 3}$ | $\overline{2\ 3}$ $\overline{5\ 6}$ $\overline{5\ 5}$ $\overline{6\ 1}$ ($\overline{3\ 5\ 3\ 2}$) $\overline{1\cdot\ 2}$ $\overline{3\ 2\ 3\ 5}$ | $\overline{3\ 2}$ ($\overline{5\ 4\ 3\ 5}$) $\overline{2\ 3\ 2\ 1}$

有，共 谐白发一诺订姻缘。【生唱】两 心 坚， 他 朝得志

$\overline{7\ 6}$ $\overline{5\ 6\ 1}$ | 5 - ‖【梆子慢板】$\frac{4}{4}$ ($\overline{0\ 6\ \dot1}$ $\overline{5\ 1\ 3\ 5}$ $\overline{6\ \dot1}$ $\overline{5\ 6\ 4\ 5}$ $\overline{3\ 5\ 2\ 3}$ |

再续 缘。

$\overline{1\ 3\ 5\ 6\ \dot1}$ | $\overline{5\ 6\ 3\ 5}$ $\overline{3\ 5\ 6}$ $\overline{4\ 4\ 4\ 5}$ $\overline{3\ 3\ 6}$ $\overline{5\ 6\ 4\ 5}$ $\overline{3\ 5\ 2\ 3}$ | $\overline{1\ 2\ 1\ 3\ 5}$

$\overline{\dot1\ 7\ 6\ \dot1}$ $\overline{5}$ $\overline{5\ 6\ \dot1}$ $\overline{5\ 6\ 4\ 3}$ $\overline{2\ 3\ 5\ 3\ 5\ 3\ 2}$ | $\overline{1\ 6\ 5\ 3\ 5}$ $\overline{1\ 2\ 3\ 5\ 3\ 2\ 2\ 7}$

$\overline{6\cdot\ 7\ 6\ 1}$ $\overline{2\ 3\ 1}$ $\overline{2\ 3\ 1}$) | $\overline{5\cdot\ 5}$ $\overline{1\ 6\ 3\ 2\ 1\ 7\ 6\ 5}$ $\overline{3\ 0\ 5\ 6\ 1}$ ($\overline{5\ 3\ 2\ 1}$) |

【旦唱】同 上望江 楼，

$\overline{3\ 2\ 3\ 5\ 2}$ ($\overline{3\ 5\ 2}$) $\overline{3\ 2\ 7}$ $\overline{6\ 1\ 3\ 2\ 1\ 7\ 6\ 5\ 3\ 5}$ ($\overline{6\ \dot1\ 6\ 5}$ | $\overline{3\ 5\ 2\ 1\ 3\ 2\ 3\ 5}$

悲 伤 频掩 袖，

$\overline{6\ 5\ 6\ \dot1}$ $\overline{2\ 5\ 3\ 2\ 1\ 6\ 5\ 3\ 5\ 6\ \dot1\ 5\ 6\ 3\ 5}$) | $\overline{5\ 3\ 5}$ ($\overline{3\ 5}$) $\overline{3\ 2}$ ($\overline{3\ 2\ 3\ 5}$)

从 今

$\overline{3\ 2\ 7\ 6}$ ($\overline{2\ 7\ 6\ 7\ 6}$) $\overline{6\ 3}$ | $\overline{1\ 2\ 3\ 2\ 1\ 7\ 6\ 5\ 3\ 5}$ $\overline{7\ 6\ 3\ 2\ 2\ 7\ 6}$ ($\overline{3\ 2\ 3\ 5}$ |

一 别， 未知 再 会

$\overline{6\ 7\ 6}$) $\overline{2\ 3\ 5\ 1\ 0\ 2\ 7\ 6\ 5\ 6\ 1\ 6\ 1\ 6\ 5}$ | $\overline{3\ 4\ 5\ 3\ 0\ 5\ 6\ 2\ 7\ 6}$ 5 ($\overline{3\ 5\ 6\ 1}$

何 年？

$\overline{5\ 6\ 3\ 5}$) | $\overline{5\ 4\ 3\ 7\ 6\ 0\ 2\ 7\ 2\ 3}$ ($\overline{6\ 5\ 1\ 2\ 3\ 5\ 4\ 3}$) | $\overline{5\cdot\ 4\ 3}$ ($\overline{5\ 4\ 3}$) $\overline{6\ 5}$

【生唱】一 曲骊 歌， 三 杯 泪

$\overline{2\cdot\ 7\ 6\ 1}$ $\overline{2\ 3\ 2}$ ($\overline{6\ 5\ 3\ 5}$ | $\overline{2\ 3\ 4\ 5\ 3\ 2\ 7\ 2}$ $\overline{6\ 7\ 6\ 5\ 7\ 6\ 5\ 6\ \dot1\ 7\ 6\ 5\ 3\ 5}$

酒，

$\overline{2\ 3\ 1\ 2}$) | 3 (3) $\overline{3\ 2\ 0\ 3\ 4\ 5}$ $\overline{3\ 3\ 2\ 7\ 6}$ ($\overline{7\ 2\ 6\ 7\ 6}$) $\overline{3\ 2\ 7}$ | $\overline{7\ 0\ 4\ 3\ 2}$

触 景 伤 情， 都只为 别

$\overline{7\ 2\ 3\ 5\ 3\ 2\ 2\ 7}$ 6 ($\overline{3\ 5\ 3\ 2}$ $\overline{7\ 2\ 3\ 5\ 3\ 2\ 7\ 2}$ | $\overline{6\ 1\ 5\ 6}$) $\overline{5\ 3\ 2\ 1}$ ($\overline{5\ 3\ 2}$

离 嗟

1) 5 3 5 3 5 3 2 7 2 3 | 2 ‖

怨。【旦白】泪滴葡萄装笑面，劝君且进别离筵罢君呀！

【乙反中板】1=C 2/4 (7 5 7 1 5 5 5 5 | 5 5 7 5 4 | 2 1 7 2 1) | 0 5 7

【旦唱】含泪

1 7 1 (5 7 | 1 2 7 1) 4 4 2 1 2 4 | 2 (1 2 4 4 2 1 2 4 3 | 2) 7 4 5 |

再　　　　添　　　杯，　　　　泪珠和

1 4 2 1 7 (5 1 7 1 7) 7 5 | 7 · 1 7 1 2 4 2 4 1 (7 1 2 4 | 2 4 1) 1

酒混，　　别离味　苦，　　　　悄

2 1 6 5 4 | 5 · (1 2 1 6 5 4 | 5) 2 7 5 7 1 2 7 | (5 7 1 2 7) 1

无　言。　　　　今晚楼　畔　　送

5 1 7 5 7 1 | 2 (2 4 2 1 7 6 5 0 1 7 1 | 2) 4 4 5 7 7 | 1 2 4 5 (2 4

郎　归，　　　他朝楼畔望　归　帆

5 6 5) 1 4 | 5 1 0 4 2 4 5 (4 5 2 4 | 5) 7 0 4 2 1 7 5 7 0 1 2 4 |

怕睹　还　巢　　　旧

1 (0 4 2 1 7 5 7 0 1 2 4 | 1) 2 5 4 1 · 1 2 (2 5 4 | 1 · 1 2) 2

燕。　　　　　莫使我肠　断　　　　望

5 1 0 4 3 2 | 1 (5 6 5 4 2 4 5 5 4 3 2 | 1) 7 4 1 7 7 1 2 · 5 |

江　楼，　　　　莫使我望　夫　成

1 4 2 1 7 (5 1 7 5 7) 1 4 | 4 2 1 7 1 2 4 1 (7 1 2 4 | 1 ·) 1 2 1 6 5 4 |

化　石，　　快把　归　讯　向奴

5 · (1 2 1 6 5 4 | 5) ‖ 【乙反花】1 4 2 7 1 · 2 4 2 4 2 5 7 7 2 5

传。　　　　劝君饮罢此　一　杯，　　　明日便天涯

(2 5) 5 1 1 4 2 - 4 2 1 1 7 - 1 - 【春风得意】1=C 4/4 0 5 | 2 1 2 3

人去远。　　　　　　　　　　　　　　　　　【生唱】我　拈

13

5 (3 2) 1 2 3 7 2 6 1 | 5. (0 3) 2 7 6 3 5 6 1 (6 5 3 5) | 2 3 2

杯 　强饮恨绵　绵，　　睇佢别酒和泪献，　　　　声声

1 6 1 2 3 5 3 (0 5 6 5 3 5) | 2 1 2 3 5 3 2 1 (0 7 6 5) | 3 5 6 1

盼望我归鞭，　　　　情　痴真罕见，　　　频

5 (3 5 3 2) 7 2 7 7 6 | 5 6 5 (0 7 6 5) 3 · 5 1 | 7 · 2 6 5 6 1 5 6 5

频　　劝饮诉说 离言，　愁　深带　泪　传。

(0 7 6) | 5 3 5 6 1 · (7) 6 1 6 5 3 (3 5 6 i) | 5 6 1 6 1 2 3 5 3

【旦唱】离 巢燕，　心凄　乱，　　悲秋扇　见捐。

(0 3 2) 7 | 6 1 2 6 1 (6 5 3 5) 2 3 2 1 2 3 · 2 | 7 3 6 3 2 6 7 2 3 2

【生唱】我 未弃秋后扇，　　终生　爱秋娟，你 莫起疑心我徒自怨。

0 　 7 6 | 5 · 6 7 2 6 　 2 6 5 · 6 7 2 6 (3 5 3 2) | 7 6 7 2 5 5 5 7

【旦唱】往日　情　义太香艳，今日离 别也哀艳，　　愿毋负我痴心一

2 　 0 7 6 | 5 5 6 7 6 5 (0 5 3) 2 | 5 2 5 6 7 2 7 6 5 6 7 2 6 · (5) |

片。【生唱】爱共 情长　　存，　　快 与郎痛 饮莫肠　断。

3 2 3 5 2 3 2 7 7 2 7 2 7 6 5 　 　 　 3 2 | 6 5 6 7 2 3 5 －‖

【旦唱】三 杯酒　奉玉 郎　　前，【生唱】真个 情　味更香甜。

【乙反恋弹】 4/4 （0 4 2 1） 7 1 5 7 1 · (5) | 4 2 4 5 2 (6 5 6 i)

【白】饮！　　　　　【旦唱】共进离别宴，　　送别寸心乱，

5 · 6 5 4 2 4 5 | 2 5 4 2 1 7 1 5 7 1 7 1 2 4 | 5 6 5 (0 6 5)

芳 心早已付托君，　望君爱复 怜，做对梁上燕，望切燕归 回 檐。【生唱】

4 2 4 5 2 (6 5 6 i) | 5 · 6 5 4 2 5 0 7 1 2 4 2 0 2 1 | 7 · 1 7 1 2 4 2

永誓爱不断，　　秋 娟休要伤怀 令我心 酸，比柳 乱 似万箭穿，他日

1 2 4 2 1 7 1 | 5 6 5 (0 6 5) 4 2 4 5 2 (6 5 6 i) | 5 · 6 5 4

与 娇早拜　蟾 圆。【旦唱】翠袖半掩面，　　　祝 君此去

14

2 5 0 7 1 2 4 2 0 2 1 | 7·(1) 7 1 2 1 2 4 2 1 7 6 | 5 6 5

功成　便买归　鞭，恩与　义　　万与千，我　今泣诉　　离　鸾。【生唱】

0 1 7 1 2 7 1 2·(4) | 1 2 1 6 5　　　7 1 2 4 5 7 1 7 1 | 2 4

你莫对花泪暗溅，　　　对影暗自怜，【旦唱】又怕相思肠欲断，梦里　安得

5 7 5 ‖【七字清中板】1=C　1/4　5 3 | 3 6 | 0 6 | 0 5 | 3 6 1 | 0 2 |

团　圆？　　　　　　　　【生唱】从今　一别　万　愁煎，　　　此

0 1 1 | 3 5 | 0 5 | 0 3 2 | 1 3 2 | 0 1 3 | 0 5 | 2 7 6 | 0 3 | 0 1 3 |

去　当能　将　功建，　何　愁好　月　不重

5 1 ‖【滚花】6 1 - 5 4 3 - (6 1 5 3) 6 1 5 - (6 1 5) 5 1 - 1 2

圆。　　　　欲慰　相　思　　梦里求　　　　一见。

3 - 2 - (3 6 1 2 3 2 -) 7 6 2 2 7 6 5 6 7 - 6 - (7 6 2 2 5 6 7 6)

　　　　　　　　【旦唱】诉尽相思　唯有　梦，

3 3 5 2 - 1 - (2 5 2 1 -) 6 1 - 3 3 2 3 1 3 5 3·5 6 6 - 5 ——

归期　早托　　　雁书　传。

洞 天 福 地

丁 凡　麦玉清　唱

【前奏曲】1=G ^サ（6 i - 2 3 5 6 4 2 4 5 6 - t6 t6 t6 t6 6 6 6

6…… 6 - 3 6 5 6 7 - 2/4 6 6 6 5 6 i 7｜6 i 5 3 5｜6 i 2 3 i 2 7｜

6 i 2 6 5｜3 6·i｜5 6 4 3｜2 3 5 6 3 2 1｜2 -｜2 2 3 5 3 2｜

7·2 7｜6 7 2 7 2 6｜5·6 5｜3·5 6 5 6｜5 6 i 7 6 5 6｜6·3｜

2 3 6｜i -｜2·3 5 4｜3 5 3 2 2 3 1｜7 7 6 5 6 i 7｜6 -）‖

【散板】1=C ^サ（3 5 2 3 1 7 -）7 5 - 3 5 3 2 - 7 -（7 -）1 6 1 2

【圣母】洞天　福　　　地，　　满眼

3 2 3 5 - 2 - 2/4（2 5 3 2 1 6 1｜2 2 2 2 3 2 7｜6·1 2 3 1 6 5｜

春　　光。

6 6 6 6 6 6｜3 3 3 2 3 2 5 7｜6 6 6 6 6 i｜5·6 3 2 5 3｜2 2 2

2 3 2｜1 1 2 3 2 3 5｜2 3 2 1 1 7｜6 5 6 1 7 6 1｜5 5 5 5 6 5）｜

【杨翠喜】4/4 3 2 3 5 2 7｜6 1 5 6 1（3 5 3 2）1 6 1 2 3 2 3 5｜

【彦昌】洞 天福　地　里，　鬓影花

2 3 2 0 5 6 7 2 7 2 7 6｜5 3 5 6 1·7 6 1 6 5 3 5｜6·7

香。【圣母】迎面远山拥　抱　　明　霞　照，似轻纱掩映淡素　妆，似

6 7 6 5 3 5 7 6｜0 0 5 2 3 5 3 5 3 2｜1 6 1 6 1 2 3·5

翩翩起舞瑶池　上。【彦昌】看繁　花璀　　璨 斗艳吐芬芳。【圣母】

16

6 5 6 3 | 5 3 2 5 3 0 7 6 1 5 6 5 6 1 | 2·3 5·6 4·5
推 锦簇 绣 满仙乡。【彦昌】看娘 娘凝眸望美 景， 欣 欣态

3 5 3 2 | 1 2 1 0 5 6 7 2 7 2 7 6 | 5 3 5 6 2 1 2 7 6 1 6 5 3 5 6 1 |
痴 痴 看， 难道这山这水你是 头 回 赏？怎会今天似醉如

5 6 5 0 6 5·6 5 6 1 | 2 3 4 5 3·6 6 5 6 5 6 1 | 2 3 4 5 3 6 5
狂？【圣母】嗟往 昔宫 门 长 寂 寞，嗟水冷 山 寒黄 叶 落，惨对

3 5 2 3 5 6 i | 5 0 6 6 6 6 4 3 | 2 0 3 5 2 2 2（5 4 3 5）|
愁 云那有心思 看，岂知山水也情 长。【彦昌】哎呀想想想，

2 3 5 3 5 3 2 1 6 1 6 1 2 | 3·5 6 5 6 1 5 6 4 3 2 3 6 5 | 3
难 怪仙 宫 圣像脸上带忧 伤，喜今 朝 已 复如 花 样。【圣母】

0 2 7 6 5 6 1 5·7 | 6 3 5 6 1 1 6 1 2 3 2 3 5 | 2 - ‖（3 2 1 6 -
应谢刘 郎 为 我 巧 梳 妆。

2 -）【南音】4/4（0 5 6 5 3 5 2 3 5 2 3 5 1 6 1 5 6 1 3 5 2 3 5 3 5 6 |

5 - - 0）| 3 2 0 5 3 2 2 7 6 1 5 0 6 1 5 6 1（3 5 2 3 5）3 7 | 2·3 5
【彦昌】 妆 浓淡， 一样美

5 1 7 6 5 3 5·6 4 3 2（6 5 3 5 2 5 2）| 5·5 3 2 3 1·2 3·（3
无 双， 天 香 国 色

2 3 5 4 3 5）5 3 | 6 5 1 2 3 5 1 2 7 6 5（6 i 6 5 3 5 6 2 6）3 2 |
何须 蝶 帮 忙。 不意

5·7 2 5 3（3 2 3 5）6 5 3·（3 2 3 5 4 3 5）2 1 | 5 3 5 5 0 3 2 7
仙 苑 名 葩 竟向 寒 松

6 5 1（3 5 2 3 5 4 3 5）2 2 | 6 2 4 3 2 1 7 6 5（2 5 3 5）2 3 1 2 3·（3
傍。 【圣母】我爱 寒 松 铁 骨

2 3 5 4 3 5 5）| 2 7 2 3 2 5 6 1 5 6 5·6 4 3 2（6 5 3 5 2 5 2）|
傲 风 霜。

17

$\overline{3\,5\,3\,2\,1\,7}\,\overline{6\,1\,5}\,(\overline{2\,5\,3\,5})\,\overline{3\,2\,6\,1}\cdot(\overline{3\,2\,3\,5\,6\,3\,5\,5})\,|\,\overline{3\,2\,3\,5}$

新　词　　　　一　阕　　情

$\overline{3\,2}\cdot\overline{3\,2\,7}\,\overline{6\,6\,5\,1}\,(\overline{3\,5\,2\,3\,5\,4\,3\,5\,5})\,|\,5\cdot\overline{4}\,\overline{3\,2\,3}\,\overline{6\,5\,1\,2\,3}$

千　　丈，　　　　　　痴　心　从　此

$(\overline{2\,3\,5\,6\,3\,5\,5})\,|\,\overline{6\,1\,2\,3}\,\overline{5\,1\,2\,3\,7}\,\overline{6\,5\,1}\,\overline{1\,2\,3\,7\,6}\,|\,5\,-\,0\,\|$【二黄合字过门】

付　刘　　郎。

$\overline{0\,7\,6\,1}\,|\,\overline{5\,3\,5\,6}\,\overline{7\,6\,7\,2}\,\overline{1\,2\,3\,7\,6}\,\overline{5\,6\,1\,5}\,|\,0\,2\,3$

【彦昌】我愿与　娘　娘　并　肩济　弱锄　强。　【圣母】这盏

$\overline{2\,6\,7\,6\,7\,2}\cdot\overline{1}\,\overline{5\,3\,5\,6}\,|\,\overline{2\,3\,1}\,(\overline{6\,5\,3\,5})\,\overline{5\,1\,2\,3\,5\,4}\,\overline{3\,2\,3\,2\,7\,6\,2}\,|$

宝　　灯与郎　共　掌。　　【彦昌】感谢好　娇妻　一片热心

$5\cdot\overline{6\,1\,2\,3}\,5\quad\overline{7\,6\,5\,3\,5\,1}\,\overline{2\,1\,7\,6\,5}\cdot\overline{5}\,|\,\overline{6\,5\,3\,2\,3\,5}\,\overline{2\,6\,2}$

肠　善相夫　郎。【圣母】既是情　意相　投　结　生死鸳　鸯，自当

$\overline{1\,5\,2\,1\,7\,1}$【二黄】$\overline{6\,2}\,|\,\overline{3\,2\,7\,6}\,\overline{0\,6\,4\,4\,3\,2\,1}\,\overline{2\,3\,2}\,|\,2\cdot\overline{3\,4\,3\,4\,5}$

妇随夫　　唱。【彦昌】提起宝　莲　神灯，

$\overline{3\,5\,3\,2\,2\,3\,7}\,\overline{6}\cdot\overline{5\,6\,7}\,\overline{2\,2\,3}\,|\,\overline{6\,1\,6\,5\,1}\,\overline{1\,3\,3\,5\,6\,1}\,5\cdot\overline{3}\,5\cdot\overline{3\,2\,3\,2\,7}$

更应谢　　娘　娘，

$\overline{6\,6\,6\,6\,1\,2}\cdot\overline{3\,5\,4}\cdot\overline{5\,3\,5\,3\,2\,1\,2\,7\,1\,6\,1}\,|\,\overline{2\,0\,3\,2\,7\,6}\,(\overline{6\,5\,6})$

为我　解　难

$4\cdot\overline{3\,2}\,(\overline{3\,5\,2\,3\,2})\,6\,6\,|\,\overline{7\,0\,4\,3\,2\,7}\,\overline{2\,6\,0\,2\,7\,2}\,3\,(\overline{6\,5\,3\,5}\,\overline{2\,3\,6}\cdot\overline{2\,7\,2}\,|$

消　灾，　　迎来　合　　　　欢

$\overline{3\,4\,5\,3})\,|\,\overline{5\,3\,2\,1}\,\overline{2\,6\,1}\,\overline{2\,3\,2\,1\,2\,7}\,\overline{6\,5\,6\,4\,3\,5}\,|\,1\,-\,\|$

花　　　　　　　　　　　放。

【灵芝白】启禀娘娘，众家姐妹前来贺喜呀！【圣母白】有请！

【新曲】1=G^ザ（2－4－5 $\underline{1\,\dot{2}\,7}\,\underline{5\,7\,1}$ $\dot{2}$－ $\frac{2}{4}$ 0 $\underline{5\,6}$ | $\underline{\dot{1}\,\dot{1}}$ 6 | $\underline{5\,6}$ 3 5

18

376 | 3i567 | 6i656）| 350i | 6i653 | 3516 |

【众仙女】贺相 公， 贺娘

12352 | 0305 | 6i656 | 6276 | 5356 | i（56i2 |

娘， 贺相公， 贺 娘娘，

3- | 2327 | 6276 | 5.ii7 | 6i653 | 3276 | 5635）|

i305 | 35i | 5.6i7 | 6i653 | i23 | 2327 | 665 |

天上 人间结鸳鸯， 结鸳鸯。

6（5356 | i i6i2 | 3.3 | 2327 | 6i567 | 6）ioi |

今朝

5356 | oioi | 6i653 | （5i6i65 | 32123）| 5.5 |

痛 饮 交杯酒， 明年

06 | 12123 | 10 | 3355 | 53567 | 607 | 6607 | 66 |

再 醉， 明年再醉 满月 觞。

07 | 62765 | 6（6i65 | 3- | i- | 6.i65 | 3235 |

6i653235 | 6i653235 | 62567 | 6）063 | 565.6 |

【彦昌】多谢 各位

i76i6 | 6.i | 1232 | （535i6i65 | 32352321 |

仙家 隆情厚意，

651235 | 2312）65 | 3i | 6i653 2i | 6202 |

请进 洞天 福 地，【圣母】请进 洞天 福

576i2 | i3 | 2567 | 6- | サ（3-i-567 2-6-）‖

地畅饮 百花 佳 酿。

绝唱胡笳十八拍

蔡衍棻　　　　撰曲
黄伟坤　苏春梅　唱

【湘妃泪】　1=F　（6 - 6 0 3 5 6 i 3 5 6 i 3 6 - 5 5 - 0 3 2 1·2

1·2 1 2 1 - 6̣ 2·1 2 1 2 1 2 1 2 1 - $\frac{2}{4}$ 6 6 6 6 1 6 5 3 ｜ 6 6 6 6

1 6 5 3）｜　　6 6 1 2 i 6 5 4 ｜ 3·5 3·5 3 5 ｜ 6（1 2 3 2 3 5 ｜

6 6 6 6 6 3 2）｜ 6·3 2 1 ｜ 1·3 2 3 5 6 ｜ 3 0 4 ｜ 3（0 2 3）｜

【旦唱】裂户破窗穿襟透　袖　塞外　　　　风，

寒　烟映雪　强　起人　似　幻似　梦，

5 6 5 ｜ 3 5 6 5 3 2 3 ｜ 1·3 2 1 2 ｜ 3（1 2 3 i 6 5）｜ 2 3 2 3 2 1 ｜

以笔染　泪带悲心　泣　　血新写　　诗，　　　　身孤影

6 5 6 3 5 ｜ 6（2 3 5 6 6 6 ｜ 6 0 3 - 6 3 - 6 i 2 i 6 5 3·5 3 5

独凭　谁　共？　　　【白】胡笳本出自胡中，弦琴翻出音韵同。

6 6 6 6 3 -）$\frac{2}{4}$ 6·3 2 1 ｜ 1·3 2 3 5 6 ｜ 3·（3 1 3 7 3）｜ 6 6 1 2

【唱】　胡　笳隐约　我　心撩　　动，　　　　御着雪风

1 6 5 6 ｜ 3 5 6 3 3 ｜（3）5·5 ｜ 5 6 5 3 2 3 6 5 ｜ 3（6 1 2 3 i 6 5

西出塞　外再返旧地，　我再　细把四弦琴　抚　弄。

3 0）｜ 3 3 5 6 7 - 7̆ 6 - （6 -）（清唱） 5 3 2 2 3 1 2 6·- $\frac{2}{4}$ 2（6 6）（入乐）

续续寄　心　声，　　一双　娇　儿　呀，

1 2 ｜ 1 6 5 3）｜ 6·1 6 5 ｜ 3（1 2）3 5 ｜ 6（1 2 1 6 5 3）｜ 1·3

可　遵阿母　话，　习五　经，　　　汉　家

2 2 ｜ 1 2 1 2 1 7 ｜ 6（1 2 1 6）6 ｜ 5·6 7 2 7 ｜ 6（7 6 5 6 7 2）｜

诗书　有否记　　诵？　　莫　忘　是汉家　裔。

i 2 i ｜ 6 6 1 2 i 6 5 6 ｜ 3 3 3 5 3 2 ｜ 3（6 6 1 1 2 2 ｜ 6 1 6 1 1）6 6

更忆记 别后数载匆匆岁　月未断汉　胡　梦。　　　　　　　夜漏

$\underline{1}\underline{1}\underline{1}\underline{2}\underline{2}\underline{\overset{\cdot}{6}}\underline{2}\underline{2}$ | $\underline{1}\underline{1}\underline{1}\underline{2}\underline{2}\underline{6}\cdot\underline{2}$ | $\underline{1}\underline{1}\underline{1}\underline{2}\underline{3}$ | $\underline{5}\underline{6}$ | $\overset{\frown}{\underline{6}\underline{5}}$ | $5 -$ | $\text{廿}\underline{3}\underline{2}$

雪冷霜转重,笔端　切切悲悲浓墨　淋漓难尽　诉苦　痛。　　　恰似

$\underline{3}\underline{5}\overset{\frown}{\underline{2}\underline{3}}\underline{2}\underline{7}\underline{6}\cdot-$ $\overset{\frown}{\underline{5}\underline{4}\underline{3}\underline{5}}{}^{\vee}$ $6-\frac{2}{4}$($\underline{6}\underline{6}\underline{\overset{\cdot}{1}}\underline{\overset{\cdot}{2}}\underline{1}\underline{6}\underline{5}$ | $\underline{3}\cdot\underline{5}\underline{3}\underline{5}$ | $6-$ |

鹃哀声　声带泪　吟　　诵。【白】十八拍兮曲难终,响有余兮思无穷。

$\underline{6}\cdot\underline{\overset{\cdot}{2}}\underline{7}$ | $\underline{6}\cdot\underline{\overset{\cdot}{3}}\underline{2}\underline{1}$ | $\underline{1}\cdot\underline{\overset{\cdot}{3}}\underline{2}\underline{3}\underline{5}\underline{6}{}^{\vee}$ | $\overset{\frown}{3}-)$ ‖【生内白】蹩呀路!

【大首板】1=G ${}^{\text{廿}}$($\overset{\cdot}{1}-7-6\cdot\underline{7}\underline{6}\underline{5}\underline{3}\cdot\underline{5}\underline{6}\overset{\cdot}{1}5-5-4-3\cdot\underline{4}\underline{3}\underline{2}$

$1\cdot\underline{2}\underline{3}\underline{5}{}^{\vee}2-)\underline{5}\underline{5}-3-\overset{\frown}{\overset{七}{1}}-(\overset{\cdot}{1}-)2-\overset{\cdot}{1}-\underline{6}\cdot\underline{\overset{\cdot}{1}}\underline{6}\underline{5}\underline{3}\underline{5}-$

【生唱】策马　长　安　　　蹄　飞　　　　　　纵。

$6-\overset{\cdot}{2}-7\underline{6}\underline{5}\underline{6}\overset{\frown}{\overset{六}{5}}-$【快撞点】1=G $\frac{1}{4}$($\underline{0}\underline{2}\underline{3}$ | $\underline{5}\underline{3}\underline{5}\underline{6}$ | $\overset{\cdot}{1}\overset{\cdot}{1}$ | $\overset{\cdot}{1}\overset{\cdot}{1}$ |

$\overset{\cdot}{1}\overset{\cdot}{1}$ | $\underline{6}\underline{3}\underline{5}\underline{6}$ | 77 | 77 | 77 | $\underline{6}\underline{5}\underline{3}\underline{5}$ | 66 | 66 | 66 | $\underline{5}\underline{3}\underline{2}\underline{3}$ |

$5\cdot\underline{6}$ | $\underline{4}\underline{3}$ | $\underline{2}\underline{3}\underline{5}$ | $\underline{0}\underline{4}$ | $\underline{3}\underline{2}$ | $\underline{1}\underline{3}$ | $\underline{2}\underline{1}$ | $\underline{0}\underline{2}$ | $\underline{7}\underline{6}$ | $\underline{5}\underline{5}$ | $\underline{5}\underline{5}$ |

$\underline{5}\underline{5}$ | $\underline{5}\underline{5}$) | 5 | 5 | 3 | $\overset{\cdot}{1}$ | $\overset{\cdot}{1}$ | $\overset{\cdot}{1}$ | 2 | 2 | 2 | 6 | 6 | $\overset{\frown}{6}\overset{\cdot}{1}$ |

策马　长　安　　　蹄　　飞

5 | 5 | 5 | $\underline{4}\underline{5}$ | 3 | 3 | 3 | 3 | ($\underline{3}\underline{6}$ | $\underline{5}\underline{4}$ | $\underline{3}\underline{3}$ | $\underline{3}\underline{3}$ | $\underline{3}\underline{6}$ |

纵。

$\underline{1}\underline{2}$ | $\underline{3}\underline{3}$ | $\underline{3}\underline{3}$ | $\underline{0}\underline{4}$ | $\underline{3}\underline{3}$) | $\underline{2}\underline{2}$ | 5 | 5 | 5 | 5 | 6 | 5 | $\overset{\frown}{6}$ | 6 |

尤嫌马　　不　快　如

$\overset{\frown}{6}$ | 1 | $\underline{3}\underline{2}$ | 2 | 2 | 2 | ($\underline{2}\underline{5}$ | $\underline{4}\underline{3}$ | $\underline{2}\underline{3}$ | $\underline{2}\underline{2}$ | $\underline{2}\underline{5}$ | $\underline{6}\underline{1}$ | $\underline{2}\underline{3}$ |

风。

$\underline{2}\underline{2}$ | $\underline{0}\underline{3}$ | $\underline{2}\underline{2}$) | $\underline{6}\underline{3}$ | 3 | $\overset{\cdot}{1}$ | $\overset{\cdot}{1}$ | 6 | 6 | 5 | 3 | 3 | 3 | $\underline{0}\underline{5}$ | 6 |

一自文姬　归　汉来,

$\underline{6}\underline{5}$ (6 | $\underline{5}\underline{6}$ | $\underline{5}\underline{6}$ | $\underline{5}\underline{6}$ | $\underline{0}\overset{\cdot}{1}$ | $\underline{7}\underline{6}$ | $\underline{5}\underline{6}$ | $\underline{4}\underline{3}$ | $\underline{2}\underline{3}\underline{5}$ | $\underline{0}\underline{4}$ |

$\underline{3}\underline{2}$ | $\underline{1}\underline{3}$ | $\underline{2}\underline{1}$ | $\underline{0}\underline{2}$ | $\underline{7}\underline{6}$ | $\underline{5}\underline{5}$ | $\underline{5}\underline{5}$ | $\underline{5}\underline{5}$ | $\underline{5}\underline{5}$) | $\underline{6}\underline{5}$ | 6 |

三载　分

$\overline{6\,5}$ | 5 | 5 | 5 | 5 | 5 | 5 | 6 | $\underline{1\cdot 3}$ | 2 | 2 | $\underline{2\,3}$ | $\underline{1\,2}$ | 7 |

衾　　　愁　　　万　种，

$\underline{1}$（2 | $\underline{1\,7}$ | $\underline{1\,2}$ | $\underline{1\,7}$ | $\underline{1\,1}$ | $\underline{1\,1}$ | $\underline{1\,1}$）| 6 | 5 | 5 | 5 | 5 |

　　　　　　　　　　　　　千　里

3 | $\dot{1}$ | $\dot{1}$ | $\dot{1}$ | 2 | 2 | 6 | 3 | 5 | 5 | 5 | 5 | $\underline{4\,5}$ | 3（4 | $\underline{3\,2}$ |

情　牵　　连　　　一　脉　呀，

$\underline{3\,4}$ | $\underline{3\,2}$ | $\underline{3\,3}$ | $\underline{3\,3}$ | $\underline{3\,3}$ | $\underline{3\,3}$）| $\underline{6\,3}$ | 6 | $\underline{6\,5}$ | 5 | 5 | 5 |

　　　　　　　　不　尽　春　宵

6 | 6 | $\dot{1}$ | 6 | 6 | 6 | $\dot{1}$ | 2（3 | $\underline{2\,3}$ | $\underline{2\,3}$ | $\underline{2\,2}$ | $\underline{2\,2}$ | $\underline{2\,2}$ |

梦　　里　逢。

$\underline{2\,2}$）| $\underline{5\,2}$ | 7 | 6 | $\underline{6\,5}$ | 5 | 5 | $\dot{1}$ | $\dot{1}$ | $\underline{2\,3}$ | 6 | 6 | 6 | $\dot{1}$ |

闻　她　抱　病　　写　篇　章　呀，

5 | $\underline{6\,1}$ | 5 | 5 ‖【一捶反线合尺花】6 3 5 $\overset{\frown}{6\,\dot{1}}$ 3 $\overset{3}{2}$（$5\,6\,3\,2$）

　　　　　　　　　　　　　不　辞　雪　拥　雁　门，

2 5 $\dot{1}$ $\dot{1}$ $-\overset{\frown}{6\,\dot{1}}$ 5 6 $-\overset{\frown}{6\,\dot{1}}$ 5 ——

来　慰　娇　妻　苦　痛。【白】文姬！【旦白】左、左贤王！【生白】文姬！

【哭相思】$1=C$ 宁（$\underline{2\,2}$ $\underline{2\,3}$ $\underline{2\,2}$ $\underline{2\,3}$ $\underline{2\,5}$ $\underline{5\,5}$ $\underline{3\,2}$ $\underline{5\,5}$ $\underline{5\,3}$ $\underline{2\,5}$ $\underline{5\,5}$ $\underline{3\,2}$）3 $\underline{2\,3}$ $\underline{2\,1}$

　　　　　　　　　　　　　　　　　　　　　　　　　【生唱】哪——

$\dot{6}$ $\underline{5}$ $-\dot{6}$ $\dot{3}$ $\underline{2\,2}$ $\underline{1\,6}$ $\underline{1}$ $-$【合尺滚花】（$2\,5\,\underline{7}\,6\,1$ $-$）2 $\underline{5}\,6\,\underline{7}$ $\overset{7}{6}$（2 $\underline{5}\,6$

文姬！呀——　　　　　　　　　　　　　　　　　【旦唱】相逢　蓦　地

$\underline{7}\,6$）2 $\underline{5}\,6$ $\underline{5}\,6\,\underline{7}$ $\underline{7}\,6\,\underline{7}$ $\overset{6\,7}{6}$ $-$（$\underline{7}\,2\,\underline{5}\,\underline{7}\,6$ $-$）$\underline{5}\,2\,\underline{5}\,\underline{1}$（$\underline{5}\,2\,\underline{5}\,\underline{1}$）

真疑　　　　　幻，　　　　　【生唱】人生　何处

2 2 $\underline{5}\,\underline{1}\cdot$ 2 $\underline{3}\,2$ $\underline{3}\,2$ $-$（$\underline{5}\,\underline{5}\,\underline{1}\,4$ 2 $-$）【转乙反】5 $\underline{7}\,\underline{7}\,\underline{1}$ 4 $\underline{1}$ 5 $-\underline{7}\,\underline{1}$

不相逢。　　　　　　　　　　　　【旦唱】常道别已艰　难　会更

$4\cdot$ $\underline{5}$ $\underline{4\,5}$ $\underline{6\,5}$ $\underline{6\,5}$ 5 $-$（$\underline{1}\,2\,\underline{1}\,4$ 5 $-$）2 $\underline{1}$ 2 2 2（2 $\underline{1}$ 4 2 2）4 4 $\underline{2\,1}$

难。　　　　　　　　　　　　　　　【生唱】执手　相看　　　　　知非

22

7̇1 - 4 - 2̇1̇7̇1 - 【鸟惊喧】1=C $\frac{4}{4}$ (054) 2221 7·124 |

梦呀！　　　　　　　　　　　　　　　【旦唱】且喜北塞雁　飞　千

127 01241 (054) | 22217·1241 270124 | 1

里 冒 雪霜 冻，【生唱】牵心北塞雁 盼相 见，甘冒 雪霜 冻，【旦唱】

0242171717 6 | 565 (07) 66555552 | 454

轻拭 泪眼泪眼　濛　濛，【生唱】惊悉妻房一时得病　痛，【旦唱】

06655 5554 | 242 (065) 42 4245 | 242 (0276)

感君关怀得无感　动，　　我自倍 倍珍 重。　　　【生唱】

5611 6535 | 2320 3212 1276 | 5650 1561 6165 |

唯 见你心 事　重 重，知卿素知我左贤　王　与文　姬休戚相

343 (0561) | 5616535 | 2323432 121 (0532) |

共，　　　能 否一诉隐　衷，减 一分痛。　　　【旦唱】

1712 3235 $\overset{3}{2}$ 2 221 | 7·17176 5650 2 | 1221212

抱病故 可　　忧，心中痼 疾 更药也　难 疗，胸 次胸间这般那般

7·17176 | 5650 321·2 1212 | 7·161765 65 065 |

恨 痛欲诉也　无 从，心心挂 牵寄居远方 异 国弱幼　孩 儿，骨肉

356 2123 565 (061) | 55321 (61) 5553 2123 |

被割分何 其 痛。【生唱】亲儿遭分隔，　　亲娘心底无　限

5 321123235 $\overset{3}{2}$ | 1175 4571 7104 | 22222 17·6

痛，恩深挚爱 夫　妻 更也 长嗟离别怨，　当 可知夫君心里亦 是

7673 | 6171765　　3 | 512·531 3132 | 1 - ‖

万 千 愁绪恨也无 穷。【合唱】天 何太狠，南北怨分 飞　痛。

【乙反中板】1=C $\frac{2}{4}$ (75715 55 | 55654 | 2171) | 044171 (44

　　　　　　　　　　　　　　　　　　【旦唱】西北障

171) 571124 | 5 (176165452 4 | 5) 44545 | 7·71

浮　　云，　　　风烟迷　望 眼，

23

$5\ 7\ \underline{1\ 4}$ | $\underline{5\ 4}\ \underline{2\ 1}\ \underline{7\ 1}\ (\underline{7\ 1}\ \underline{2\ 4}$ | $1)\ \underline{1\ 2}\ \underline{4\ 7}\ \underline{6\ 5\ 4}$ | $5\ (\underline{1\ 2}\ \underline{4\ 7}\ \underline{6\ 5\ 4}$ |

人在汉家　庭院　里，　　　　　心驰胡地慕　　蓬。

$5)\ \underline{7\ 2\ 1}\ 4\ \cdot\ \underline{7\ 1}\ (\underline{7\ 1}$ | $\underline{4\ 7\ 1})\ \underline{4\ 5}\ \underline{7\ 6\ 5\ 4}$ | $5\ (\underline{1\ 7}\ \underline{6\ 1}\ \underline{6\ 5\ 4}\ \underline{5\ 2\ 4}$ |

问一句好　　　贤　　　王，

$5\ \cdot)\ \underline{7\ 4}\ 5\ \cdot\ \underline{5\ 7}$ | $\underline{2\ 2}\ \underline{4\ 5}\ (\underline{2\ 4}\ \underline{5\ 6\ 5})\ \underline{2\ 7}$ | $\underline{2\ 1}\ \underline{2\ 2}\ \underline{1\ 7\ 6}\ 5\ \cdot\ \underline{4\ 2\ 4}$ |

是否骑　射　纵　横，　　　依旧风　云

$5\ \cdot\ \underline{4\ 4}\ \underline{2\ 1\ 7}$ | $1\ (\underline{1\ 2\ 1\ 7}\ \underline{5\ 7\ 1})\ \underline{2\ 1\ 1}$ | $5\ \cdot\ \underline{5\ 7}\ \underline{2\ 1}\ \underline{2\ 6\ 5\ 4}$ | $5\ \underline{1\ 7\ 5}$ |

叱咤　勇？　【生唱】休再说骑　射　纵　　横，　更莫提

$2\ \cdot\ \underline{4\ 2}\ \underline{1\ 1\ 7}$ | $5\ \cdot\ \underline{7\ 1}\ (\underline{5\ 7\ 1\ 7\ 1})\ \underline{4\ 2}$ | $5\ \underline{2\ 4}\ \underline{2\ 1}\ \underline{7\ 1}\ \underline{7\ 1\ 2\ 4}$ |

当　　年　勇，　知否人依　　旧，

$1\ 1\ 1\ 0\ \underline{7\ 1\ 4}$ | $1\ \cdot\ \underline{2\ 1}\ \underline{2\ 1\ 7\ 5}\ \cdot\ (\underline{2\ 1\ 2\ 1\ 7}$ | $5)\ \underline{5\ 1}\ \underline{5\ 2\ 4}\ (\underline{5\ 1}$ |

心底　已空　空。　　　　　当时天　赐

$\underline{5\ 2\ 4})\ 1\ \cdot\ \underline{4\ 2\ 4}$ | $5\ (\underline{5\ 6\ 5\ 4}\ \underline{2\ 4}\ \underline{1\ 0\ 4\ 2\ 4}$ | $5)\ \underline{7\ 4\ 7}\ \underline{2\ 4\ 1}$ | $5\ 7\ 1\ 2$ |

文　姬，　　千载共枕　　同　衾，

$4\ \cdot\ \underline{4\ 1\ 7}$ | $\underline{1\ 2\ 4}\ \underline{2\ 1\ 1\ 6\ 5}\ \cdot\ (\underline{4\ 2\ 1\ 1\ 6}$ | $5\ \cdot)\ \underline{1\ 1\ 1}\ \underline{4\ 5\ 5}$ | $\underline{7\ 1}\ (\underline{0\ 1\ 7\ 1}$ |

一　朝界别汉　　朝，　　拆散了多情鸳　凤。

$\underline{4\ 5\ 5}$ | $\underline{7\ 1})\ \underline{5\ 7\ 1}\ \underline{1\ 6\ 5}$ | $\underline{1\ 2\ 4}\ 5\ (\underline{4\ 5\ 2\ 4}$ | $5)\ 5\ \cdot\ \underline{4\ 2\ 1}\ \underline{7\ 0\ 5}$ |

【旦唱】尤记一　步　一回头，　魂　销影　绝遗

$\underline{2\ 1\ 7\ 1}\ 4\ \cdot\ \underline{4\ 5\ 4}$ | $\underline{4\ 5\ 7\ 1}\ \cdot\ (\underline{1\ 7\ 1\ 2\ 4}$ | $1)\ \underline{4\ 5\ 5}\ \underline{1\ 6\ 5\ 4}$ |

恩　爱，肝　胆同摧　心同　碎，　　无语问苍

5【乙反七字清】$1\ \frac{1}{4}$ | $0\ 2$ | $4\ 2$ | $0\ 4$ | $0\ 5\ 7$ | $\underline{1\ 7\ 1}$ | $0\ 4$ | $0\ 5$ |

穹。　【生唱】母　　子夫妻　分　离痛，　臣民

$\underline{5\ 7\ 1}$ | $0\ 6$ | $6\ 4$ | $\underline{5\ 6\ 5}$ ‖ 【秃头正线二黄】$\frac{4}{4}$ $0\ 3\ 7$ | $6\ \cdot\ \underline{7\ 6\ 5}$ |

无语　尽　愁　容。　　　　　　　　　【旦唱】当日别

$3\ \cdot\ \underline{5\ 3\ 5\ 6\ 1}$ | $\underline{5\ 3\ 5}\ \cdot\ \underline{6\ 7\ 2\ 0\ 2\ 7\ 6}$ | $\underline{5\ 4\ 3\ 4\ 5}\ (\underline{5\ 6\ 7\ 1\ 2\ 3\ 2\ 7}$ |

离　　时，

6 · 7 6 7 6 5 3 · 5 3 5 6 1 | 5 6 3 5 3 5 6 7 6 7 2 3 2 7 6 7 1 7 1 7 6

5 4 3 4 5) | 2 3 5 3 2 (5 3 2) 4 3 2 3 5 · 7 6 7 2 7 2 7 6 | 5 6 3 5
　　　　　　　曾　　　有　约,

0 7 7 2 3 3 5 6 7 6 | 5 3 0 5 6 2 7 6 7 2 3 1 7 6 7 1 2 1 7 6 |
夜夜 心随明 月　　 到胡　邦, 看子 复看

5 6 1 5 (6 7 2 5 3 5 3 2 7 2 7 6 5 6 1 5) 2 6 | 2 2 5 3 2 1 1 6 7 6 5
郎。　　　　　　　　　　　　　今日 得　见

3 5 2 3 5 (2 3 5 3 5) 0 1 6 1 | 3 6 7 6 5 3 5 1 2 7 6 5 (6 7 6 5
贤　王,　　　　　却未 见 儿　郎

3 · 5 1 2 7 6 | 5 6 3 5) 1 1 1 2 3 5 2 7 2 7 6 5 6 7 2 6 1 5 |
　　　　　　　　　与

6 1 (0 5 3 2 1 2 3 5 2 3 7 6 5 7 2 6 1 5 1 2 3 1) 2 6 | (稍快)
共。　　　　　　　　　　　　　　　　　　【生唱】此日

1 · 2 7 6 5 3 5 · 6 2 3 5 1 (2 3 1 2 1) 5 1 | 1 3 3 5 6 1 5 3 5
远　来　为 践　约,　　　　　迎你 重

2 · 3 1 · 7 6 5 6 1 5 4 3 5 | 2 5 3 5 1) 5 3 5 2 (5 3 5 2) 4 3 2 3 5
返　　　　　　　　　　家

3 4 3 2 1 2 7 1 | 2 (2 7 2 3 5 4 3 2 3 4 5 3 4 3 2 1 2 7 1 2 3 1 2) 2 6 |
中。　　　　　　　　　　　　　　　　　　　　此后

5 3 5 6 1 2 0 3 2 1 6 2 7 6 5 (6 1 5 6 5) 2 6 | 3 2 5 1 2 5 3 2 7
琴　瑟　复 谐,　　　　膝下 娇

6 5 (0 5 3 2 1 2 5 3 2 7 2 | 6 2 7 6 6 5 0) ‖【秃头滚花】2 6 2 5
儿、　　　　　　　　　　　　　　　　膝下娇儿

(2 6 2 5) 5 - 6 6 1 3 2 - 3 2 1 6 1 -【焙衣情】1=G 2/4 (0 3 2 1 7 |
长　侍奉。　　　　　　　　　　　　　　　　【生白】文姬,我知道

25

6 6 6 3 i 3 5 | 6 6 6 3 5 6 i | 5· 6 4 3 2 3 4 5 3 2 1 7 | 6 1 3 5

你为曹丞相撰写完咗《后汉传》，既然了却心头之愿，正宜归胡返家，

6 3 2 i 7 | 6 6 6 3 i 3 5 | 6 6 6 3 5 6 i | 5· 6 4 3 2 3 4 5 3 2 1 7 |

天伦重叙呀！　【旦白】重叙天伦？　【生白】意下如何呢？

6 1 3 5 6 3 2 3 5) | 6 6 5 6 5 | 3 3 6 3 2 | 1 6 5 6 4 5 | 3（i 6 5

　　　　【旦唱】天　作　弄，三年不醒　还　家　梦，

3 6 3 1) | 2· 5 3 2 7·（3 2 7) | 6 5 6 7 2（6 7 2) | 3 5 3 2

　　　隔　住　云　烟　几

7 1 7 6 5 6 3 5 | 6·（7 1 7 1 2 3 2 3 5 4 3 4 5) | 6 6 i 5 3　5 5 3 5 |

万　　　　重。　　　　　　　　　　今　却　也　梦

6· 5 6 i 1 6 1 2 | 3（i 6 5 3 4 3) 7 | 2 5 3 2 7 | 2 3 2 7 6·3 5 |

想　　　成　真，　　　奈世　事　变　移　朝

2· 3 2 3 2 5 | 6（3 2 1 7 6 6 6) | 5 1 3 5 6·7 | 3 7 6 5 6 7

晚　也　不　同，　　　　　　瞬息万变中，亦　当是难　自

2（1 2 3 5) | 6 6 | 6 1 5 4 3· 5 3 1 | 1· 2 3 5 2 3 1 2 1 7 | 6（1 3 5

控。　　只感君　厚　义　驯马　归大　漠，

6) 1 7 | 6 0 6 i | 5· 3 5 6 i 7 | 6（0 3 2 i 7 | 6 6 6 3 5 3 5 |

四　蹄　轻　纵。　　　　　　　【生白】何止驷马高车，更备仪

6 6 6 3 5 6 i | 5· 6 4 3 2 3 4 5 3 2 1 7 | 6 1 3 5 6· 2 3 2 3 5) |

仗庄严，以皇后之礼恭迎文姬。【旦白】如此费心，文姬何幸呀！

6 6 7 6 7 2 | 7 6（3 2 1 7 6 1 3 5) | 3 3 3 5 3 5 | 6（3 2 1 7

【生唱】归　家　　　团　聚，　　　　　感　领　天

6 i 7) | 6 5 6 i 5 3 5 | 6 5 6 1 6 3 5 6 | 1 6 5 6 4 5 | 3（5 3 6

感　领　天　恩　圆　好　梦，

1 2 3 5) | 6 5 4 3 2 1 2 3 | 6 i 6 5 5 3 7 | 2· 5 3 5 3 2 1 2 1 7 |

西　行　车　驾　尽　听　遣

26

$\underset{\cdot}{6}(6\ 765\ 3\ 5\ \widehat{6})\ |\ \underset{\cdot}{3}\ 5\ \underset{\cdot}{6}\ \widehat{1\ 6}\ 1\ \underset{\cdot}{2}\ |\ \underset{\cdot}{3}\ (\underset{\cdot}{6}\ 1\ 2\ 3\ 5\ 3)\ |\ \underset{\cdot}{5}\ 3\ \underset{\cdot}{6}\ \widehat{1\ 6}\ 1\ \underset{\cdot}{2}\ |$
从，　　　娇儿待　接风，　　　臣民待　接

$\underset{\cdot}{3}\cdot 5\ 6\ 5\ 6\ \dot{1}\ |\ 5\cdot 6\ 4\ 3\ 2\cdot 3\ 2\ 3\ 5\ 4\ |\ 3\ (6\ 5\ 3)\ 1\ 1\ \underset{\cdot}{6}\ |\ 1\ 2$
风。　　　　　　　　　　　　　【旦唱】我愧受　礼恩

$7\ 1\ 7\ 6\ 5\ 6\ 3\ 5\ |\ \underset{\cdot}{6}\ (3\ 2\ 3\ 5\ 6\ \dot{1})\ 3\ 5\ |\ 6\ 3\ 2\ 3\ 1\ 2\ 3\ (3\ 2\ 3\ 5$
隆，　　　自愧福何　薄，

$6\ 3\ 2\ 3\ 1\ 2\ 3)\ 2\ 7\ |\ \underset{\cdot}{6}\cdot 2\ 7\ 2\ 6\ 7\ 2\ \ 6\ 3\ |\ 6\ 4\ 3\ 4\ 5\ 3\ (5\ 2\ 3\ 5)\ |$
领殊荣　又何　重，忽地　天欲　坠，

$2\cdot 5\ 3\ 2\ 7\ 2\ 6\ 7\ 2\ |\ 7\ 2\ 5\ \underset{\cdot}{6}\ (1\ 2\ 3\ 1\ 2\ 3\ 5)\ |\ 6\ 2\ 2\ 3\ 4\ 5\ 3$
禁不住　口吐腥　红。　　　　　　　　　　恐难从　命

$6\ 3\ 5\ 3\ 2\ 1\ 7\ 2\ (3\ 2)\ |\ 5\cdot 6\ 7\ 6\ 7\ 2\ 6\ (\dot{2}\ 7\ 6)\ |\ 5\cdot 7\ 6\ 7\ 6\ 5$
如所　愿，　　笑相　亲，　　　笑相

$3\ 2\ 5\ |\ 3\ 5\ 1\cdot 5\ 3\ 5\ |\ {}^{7}\!6\ -\ \parallel\ (3\ 2\ 1\ 7\ -\ 6\ -\ )$
共，除却　梦魂　中。　　　　　　　【生白】文姬，你此话何解呀？

$(\underset{\cdot}{5}\ -\ 4\ -\ 2\ -)$【乙反木鱼】$1\ 1\ 2\ 4\ 1\ 2\ 4\ 5\ 4\ 4\ 1\ 7\ 5\ 2\ 4\ 1\ -$
　　　　　　　　【旦唱】我已改　嫁他人　夫家姓　董。
【生白】哦是否迎你归汉之节度使董祀呀？【旦白】正是呀！

$\underset{\cdot}{5}\ 4\ 2\ 2\ 4\ 1\ 7\ 1\ 7\ 6\ 5\ 4\ 4\ 5\ 2\ 4\ 2\ -\ 2\ 7\ 1\ 2\ 4\ 1\cdot 2\ 6\ 5\ 4\ 5$
【唱】持贞　守节梦　成空。　　　【生唱】当日你归　汉绝　胡

$1\ 4\ 1\ 4\ -\ 2\ 4\ 7\ 1\ 1\ 4\ 5\ 2\ 4\ 2\ 1\ 7\ \ 1\ 4\ 7\ 1\ 2\ 4\ 2\ -\!-$
已将此因果　种，缘由天　定，我当谅你苦衷。【旦白】多谢贤王！

$2\ 7\ -\ 1\ 2\ 4\ 2\ 1\ 6\ 5\ 4\cdot 5\ -\ 7\ 1\ 5\ 4\ 2\ 5\ -\ 1\ 7\ 5\ 7\ 1\ -$
【唱】当念　　　余情，望你还将　儿　女　痛。
【生白】放心啦，虽断夫妻情尤存儿女爱！

$7\ 7\ 4\ 5\ -\ 7\ 1\ 7\ 4\ 2\ 7\ 7\ 1\ 2\ 4\ 4\ 2\ -\ 1\ 2\ 1\ 7\ 2\ 5\ 4\ 2\ 5\ 7$
【旦唱】为觅贤良　后母，莫教　虐待逞　凶。【生唱】我早已誓不重婚，儿女

4 5 7 1 0 1 4 2 1 2 4 2 · 2 4 7 1 0 1 7 1 2 6 1 6 5 4 — 5·7 5 —

何来后母？文姬呀你且多　保　重　你莫再忧虑　　重　重。

【泣白】天呀！天呀，你可否见怜，能否使董祀君放文姬归我呢！

1 1 7 7 4 4 2 7 7 2 6 5 2 4 2 1 7 1 ── 7 5 5 2 1 2 1 7

【旦唱】我已病入膏肓，药石皆无　所　用。【生唱】定寻名医遍天　下，

4 2 1 6 5 4 2 4 2 ── 　　　5 1·2 6 5 4

当可奏　奇功。【旦白】迟啦！【生白】吓？　【旦唱】人　世　难

4 5 2 1 4 5 — 4 2 4 4 2 1 7 5 7 1 — 【断肠花】1=C 2/4 6 7 6 5 1·7 |

留，只有魂随　车驾　　动。　唉！【唱】骤　觉　心

6 7 6 5 4 5 2 4 | 5 6 5（0 4 2 4 | 5 6 2 4 5）　　　5 4 |

胸　间　痛楚热血　汹　汹。【白】哎呀，血溅衣帻，妾身失态！【生唱】鲜血

2 3 2 0 4 | 5　6 5 4 5 2 4 | 5·（6）5 6 5 4 | 2 3 2 2·4 | 5（6 5

落　在　我　襟，知否我心滴血　中，　怨罡风折　玉　凤　太凶。

4 5 2 4 | 5·1 6 5 6 1 | 5·1 6 5 6 1 | 5 6 4 5）6 5 | 4 5 3 2

【白】我以白绫拭血，妻你安心张息啦！　　　【旦唱】哀哉　我身似落

1 6 1 2 | 4 2 4　　　0 6 5 | 4 5 4 2 1 2 4 | 1·2 1 2 1 6 | 5 6 5

红随流　葬　送。【生唱】夫妻　俩竟尔弥留又再　逢，悲却悲也是　情　苗

0 5 7 | 1·（7 1 7 1 2 | 4 5 2 4 5·1 | 6 5 6 1 5·1 | 6 5 6 1

难复　种。【旦白】贤王，我别胡多年，未忘胡韵，此地此时，你能否吹奏

5 6 4 | 5·1 6 5 6 1 | 5 6 4 5 | 5 5 7 1 7 5 4 | 2·4 2·4 | 5

胡笳，赠我以安魂之曲呢？【生白】好！文姬你听下，胡笳互动，牧马悲鸣，

0 1 7 | 5·2 1 7 | 1 7 1 2 4 6 5 | 4 5 4 2 5 4 2 | 1 2 4 1 2 1 6 |

你，你随我回家去吧！【旦白】啊！回家，回家！

5 6 5 0 5 7 | 1·7 1 7 1）| 1 2 4 2 1 7 6 | 5 6 4 5 7·1 | 2 — |

　　　　　　　【唱】我心　感奋　回肠荡气　中。

（5 5 5 i 7 5 4｜2·4 2 4｜5 -｜7 6 5 7 5 4｜1 2 7 7 7｜0 2 1 2

【诵白】苦我怨气兮，浩于长空，六合虽广兮，受之应不容。【生白】文姬！

4 5 ∨｜2 -）‖【恋坛二流】1/4 2 5｜4 2｜0 4｜0 5 6｜5｜（5 6 5 4｜

唉！　　　　　　　【唱】晴天　降下　剑　刀　锋。

2 2 4｜2 4 5｜0 7 6 i｜5 6 5）｜2 4 1｜5 4｜0 1｜0 6｜6 5 4｜

【白】天呀！　　　　　　　【旦唱】斩　却　情丝　似　断

5｜（0 4 3｜2 2 4｜2 4 5｜0 1 6 1｜5 6 5）｜4 4｜0 7｜5 7｜

蓬。【生白】唉，文姬！　　　　　　　　　【唱】忍看　　白　绫上

1 2 4｜1｜5 1｜1｜　5 1｜6 5｜3 5 6 1｜2 3 4 3｜5｜

血，【旦唱】长作　证，【合唱】来生　当作　合　欢花　长　艳　红。

（0 5 5｜5 5｜7 i｜7 5｜4｜2｜2 4｜2 2｜4 4｜∨5）‖

【旦白】贤王，珍重，珍重！【生白】文姬！文姬！

啼笑姻缘·送别

林　川　　　撰曲
黄少梅　刘艳华　　唱

【秋水伊人】1=C 4/4 （5 5 5 7 7 2 6 5 5 3 5｜2 1 2 6 5 4 5 0 7 6）｜

5 5 3·3 5 2 2（3 5）｜2 3 2 1 2 3 7 6 5（5 4 3 5）｜5 5

【生唱】残阳伤　景，　　　归鞭　怕整　爱动情，　　　寒蝉

5 5·（5 6）｜5 6 i 6 5 3 5 2·（5 4）｜3 2 3 2 1 7 6 5（3 5）｜2 3 5

怕听，　柳丝　牵　萦。【旦唱】天低　月　未明　　良宵

29

3 5 3 2 1 · 6 6 | 5 5 (6̣) 1 · 2 3 2 3 | 2 3 2 1 7 2 7 6 5 · (5 2 1

不　永，又是 人离　境 迁，　　香车不向此 地 停。

5 · 5 2 3) 1 ‖ 【二黄合字过门】5 3 5 6 2 7 6 7 2 2 2 1 7 6 5 6 1 5 |

【生唱】　我　　　　回 杭定早　归把卿你　来 迎，

0 3 4 3 2 7 7 (6̣) 7 6 7 2 (7 6) 5 4 3 5 | 1 (6 5 6 1̇) 5 1 2 3 4 5

双 飞 效蝶　共 将　良 缘　订，　心爱娇

3 2 3 (2 3 5) 2 3 7 6 5 3 | 5　5 6 2 5　(2 3) 7 6 5 3 5 5 6

卿　　　此 志莫 移　情，毋用叮咛。【旦唱】樊 门 原是

1 7 6 5 · 5 | 3 · 5 6 5 3 3 2 · 2 1 5 6 1 2 3 5 1 | 【二黄】5 5 3 3 2

富贵 庭，我 落 拓凄　境，只怕 门户 不 相称。【生唱】蒙 卿

2 1 1 1 1 2 3 5 2 3 2 (2 1 2 3 | 5 6 1̇ 6 5 3 5　2 3 5 · 6 5 6 1̇ 6 5 3 5

错爱，

2 3 1 2) | 2 3 1 2 (3 1 2) 6 4 · 3 5 2 7 2 0 5 3 2 | 1 2 3 7 1

喜　　　　还惊，

(1 2 3 4 5 · 4 3 5 2 6 5 4 3 2 1 7 6 5 4 3 5 | 1 · 5 6 5 4 3 2 · 3 4 5 4 3

2 3 5 3 4 3 2 1 2 3 7 1) 1 2 | 5 1 0 5 3 2 1 2 3 5 2 1 1 2 5 (5 5 3 2

纵使 贫　　　　　　　寒

1 2 3 5 2 1 1 2 | 5 · 7 6 1 2 3 5) 5 6 7 7 6 5 6 7 7 0 2 7 6

　　　　　共

5 6 4 0 3 5 | 6̇ 7̣ 1 · (6 5 3 5 6 7 6 5 6 7 6 5 6 7 7 6 5 6 4 3 3 5

永。

30

$\overline{\dot{1} 3 5 \dot{1}})2 1$ | $\overline{3 1} \overline{3 2} \overline{1 7} \overline{6 5} 3 (\overline{5 3 5}) \overline{5 \cdot 1} \overline{1} (\overline{5 1} \overline{1 1}) 0 \overline{3 1}$ |

筑起 新　巢　同 到老，　　　不再

$\overline{1 1} \overline{3 2} \overline{1 7} \overline{6} \overline{5 3} \overline{5 1} \overline{2 3} \overline{1 2 7 1} (\overline{2 7} \overline{6 5} \overline{6 1} \overline{5 3 5}$ | $\overline{1 2 3 7 1})$ |

折　柳

$\overline{6 1} \overline{2 3} 1 (\overline{2 3}) \overline{1 2} \overline{3 5} \overline{3 2} \overline{2 7} \overline{6 7} \overline{1 3} \overline{2 1} \overline{7 6}$ | $\overline{5 \cdot (6} \overline{5 3 5}$

在　　　　长　　　亭。

$\overline{2 5} \overline{3 2} \overline{1 3} \overline{2 7} \overline{6 7} \overline{1 2} \overline{1 7} \overline{6} \overline{5 6} \overline{3 5})\overline{7 2}$ | $2 0 \overline{4 3} \overline{4 3} \overline{2 7} \overline{7} \overline{7 2 7 6}$

【旦唱】待我 洗　　　净

$\overline{5 6} \overline{7 6} 5 (\overline{7 6} \overline{5 6} 5) \overline{7 6} 1$ | $\overline{2 2} 0 \overline{5 3} \overline{2 2} \overline{7 6} 0 \overline{2 4} \overline{5 4} \overline{4 3} (\overline{5 4 3 5}$

铅　华，　　卸下 歌　　　　衫，

$\overline{2 3} 6 0 \overline{2 7} 2$ | $\overline{3 4} \overline{5 3})\overline{1 7} \overline{1 2} 3$ | $\overline{2 3} \overline{2 0} \overline{2 7} 6 \overline{5 6} \overline{4 3} 5$ |

素　姿　　重

$\overline{2 3} 1 (0 \overline{5 6} \overline{7 1} \overline{2 3} \overline{5 2} \overline{1 7} \overline{6} \overline{5 6} \overline{4 3} \overline{3 5} \overline{1 3 5 1}) \overline{1 6}$ | $\overline{3 2} \overline{3 2} \overline{3 2} 1$

整。　　　　　　　往日 天

$\underset{\smile}{3} \overline{7 1} \overline{7 6} \overline{5 3} \overline{5 6} 1 \overline{3 2} 7$ | $\overline{6 7} \overline{1 2} \overline{7 2} \overline{7 6} \overline{5 3} 5 (\overline{3 5}) \overline{5 4} \overline{3 2} 1 (\overline{2 7}$

桥卖　　唱从此 绝　　　　迹

$\overline{6 5} \overline{6 1} \overline{5}$ | $\overline{5 5} \overline{3 5} \overline{5 2} 1 0)\overline{2 1} \overline{5 6} 1 (\overline{2 5} \overline{6 1 \cdot})\overline{3 2} \overline{3 2} \overline{5 6} \overline{1 2} \overline{3 1} \overline{2 1} 3$ |

歌

$5 (0 \overline{5 3} 5)$ ‖【雨打芭蕉】$\overline{2 2} \overline{5 5} \overline{6 5} \overline{6 1}$ | $5 (0 \dot{1} \overline{6 5}) 4 \cdot 3$ |

庭。　　　　【生唱】痴痴缠缠万　缕 情，　　柳 下

$\overline{5 5} (\overline{7 6})$ | $\overline{5 3} 5 \overline{1 7} 6$ | $\overline{5 \cdot 7} \overline{6 5} \overline{6 5} \overline{5} 3$ | $\overline{2 3} 2 (0 \overline{6 5})$

莺 鸣，【旦唱】啼　痕翠袖　盈，仰望长　河 疏　星。　【生唱】

7 3 2 3 2 3 1 | 2 (0 5 3 5) 2 7 2 7 2 3 | 5 5 (6 i) 5 5 0 5 3 2 |
仿 似 花 落 影， 我 愁 难 罄。【旦唱】当时 相偎

1 0 2 1 1 5 3 5 6 1 2 1 | 5· 7 6 7 6 5 4 3 | 5 ‖
处，竟变作弹 泪送君 亭。【生唱】分飞 句那愿 听。

【梆子慢板】(0 7 6 1 5 3 5 6 i 5 6 4 5 3 5 2 3 | 1 6 5 3 5 6 5 6 i 5

5 6 5 6 i 5 6 5 3 2 3 5 3 5 3 2 | 1 6 5 3 5 1 2 3 5 2 3 2 7 6 0 7 6 1 2 3

1 2 3 1) 3 3 | 1 2 3 1 0 6 5 3 5 0 5 3 2 1 (5) 6 1 | 3· 5 6 1
【生唱】一方 素 帕 赠卿卿， 学那 寒 梅怒放

0 2 3 7 6 2 3 2 3 7 6 5 6 5 (6 i 6 5 | 3 5 2 1 3 2 3 5 6 i 2 5 3 2
把霜 凌，

1 3 5 6 1 5 6 3 5) | 7 7 2· 7 6 1 2 3 (1 2 3 5 3) 0 2 1 | 3 1 0 5 3 2
傲视 群 芳， 敢与 风

1 2 3 2 1 7 6 5 (5 5 3 2 1 2 3 5 2 1 7 6 | 5 6 3 5) 5 5 3 2 1 (5 3 2
姨 争

1) 5 5 4 3 2 1 2 3 5 | 2 (6 5 3 5 2 3 4 5 3 2 2 7 6 0 2 3 2 7
胜。

6 7 1 7 2) | 5· 6 1 1 3 7 6 5 3 5 2 0 1 2 3 1 (5 3 2) 1 6 | 3 3 2 3 5
【旦唱】长 伴素帕不 离 影， 帕上 梅花

2· 7 2 7 0 2 7 6 6 5 (3 5 | i i i i 3 3 i 3 5 i i 3 3 5 6 i
暗香 盈，

5 6 3 5) 5 6 | 3 2 3 5 3 3 3 2 (2 3 2) 7 6 5 6 1 (2 3 1 2 1 0) |
还赠 青 丝 寸 缕，

32

$\overline{6\cdot2}$ $\widehat{7\ 2}$ 76 $5\ 3\dot{5}$ | $1\ 0\ 3\ 2\ 7\ 6$ $(5\ 3\ 2\ 2\ 7$ | $6\ 5\ 3\ 5\ 6)$ $2\ 1\ 2\ 1\ 2\ 3$
谢　　　　你　　　　　　　　　　　深

$\overline{1\cdot2}$ $7\ 2\ 76$ 56 $7\ 2\ 6\ 5\ 4\ 3$ | $\overline{2\cdot3}$ $2\cdot3$ $2\ 6\ 1\ 4\ 3\ 5$ $(2\ 6\ 4\ 3$
情。

$5\ 6\ 3\ 5)$‖【孔雀开屏】 $\overline{1\cdot2}$ $3\ 5\ 3\ 2\ 1$ $(5\ 4\ 3)$ 2 | $\overline{1\cdot2}$ $1\ 2\ 7$
　　　　　　【生唱】倍 感心 高兴，　　　感你 真意

6 $(0\ 3)$ $2\ 7$ | $6\ 1\ 5\ 0\ 7\ 6\ 7\ 2$　　 $3\ 5\ 3\ 2$ | $7\ 2\ 3\ 5\ 3\ 2\ 7$
盛，【旦唱】一涤　愁 肠泪 已罄，【生唱】青丝　重 比金玉

$2\cdot$ (3) | $2\ 2\ 7\ 6\ 7\ 2\ 7\ 6\ 3\ 5\cdot(3)$ | $2\ 2\ 7\ 6\ 7\ 2\ 7\ 6\ 3\ 5$ |
胜，【旦唱】素帕伴如 君相 共永，【生唱】青丝 连 心相 共并，

$5\ 0\ 6\ 5$　 $0\ 6\ 5$　 $0\ 3\ 2$　 $0\ 3$ | $\overset{7}{2}$ $(0\ 3)$
【旦唱】 但求 【生唱】愿酬 【旦唱】相敬【生唱】久　永，【旦唱】

$2\ 5\ 6\ 7\ 3\ 3\ 2\ 7\ 2\ 6$ | 2 — ‖【反线中板】1=G $\frac{2}{4}$ $(3\ 5\ 6\ \dot{1}\ 5\ 5\ 5\ 5$ |
两情长悦将心　　证。

$5\ 5\ 6\ 5\ 6\ 4\ 5$ | $3\ 2\ 3\ 1)$ | $0\ 6\ 1\ 1\ 6\ 1$ $(6\ 1$ | $1\ 6)\ \dot{1}\ 6\ 5\ 3\ 5\ 0\ 5\ 6\ 7$ |
【生唱】天涯游　　　　子

$6\ (5\ 3\ 5\ 6\ \dot{1}\ 7\ 6\ 5\ 6\ 3\ 5$ | $6)\ 6\ 3\ 6$ | $6\ 1\ 1\ 2\ 3\ 5$ 2　 $5\ 3$ | $2\ 5\ 3\ 5\ 1$
心，　　　　菊部识 红　颜，信是 前

$2\ (6\ 5\ 3\ 5\ 1$ | $2)\ \dot{2}\ \dot{2}\ \dot{1}\ \dot{1}\ 3\ 0\ 5\ 6\ \dot{1}$ | $5\ 0\ \dot{1}\ 6\ 5\ 3$ $(5\ 2\ 3\ 1\ 2$ | $3\cdot)\ 1$
缘　　　今生　　　订。　　　　　　你

$3\ 1\ 1\ 2$ | $2\ 5\ 5\ 4\ 3\ 2\ 1\ 2\ 3\ 5\ 3\ 2\ 7$ | $6\ (5\ 6\ 2\ 1\ 1\ 2\ 3\ 5\ 3\ 2\ 7$ |
雪样　　聪　　　　明，

33

6) 6 5 · | 1 · 3 2 · (3 2 3 2) 1 5 5 | 3 · 3 2 3 1 6 3 5 (3 5 6 i |
兰心　惠　质呀　　　尤胜我　坐　　拥

6 i 5) 5 6 4 3 2 · 3 2 3 5 6 | 5 6 0 1 2 3 1 (5 6 1 2 3 | 1)
百　　　　　城。　　　　　　　　　　　　【旦唱】

6 5 3 2 1 (i | 6 5 3 2 1) 3 5 6 5 3 5 4 3 | ²⁷ 2 · (i 6 i 6 5
天　桥　　　是鹊　　桥，

3 5 6 i 6 5 4 3 | 2 3 2 0) 1 6 5 0 5 | 1 6 1 2 (1 3 2 3 2) 6 3 0 6 |
弦丝　作红·绳，　　他日　君

6 · 7 6 5 3 1 ²⁷ 2 (7 6 5 3 1 | 2 ·) 6 5 4 4 · | 3 5 (0 i 6 5
归　来　　　　　当记　认。

4 4 0 i 6 5 | 3 5) 7 6 4 3 2 1 (7 6 | 4 3 2 1) 2 3 1 3 2 1 1 3 |
又遇风　雨　　　阻归

5 (3 5 3 2 1 2 3 5 2 1 6 3 | 5) 7 6 6 5 2 | 3 4 3 2 1 6 1 2 1 1 ‖
程，　　　　　　莫忘云中寄锦　字，　免我

【反线二黄】 ⁴⁄₄ 6 · 3 2 3 2 1 6 · 1 5 3 5 6 1 2 3 4 5 3 (5 4 3 5 2 3 1 2 |
望　　断

3 4 5 3) 5 6 1 5 (6 1 5) 4 3 4 3 2 1 6 1 0 1 2 3 | 3 2 0 5 6 5
鸿　　　　　　　　　　　　　　征。

3 5 6 6 6 5 3 2 3 5 1 6 1 6 1 2 · (3 2 1 2 3 | 5 6 i 6 5 4 3 2 7 6 1 5 6 i
5 6 i 7 6 5 3 5 2 3 1 2) | 6 6 3 5 (6 i 5 3 5) i 7 ²⁷ 6 · (2 7 |
检点　　　　　笙歌，

34

6 6 6 7 6 i 5 6 i 7 6 5 6 i 3 i 3 5 6 2 7 6)5 1 | 1 6 1·(6 1) i 6 5 4 3
　　　　　　　　　　　　　　　已无 秦 淮　佳

5·(i 7) 6·i 6 i 6 5 | 4 3 4 5 3 3 5 6 i 4 3 2·3 1 6 1 2·3 1 2 3 |
客

5 3 5·6 7 6 7 2 7 6·7 6 7 6 5 3 5 3 3 3 6 | 5 6 4 5 5 (i 7 6 i 6 5
3 0 6 2 4 3 2 3 1 2 1 2 3 | 5 6 7 2 6 5 3 5 2 2 2 2 i i i i 4·i 4 3
5 6 3 5) 1 6 | 5 5 5 3 2 1 2 3 5 2 1 1 6 5 (5 5 3 2 1 2 3 5 2 1 1 6 |
　　　　　　舞榭 歌　　　　　　　台

5 6 3 5) 5 5·i 6 5 4 3 2 0 3 2 3 2 7 6 1 2 3 7 6 5 | 6 1 ‖
　　　怕唱　　　　　　　　　　　　　　　咏。

【南音】1=C $\frac{4}{4}$（2 3 5 2 3 5 6 5 6 1 3 5 2 3 5 3 6 5）| 6 5·3 2 3 5
　　　　　　　　　　　　　　　【生唱】何 堪

1 7 1（6 5 3 5 2 3 5 6 3 5 5）| 1 2 3 5 5 1 6 5 5 5 5 5 6 4 3
听，　　　　　　　　别 离　声，

2（6 5 3 5 2 5 2）| 6 1 5 3·5 3 2 7 6 5 1（6 5 3 5 2 3 5 6 3 5 5）|
　　　　　併刀 难·断

6 1 0 2 3 6 5 1 2 7 6 5（0 7 6 5 3 5 6 2 6）6 3 | 1 1 1 6 5 4 3
柳 回　蒙。　　　　今日 曲终

2·4 5·（4 2 4 5）| 6 1 5 0 3 2·3 1·（3 2 3 5 6 3 5 5）|【乙反】
人 散　徒 伤景，

4·5 1 7 6 5 4（5 4 5）4 7 1（5 4 2 4 5 6 5 4 2 4）| 1 1 2 7 1
唯 余　江上　　　　　　　　数

35

2 (252) 5 5 5 6 5 4 2·(4242) | 7 4 2 4 2 2 2 4 5·(4 2 4 5 2 1 7 6) |

峰　青。　　　　　又恐　归　来

7 5 (545) 4·2 4 1 7 1 (54 24 56 54 24) | 1 4 4 1 7 |

时　　不　靖　咯，　　　　　　泪

7 5 (24545) 5 7 1 2 7·(7 5 7 1 2 7) | 4 2 4 (24) 5 1 4 5 4 |

痕　　　凝　面　　涕　　交

2 4 1 0 2 7 6 | 5 7 5 (2 2 5 5 —) ‖【双星恨】 $\frac{4}{4}$ 0 3 2 1 1 2 3 2

零。　　　　　　　　　　　【旦唱】归舟暗　催

1 2 7 6 | 5·(7) 6 5 6 1 5 6 3 5 3 5 | 5 (5) 3 2 3 5 2 2 (3 4 3 2)

汽　笛　鸣，　乍传又似雷　霆，　　心忧　忡，

7 2 7 6 | 5 (2) 7 2 7 6 5 2 1 2 1 3 | 5 (0 7 6 i) 5 5 5 5 7 | 2·

意　难　平。【生唱】望那里　残山若　愁城，　　鹃声凄凄恨　听，

(6 i) 5 5 5 5 7 | 2 (0 7 6 i) 5 5 5 5 7 | 2 3 2 7 6 7 2 (7 2) 3

【旦唱】钟声哀哀叠　听，　【生唱】青天飞星恨　怨，　难寻月老

5 5 7 | 2 0·2 3 5 3 2 1·(3) | 3 5 3 2 1·(3 2 3 1) 2 1 2 7 | 6

将婚　证，叹春不永，　花不永，　心绪不　静。

(5 4 3 5) 2 5 3 2 1·(3) | 2 5 3 2 1·(3) 2 1 2 1 2 7 | 6·(2 7)

【旦唱】秋　声听，　风声听，　声声扣命。

6 7 6 7 6 5 | 4 2 4 5·(6) 4 5 6 2 1 2 4 | 6 5 (4) 2 1 2 4 5 6 4

归　舟　去　影，　去影剩水　清，【合唱】长河恨煞双

5 | 5 (2 2 4 5 5 6 4 3 2 4 | 1 1 6 5 1 2 6 5 4 ∨ 5) ‖

星。

36

啼笑姻缘·情变

林 川　　　撰曲
黄少梅　刘艳华　唱

【引子】 1=G サ（3 3 3 3 3 3 3 3 3 3 3 3 3 3 3 3 3 3 …… 6 - 2 6 5

1 - 1 - 1 - 2 1 2 1 2 1 2 1 2 1 2 1 1 - 2 - 1 - 6 6 6 6 6）

【生白】一枕弦歌惊梦散，【旦白】千秋儿女为情牵。

【春江花月夜】1=G　6 6 6 1 2 6 | 5·6 1 | 5·5 6 1 | 3 - | 3 2 3

【生唱】夜寂寂怅添茫　然，霜天　客　里秋心　乱，　断肠

5 3 5 | 6·1 2 3 2 | 1 2 3 7 6 | 5·1 | 6 1 2 2 6 5 2 | 3·6 5 |

处未曾　续　诉相思　痛惊　断琴　弦，纵　梦里仙姬今再重　现，忍顾

3 5 6 1 5 6 5 3 | 2·（1 2）| 3 5 6 5 6 1 | 2 3 2 1 2 3 1 | 2（0 3 |

凤　喜　暗嗟叹无　言。　　心将裂如万箭　穿，吹失爱果风倍　喧。

2 2 2 2 2）| 2 2 3 5 3 2 | 1 1 2 6 5 6 | 1（1 2 3 5 | 2 2 2 2 2 2）3 |

【旦唱】冷冷罡风花泣　变，拆飞旧时玉　燕，　　　　　是

2 3 5 3 5 3 2 | 1·3 3 2 3 | 1·3 2 3 2 | 1 2 3 7 6 5 | 5·（6 5 |

阳　错或向阴间　怨，虚窗　暗　烛风翻　瘦影　倩谁　怜？【生白】

3·5 6 1 | 5 5 6 1 2 | 6·1 5 4 | 3·2 1 2 3 | 2 - ）| 3 6 5 5 3 |

有心怜弱者，无力补情天呀！　　　　　　【唱】恨天妒我红

2 3 2 1 2 3 1 | 2 - | （3 - ）| 3·5 2 2 | 0 2 3 | 3 5 6 5 6 1 |

颜，悲加爱减心倍　酸。　　　是　　无缘　还是　命里差一

5 5 1 | 6 1 2 6 1 5 2 | 3 0 6 5 | 3 5 6 1 6 5 3 5 | 2　　0 3 |

线，尘　世　重拜金此风已成　验，忍看　月向他方格　外　圆。【旦唱】问

2 3 5 3 5 3 2 | 1 1 3 2·3 | 1 3 2 3 2 | 1 5 6·1 | 2·（3 |

谁　错上有苍天　见，我非贪　恹贪宝玉　未为俗　世　牵。【白】

2 3 5 5 3 5 3 2 | 1 ·) 　　　　2 3 | 1 1 2 2 3 | 6 · 1 6 6 1 6 5 | 3
一入侯门深似海，实非我愿。【唱】花经　百劫失娇　艳，叹 任自天　　断，

0 6 5 5 | 3 2 3 5 3 5 | 6 · 1 2 3 2 | 1 2 3 7 6 5 | 5 · 6 1 | 5 5 6 1
只怕你 梦寻旧爱蓬莱 未 见仙踪　 有心　也徒　　然，今番 再见君一

3 0　5 | 3 6 5 4 3 | 2 3 3 2 1 2 3 1 | 2 - | (2 2 2 2 2 2) | 2 · 5
面，唉！我 愿即化落　红翻飞　片影阶里　添。　　　　【生唱】云 破

3 5 5 | 2 2　　0 3 2 5 | 3 · 5 6 5 6 1 | 5 5 |　　3 · 5 6 1
月缺有　重圆，【旦唱】任闲过　莫　作深 秋　送扇，【生唱】回　杭 续了

5 5 | (5 6 7 5 6 7 3 | 3 5 6 3 6 2 | 2 3 5 2 3 5 1 | 1 2 3 1 2 3 6
前缘。【旦白】败柳之身无须扶持呀！【生白】情花劫后香如故，风雨来时色

6 1 6 5 6 1 6 5 | 3 -) | 3 2 3 5 3 5 | 6 · 1 2 3 2 | 1 2 3 7 6
更鲜。　　　　　【生唱】愿酬旧爱奉上　薄　礼珠钗　　矢心　为玉

5 0 6 1 | 5 5 6 1 | 3 · (6 5 | 3 6 5 6 5 3 | 2 3 2 1 2 3 2 1 | 2 - |
婵　一朝　了却今生　愿。【旦白】唔得㗎樊郎！【生白】唔怕，凤喜你快跟

2) 　　　　　　　0 3 5 | 3 2 3 5 5 | 3 2 3 5 5 |
我扯啦！【旦白】咁呀？咁好啦！　　【唱】待我　回杭日照镜　描容，细插

3 5 6　3 5 3 2 | 1 6 1　2 | 　　2 · 3 5 6 3 5 | 2 2 · 　　5 |
并蒂花，香脂轻抹　再眉宇　添。【生唱】同　步柳阴共诉　前缘，【旦唱】更

2 3 5 6 2 3 5 6 | 3 5 3 2 1 2 6 | 1 2 3 5 5 | 3 5 3 2 1 5 6 1 | 2
桥下语私堤畔爱痴 倾心花阡见，对画　阁　　飞舟，一竿掀破 化成万缕 青

2 · (2 | 1 2　6 5 | 2 3) | 2 · 2 5 5 | 3 5 3 2 1 5 6 1 | 2 2 · 　　1 |
烟。　　　【生唱】凉 亭晚唱　江天一碧赋题弄影　飞笺，【旦唱】我

2 2 · 7 | 6 2 | 1 2　6 2 1 | 1 2 6 2 | 1 2 1 6 2 | 6 · 2 1 2 1 6 |
遭曲　　漫展，武音　韶音，奏 雅音颂音 管音　和音，集 古百音唱绵

38

5（5 5 5 5 5 6 1） | 5·6 1 2 | 6（6 6 6 6 1 2） | 6 6 1 2 6 | 5
绵。　　　　【生唱】行　乐永不　倦，　　　　觅梦醉花　前，

0 6 1 | 5 5 6 1 | 3（3 3 3 3 3） | 3 3 6 5 5 3 | 2 3 2 1 2 3 2 1 |
喜相　爱有痴　愿，　　　　　极目天雨过无　云,当惜　爱恋心　更

2 - | （2 -） | 0　0 5 | 3·5 2 3 5 6 | 3 3 |　6 - | 6 7 |
坚。【旦白】哎呀，你睇下!【唱】见　大　帅行近带兵　步乱,【生唱】乍　听得，

6·6 7 7 | 0 5 6 7 7 6 | 5 | 0 2 3 | 5 5 6 7 6 | 5 5 6 7 6 |
四　处声喧，　忐忑不安怎　算?【旦唱】无觅　处　匿迹，怕听声　喧，

0 6 5 7 6 5 | 3 - | 3 5 6 5 | 3 3 5 3 5 | 0 6 5 3 3 5 6 |
【生唱】心倍惊心更　乱,【旦唱】事到今我　又负重　托，　且拒共话再痴

2·　　　3 | 2 3 5 3 | 2 2 3 5 3 | 0 3 3 2 1 3 2 | 1 - |
缠,【生唱】彷　徨未觉　穷途驿　现，　怎得水渺芳村　见?【旦唱】

1 1 2·1 | 1 1 2 3 2 | 0 3 2 1 3 2 1 | 6 - | 6 1 2 3 1 6 5 |
刹那间　似　箭贯心　穿，　心　爱君不可　愿，【生唱】骤见分飞两难言，

6 1 2 3 1 6 5 | （3 3 3 3 3 3 3 3 | 3 5 6 1 5 5 | 0 1 2 6 5 | 6 6 1 2
月挂中天叹未圆。【白】莫非月悬天道，盈亏果有定数?

6 5 6） | 0 1 6 1 2 3 | 1（0 2 3） | 1·2 3 5 | 1 3 5 2 1 6 | 5·
　　【唱】我自觉心中　愧，　　情　缘莫种　枉生　斯世命　延，

6 | 1 2 6 1 6 5 | 3 0 5 | 3 6 6 5 6 5 3 | 2 3 2 1 2 3 1 | 2 - |
又　见她泪　披　面，　与　凤喜怎抗显贵强　权,苍天纵高心每　偏。【旦白】

（2 2 3 3 | 6 6 7 7 | 5 5 5 6 | 3 3 3 5 | 2 2 3 3 | 2 2 3 2 | 1 -）|
樊君我两缘已尽，还有钱票三千啦!【生白】钱! 钱我唔稀罕呀!

（渐快）0 2 6 2 | 1·2 3 3 | 2 - | 2 5 3 2 | 1·1 | 1 3 2 3 | 6
【旦唱】一阵凄　怨　心忧　煎，唉! 泪眼争不　见，我　再看君一　面，

01 | 6̣ 6̣1 5̂ | 3̣ (3 3 3 3) | 6 1 2 3 | 1 2 7̇ 6 | 5̣ (慢) 0 6̣ 1̇ |
佪　漫弄票　钱，　　　　　怒碎纷飞　似絮笑复　言。　　　声声

5̣ 5̣ 6̣1̂ 2̇ | 3 - | (5 3 | 2 - | 5 3 | 2 - | 3̇ 2̇ | 6̣ 6̣1 5̂ | 3· 5 |
刺我芳心　　乱。【生白】天涯芳草每含烟，【旦白】十里洋场几处喧。

3· 5 | 6̣ 1̇2̇ 3̇2̇ | 1̇2̇3̇2̇1̇ 6 | 5· 6 | 5 5 3· 5 | 5· 6 1̇ 2̇ |
　　【生白】一曲弦歌伤别恨，【旦白】长留啼笑证姻缘。

6̣ 1̇ 2̇1̇ 6 5 | 3· 5 6̣ 1̇ 2̇ | 1̇ 6 5 3 2 5 6 | 2 - | 5̂ -) | 5 7̇ 6 6 |
　　　　　　　　　　　　　　　　　　【旦唱】笑哭疯癫，

6̇ 7̇ 6̇ 5 5 | (5 6̣ 1̇ 3 3 | 3 6̣ 1̇ 5 5) | 5 5 3 | 2̇ 2̇ | 2̇ 5̂ 4̇ 3 3 |
偷生　暗怨。　　　　　　　　　【生唱】世态　炎凉，人渺　欲现，

(3 3 2 1 1 | 1 3 2 2) | (快) 2 1 6̣ 6̣ | 6̣1̇ 6̣ 6̣ | (6̣ 1̇ 2̇ 2̇ | 2̇3̇ 1̇ 1̇) |
　　　　　　　　【旦唱】欲穷春色，望眼将穿。　　　　　【生唱】

1 2 3 3 | 3 5 2 2 | (2 3 5 5 | 5 6̣ 3 3) | 3 6̣ 5 5 | 5 3 2 2 | (2 5
待诉相思，啼笑成缘，　　　　　　　　　　【旦唱】临风顾盼，应召黄泉。

3 3 | 3 3 2 1 1) | 1 3 2 2 | 2 1 6̣ 6̣ | ˢ (6· 1̇ 6̣ 6̣ ¹⁶⁵ 3 …… 2/4 |
　　【旦唱】眼看溪山，欲题空笺，

6̣ 6̣ 6̣1 2 5 | 3· 3̇ 3̇ 5 | 3· 3̇ 3̇ 5) | (慢) 6̣· 1̇ 2̇ 3̇ 2̂ | 1̇ 2̇ 3̇ |
　　　　　　　　　　　　　　【旦唱】梦　托他生　　与君

1̇ 6 | 6̇ 5̂· (6̣ 6̣ | 5̂· 5̂ 3 5 | 5· 6̣ 1̇· 2̇ | 6̣ 6̣1̇ 2̇1̇ 6 5 | 3· 5 |
再续　　缘。　　　　　　　　　　　　　　【生白】梦魂常系心常恋，

6̣ 1̇ 2̇ | 1̇ 6 5 3 2 5 6 | 2 3 2 1 2 3 1 | 2 - | 6̂) | 1 2 | 3 5 6̣ 1̇ |
【旦白】风风雨雨恨煞天。　　　　　【生唱】晚舟　渐去　轻烟

5 5 3 2 3 5 | 2 - | 3· 5̂ 6̣ 1̇ | 6̣ 1̇ 6 5 3 5 6 | 2̇　　　3 2 1 7̇ 6 1̇ |
隐约回杭逐快　船，　啼　笑哀欢　今生今世莫说姻　缘。【旦唱】青史怨恨续再

³⁢2̣ 3 2 1 2 3 1 | ³⁢2 - | (5 6̣ 2̂) ‖
篇，孤影俏倚花雨　　轩。

40

绝情谷底侠侣情

陈锦荣　　　　　　撰曲
陈辉鸿　潘千芊　　唱

【牌子头】1=C（3－6－5－）【急急锋四鼓头】$\frac{2}{4}$（6· 6 6 6 6 6 6 6 |

1· 1 1 1 1 1 1 1 | 2 1 2 3 | 5 － | 3· 3 3 3 3 3 3 | 5· 5 5 5 |

5 5 5 5 | 3 2 3 5 | 6 0 2 1 7 6 | 0 5 3 5 6 0 5 | 3 5 2 0 1 6 1 |

2 5 3 2 1 ∨ | 2 －）【丹凤眼】 3 2 3 6 5 － 3 2 1 6 1 ∨ 2 － $\frac{2}{4}$

【生唱】　　重临绝谷 处，苍山 过雁　　哀。

（0 1 6 1 2）3 6 | 5 7 6 5 4 3 | 2· 3 4 5 3 | （0 2 7 2 3 2 7）| 6 1

复登　上断肠崖，血泪 盈　五　内，　　　　　　　　望眼

5 3 5 | 2 3 2 1 2 3 | 6 5 3 5 6 5 | （0 6 3 6 5 3 5）| 2 3 6 5 3 2 |

高　　峰　遍　寒　苔，　　　　　　飘　泊孤鹰

1 2 3 6 5 7 6 | 5 2 3 7 6 | 5 3 5 7 6 1 2 3 | 1（2 3 1 6 1 2 3 | 1 2 7）

再　重　　来，当　日　盟犹　在。

6 3 6 | 2 3 7 6 5 | 1 2 3 1（3 5）| 2 3 7 6 5 3 5 | 5 6 5 3 2 1 6 1 2 3

恨只恨 伊　人已　杳，　早　　投崖，此 生　怎 觅 所

1（6 5）3 5 6 3 | 5 6 ∨ 5 ‖ （2－3－5－）$\frac{2}{4}$（0 6 1 | 5 5

爱？　如　痴 如　呆。　　　【浪白】小龙女书嘱杨

0 2 3 | 5 5 0 6 1 | 5 5 0 2 3 | 5 5 0 3 5 | 2 2 0 6 1 | 2 2 0 3 5 |

郎，珍重万千，务求相聚。哎，龙儿，龙儿呀！

2 2 0 6 1 | 2 2 0 3 5 | 2 1 | 6 1 ∨ | 2 －）‖【合尺滚花】 （5 5 1 3

2－）6 5 1 2 6 5 5 6 5 3 5 －（2 4 3 2 1 5 －）5 1 2 5 （5 1 2 5）

【唱】石崖剑刻尚留痕，　　　　　　杨过伤怀

$\widehat{6\,6}\,2\cdot\,\underline{\overset{\frown}{3\,2}}\,\underline{1}\,\overset{\cdot}{6}\,1\,-(2\,\underset{\cdot}{5}\,\overset{\cdot}{7}\,\underline{6}\,1\,-)\,1\,\underset{\cdot}{6}\,2\,\underset{\cdot}{5}\,(1\,\underset{\cdot}{6}\,2\,\underset{\cdot}{5})\,2\,2\,2\,\overset{\frown}{7\,6}\,\underset{\cdot}{5}$

十六载。　　　　　　信是殉情　　身先死，

$\overset{\cdot}{6}\,-(7\,2\,\underset{\cdot}{5}\,\overset{\cdot}{7}\,\underline{6}\,-)\,3\,\overset{\cdot}{6}\,3\,2\,(3\,\overset{\cdot}{6}\,3\,2)\,1\,2\,2\,\overset{\frown}{6}\,1\,-1\,2\,-$ 【牌子头】1=G

芳魂守信　　　　也应归来。

$(3\,-\overset{\cdot}{3}\,-\overset{\cdot}{2}\,\overset{\cdot}{3}\,\overset{\cdot}{1}\,\overset{\cdot}{2}\,\overset{\cdot}{7}\,\overset{\cdot}{1}\,7\,6\,5\,6\,3\,5\,\overset{\vee}{6}\,-)$ 【倩女魂】　　　$\overset{\cdot}{1}\,\overset{\cdot}{1}\,-3\,5$

　　　　　　　　　　　　　　　　　【旦唱】空谷 年

$3\,-6\,6\,-6\,6\,6\,-(6\,-\overset{\cdot}{2}\,-\overset{\cdot}{1}\,-7\,-6\,-)\,\frac{4}{4}\,(0\,3\,5\,|\,6\,-\,-\,5\,6\,5\,|$

年，梦断 心悲哀。

$3\,-\,-\overset{\cdot}{1}\,|\,7\,\overset{\cdot}{1}\,7\,6\,5\,6\,5\,|\,3\,-\,-\,7\,3\,|\,2\,-\,-\,3\,\underset{\cdot}{6}\,|\,1\,-\,-\,5\,\underset{\cdot}{6}\,|\,7\,5\,0\,3\,2\,$

$7\,3\,2\,\underset{\cdot}{5}\,|\,6\,6\,6\,6\,3\,|\,\frac{2}{4}\,6)\,6\,5\,6\,7\,|\,6\cdot\,(6\,5\,6\,7$　　　$6)\,3\,2\,3\,4$

　　　　　　　恰似 栖 身　　　　桃源 世

$3\,(3\,2\,3\,4\,|\,3)\,6\,6\,6\,|\,2\,3\,1\,2\,3\,(3\,2)\,|\,7\,2\,0\,5\,|\,6\,(6\,6\,6\,3\,|$

外，　　　忆当初 投　下　　绝谷 崖内，

$6)\,7\,0\,6\,5\,|\,7\,6\,(0\,5\,6\,|\,7\,\overset{\cdot}{1}\,7\,6\,5\,6\,3\,5\,|\,6\,6\,6\,6\,4)\,|\,3\,2\,0\,3\,|$

水深深，　　　　　　　　　寒潭

$\underline{5\,6}\,3\,2\,1\,|\,3\,\underset{\cdot}{6}\,\underline{1}\,6\,1\,2\,|\,3\cdot\,(\underset{\cdot}{6}\,\underline{1}\,6\,1\,2\,|\,3)\,2\,6\,4\,|\,3\,(2\,6\,6\,4\,|$

千 尺 几重　　阶，　　　人遭毒 害，

$3)\,5\,3\,5\,3\,2\,|\,1\,(0\,6\,5\,|\,3\,5\,5\,3\,5\,3\,2\,|\,1\,1\,2\,3\,1\,)\,|\,0\,2\,2\,3\,|$

悲花 夭 折，　　　　　　　投崖

$3\cdot\,\overset{\frown}{6}\,\overset{6}{\underset{\cdot}{5}}\,|\,1\,3\,2\,1\,6\,1\,2\,|\,3\,(0\,5\,3\,2)\,|\,1\cdot\,2\,3\,2\,3\,5\,|\,\overset{3}{2}$

为 知 音，愿他 脱难 消 灾，　　剑 刻 山　　间，

$0\,3\,2\,7\,|\,6\,5\,6\,5\,6\,7\,|\,2\,3\,2\,(2\,3\,2\,7\,|\,6\cdot\,5\,6\,5\,6\,7\,|\,2\,0\,3\,2\,7)\,|$

心只盼 杨郎离　恨 海，

$\overset{\frown}{5\,6}\,3\,5\,6\cdot\,7\,|\,6\,5\,6\,7\,2\cdot\,(7)\,|\,6\,3\,2\,3\,7\,5\,|\,6\,(6\,6\,6\,3)\,|\,6\cdot\,\overset{\cdot}{1}$

情 怀乱，更 无 情毒发，　　如刀斧 袭 来。　　　相

42

5·63 | (6 5 6 i 5 6 3) | 3·1 2 3 2 | (3·1 2 3 2) | 0 3

爱， 偏 绝爱， 问

2 3 | ⌒5 0 6 | 1·3 2 3 1 2 | 3·(3 2 3 1 2 | 3) 2 3 4 | 3 2 2

人 间 情是 何 物？ 徒令世 俗 人

(0 3 2) | 1 3 2 3 1 ∨6̆ － | (3－ | 7－ | 6－) ‖ 【叫头】杨郎！

死 生盼 待。

（4 4 －）夫君！（2 2 －）你是否 （5 5 －）依约来此断肠崖呀！

【乙反中板】1=C 2/4 （7 5 7 1 5 5 | 5 5 6 5 4 | 2 1 7 1）| 【生唱】

0 1 7 1 | (1 7 1) 5 7 1 | 2·(1 7 5 7 1 | 2) 1 6 5 | 4 5 0 7 1 7 |

听 传 音， 似是 龙儿， 又似是

2 1 6 5 4 2 4 | 5 7·1 3 2 | 1·(1 7 1 3 2 | 1) 4 2 4 |

风 来 绝 塞。 【白】龙儿呀！【旦唱】听

(4 2 4) 1 7 6 1 | 5·(6 1 7 6 1 | 5) 5 1 2 6 1 | 2 4 0 5 5 | 1 2 4 |

传 音， 分明是杨郎 唤我，雷鸣 峻

1 (2 4 | 1) 2 2 2 1 6 5 4 | 5·(1 2 1 6 5 4 | 5) 7 1 2 1 7 | 1 |

岭 谷底声 回。 【生唱】唤

4 2 1 2 4 | 2 (1 2 4 2 1 2 4 | 2) 1 7 1 7 4 | 2 6 5 (5 6 5) 1 7 |

千 声， 已是约会 之 期，【旦唱】约会

2·4 1 7 5·4 2 4 | 5·5 2 4 1 5 | 7 1 0 5 4 | 2·4 2 1 7 2 1 7 |

之 期 郎可 在？

5 4 5 1 7 1 2 1 7 | ⌒1 － ‖ 【白】杨郎！（4 2 4 5 － 6 －）过儿呀！

（2 2 － 0 2 7 6·i 6 5 4 5 2 4 5 －）【生白】啊！【可怜我】1=C 2/4

（0 2 2）| 1 2 2 | 1 2 1 2 | 3 5 3 2 | 1 7 6 | 0 6 7 6 | 5 6 2 2 |

【生唱】这呼声 若那杜宇 声 泣 断 崖， 是我龙 儿唤夫君，

43

$\underline{0}\,\underline{67}\,\underline{6}$ | $\underline{5}\,\underline{6}\,\underline{2}$ | $3\,\underline{5}\,\dot{6}$ | $\overset{6}{\cdots}\,5\,-$ ‖　　　　【旧苑望帝魂】1=G

拼之身　　纵碧潭　暂约不　改。　【白】龙儿！

$(1\,2\,4\,5\,-\,6\,-\,6\,4\,5\,-)$　$(\underline{6}\,\underline{5}\,\underline{4}\,\underline{5}\,\underline{2}\,\underline{5}\,\underline{4}\,\underline{5}\,\underline{6}\,\underline{5}\,\underline{4}\,\underline{5}\,\underline{2}\,\underline{5}\,\underline{4}\,\underline{5}\,\overset{\vee}{6}\,-\,4\,-\,5\,-)$

【二人】龙儿！　　$\frac{4}{4}$（$\underline{0\,5}$ | $\underline{5\,0\,4\,2}\,\underline{4\,6\,5}\cdot\underline{5}$ | $\underline{5\,0\,4\,2}\,\underline{4\,1\,7}\,1\cdot\underline{6\,1}$ |
　　　　过儿！

$\underline{2\,1\,2\,4}\,\underline{5\,6\,5}\cdot\underline{5}\,\underline{5\,5\,5}$）$\underline{5}$ | $5\cdot\underline{4}\,\underline{2\,4\,6}\,\overset{6}{5}$（$\underline{2\,4\,6\,5}$）$\underline{5}$ | $5\cdot\underline{4}$
　　　　　　　　【旦唱】魂　牵　盼并蒂花　开，　　　郎君鬓

$\underline{2\,4\,1\,7}\,1$（$\underline{5\,4\,2\,1}$）$\underline{6\,1}$ | $\underline{2\,2\,0\,1}\,\underline{1\,6\,5}\,\underline{5\,0}\,\underline{0\,1\,6\,1}$ | $\underline{2\,4\,5}\,\underline{6\,5\,1}\,\underline{6}$
白霜雪　盖，　　　夕旦　相思，你瘦尽形骸，我望　君叹息多　感

$\underline{5}$（$\underline{2\,4\,6\,5}$）$\underline{5}$ | $5\cdot\underline{4}\,\underline{2\,4\,6\,5}$（$\underline{2\,4\,6\,5}$）$\underline{5}$ | $5\cdot\underline{4}\,\underline{2\,4\,1\,7}\,1$（$\underline{5\,4\,2}$
慨。【生唱】携　手　细认托香腮，　　　神　伤　秋水　满　载，

1）$\underline{6\,1}$ | $\underline{2\,2\,0\,1}\,\underline{6\,1}\,\underline{5\,5\,0\,6\,1}$ | $\underline{2\,4\,5}\,\underline{6\,5\,1}\,\underline{6\,5}$（$\underline{2\,4\,6\,5\,6\,5}$）|
尚记　当初，你暗自投崖，十数　载魂萦梦　　来。　　　　【旦唱】

$4\cdot\underline{5}\,\underline{2}\cdot\underline{4}\,\underline{5\,4\,5\,6\,4}$（$\underline{5\,4}$）| $2\cdot\underline{4}\,\underline{1}\cdot\underline{7}\,\underline{5\,4\,5\,7}\,\overset{2}{\cdots}\,1$ | $\underline{0\,6\,1}\,\underline{2\,2\,0\,1\,6}$
似　天地　隔心　灰　冷，　　　不　得见　月明　湖　海，　未断丝牵，岁月

$\underline{5\,5}$ | $\underline{0\,6\,1}\,\underline{2\,4\,5}\,\underline{6\,5\,1}\,\underline{6\,5}$（$\underline{2\,2\,4\,6}$ | $5\cdot$）$\underline{5\,5}\cdot\underline{4}\,\underline{2\,4\,6\,5}$（$\underline{2\,4\,6}$|
悠悠，　寒潭独处　未忘心底爱。　　　【生唱】情丝　已系解不开，

$5\cdot$）$\underline{5\,5}\cdot\underline{4}\,\underline{2\,4\,1\,7}\,1$（$\underline{5\,4\,2}$ | 1）$\underline{6\,1}\,\underline{2\,2\,0\,1\,6}\,\underline{5\,5}$ | $\underline{0\,6\,1}\,\underline{2\,4\,5}$
崖中　有字心永　载，　　　踏遍山川，也未忘怀，　年年梦醒

$\underline{6\,5}\,\overset{\frown}{1\,6}\,\overset{\vee}{6}\,\overset{\frown}{5}$ | （$\underline{4\,2}\cdot\underline{4\,2}\,\underline{1\,7\,6}$ | $5\,-\,-\,-$）‖【反线二黄板面】1=G　$\frac{4}{4}$
独徘　　徊。

（$\underline{0\,3\,5}\,\underline{2\,3\,5}\,\underline{1}\,\underline{6\,5}\,\underline{5\,6}\,\underline{1}$ | $\underline{1\,6\,5\,6}\,\underline{1}\,\underline{5\,6\,1}\,\underline{2\,3\,4}\,\underline{5\,3\,2\,3}\,\underline{2\,3\,5}$

【旦白】唉！当年我身中冰魄银针之毒，自料必死无疑，无奈刻字留言，以绝

$\underline{2\,3\,2\,7}\,\underline{6\,5\,6}\,\underline{1}$ | $\underline{5\,1\,3\,5}\,\underline{6\,1}\,\underline{5}\cdot\underline{6\,5\,6}\,\underline{1}\,\underline{7\,6}\cdot\underline{1}\,\underline{6\,1\,6\,5\,4\,3\,4\,5\,3}\,\underline{1}\,\underline{7}$ |
君爱念。【生白】有誓生死相随，尤幸情天有眼，寒潭之下有洞天，只是悠悠

6 i̱ 6̱ 5̱ 3̱ 2̱ 3̱ 5̱ 5̱ 2· 3̱ 2̱ 3̱ 5̱ 6·1̱ 2̱ 3̱ 2̱ 1)【反线二黄】5 | 6·i̱ 5̱ 0 2̱ 7̱
十六载，害我苦苦追寻呀！　　　　　　　【旦唱】我　苦　　思

6̱ 6̱ 【序】2̱ 2̱ 7̱ | 6̱ 6̱ 7̱ 6̱ 5̱ 6̱ i̱ 3̱ 2̱ 3̱ 5̱ 6̱ 7̱ 6̌ |【曲】3̱ 5̱ 3̱ 2̱ 2̱ 1̱
君，　谷底　寂寞是龙　女杨郎俗世可心　开？　望　郎

0̱ 6̱ i̱ 3̱ 5̱ 0 3̱ 5· 3̱ 5̱ i̱ | 6̱ i̱ 5̱ 6̱ i̱ 4̱ 0 6̱ 4̱ 3̱ 2̱ 7̱ 2̱ 3̱ 4̱ 3̱ 4̱ 5̱
践　约，

3· 5̱ 6̱ 5̱ 6̱ i̱ | 5̱ 6̱ i̱ 5̱ 【序】0̱ 6̱ 6̱ 5̱ 3̱ 3̱ 5̱ 6̱ 2̱ 1̱ 2̱ 3̱ | 5̱ 6̱ 5̱ 3̱
　　　　　　　　　不枉　十六　载愁云　盖，孤雁

2̱ i̱ 6̱ 5̱ 4· 3̱ 5̱ 6̱ i̱ 5̱· 1̱ |【曲】3̱ 2̱ 0 3̱ 2̱ 7̱ 6̱ 0 7̱ 6̱ 4̱ 3̱ 5̱ 2̱ 3̱ 5̱ (6̱ 1̱
重归　意 未改，　这千　丈　危崖，

5̱ 3̱ 5̱)5̱ 2̱ | 3̱ 2̱ 0 7̱ 6̱ 5̱ 3̱ 2̱ 2̱ 1̱ 7̱ 6̱ 5̱ 3̱ 5̱ (6̱ 1̱ 6̱ 5̱ 3̱ 2̱ 2̱ 1̱ 7̱ 6̱ |
难将　痴　　　　情

5̱ 6̱ 3̱ 5̱)2· 2̱ 1̱ 2̱ 3̱ 3̱ 2̱ 1̱ 2̱ 3̱ 2̱ 1̱ 6̱ 1̱ 2̱ 7̱ 6̱ 6̱ 5̱ | 6̱ 1̱ (3̱ 2̱
阻　　　　　　　　碍。

1· 2̱ 3̱ 5̱ 2̱ 3̱ 2̱ 1̱ 6̱ 1̱ 2̱ 3̱ 7̱ 6̱ 5̱ 6̱ 1̱ 2̱ 3̱ 1)| 3̱ 6̱ 1̱ 6̱ 1̱ 6̱ 6̱ i̱ 6̱ 5̱ 4̱ 5̱
　　　　　　　　　　　　　　　【生唱】浪迹萍　　踪，

3̱ (2̱ 3̱ 1̱ 2)| 5̱ 5̱ 6̱ 4̱ 5̱ 5̱ 3̱ 0 2̱ 3̱ 1̱ 2̱ (3̱ 5̱ 2̱ 3̱ 2̱)5̱ 1̱ | 5̱ 3̱ 5̱
　　　　　　身　经　百　劫，　　　　　只盼　皇

3̱ 2̱ 0 5̱ 3̱ 2̱ 7̱ 6̱ 7̱ 2̱ 6̱ (3̱ 5̱ 6̱ 7̱ 6̱)1̱ 2̱ | 6·3̱ 2̱ 3̱ 2̱ 1̱ 1̱ 6̱ 0 1̱ 5̱
天　　眷　念，　　　　　再把　并

1̱ 1̱ 2̱ 3̱ 5̱ 4̱ 3̱ (2̱ 3̱ 1̱ 2̱ | 3̱ 6̱ 5̱ 3̱)i̱ i̱ 6̱ 5̱ 3̱ 5̱ 0 i̱ 6̱ i̱ 6̱ 5̱ 4̱ 5̱ 3̱ |
蒂　　　　花

6̱ 5̱ 4̱ 3̱ 2̱ 4̱ 3̱ 2̱ 3̱ 2̱ 1̱ 7̱ 1̱ 2̱ (2̱ 1̱ 2̱ 3̱ | 5̱ 6̱ i̱ 6̱ 5̱ 3̱ 5̱ 2̱ 3̱ 5̱ 2̱ 3̱ 5̱ 2̱ 3̱ 2̱ 1̱ 6̱ 1̱ 3̱
栽。

2̱ 3̱ 1)5̱ 6̱ | 1̱ 0 5̱ 3̱ 2̱ 1̱ 0 3̱ 2̱ 1̱ 1· 3̱ 5̱ (3̱ 6̱ 5̱ 3̱ 5̱)5̱ 6̱ | 6̱ 5̱ 4̱
唯恨 岁　岁　年　年，　　　　一样　山

45

$3\,2\,4\,3$ $3\,2\,5\,3\,2\,2\,1\,6$ $(5\,\dot{1}\,3\,5$ | $6\,7\,6)\,5$ $6\cdot5\,4\,3$ $2\,0\,3\,2\,1$
空　　　　　　　　　　　　　　　人不

$7\,1\,5$ | $7\,1$ ‖【离别恨】1=C $\frac{2}{4}$ $(0\,3\,5)$ | $2\,3\,7\,2$ $\overset{4}{3}$ | $7\,3\,2\,5$
在。　　　　　【旦唱】那知夏与　冬，遁迹江湖

$6\cdot(5$ | $6\cdot5\,6\,7\,6)$ | $1\,3\,2\,1\,5\,1$ | $0\,5\,0\,1\,7\,1\,2\cdot(7$ $6\,6\,7\,6\,1\,2)$ |
内，　　　　　已生　华发　容已　改，

$2\,5\,2\,1\,7\,6$ | $5\cdot(6\,5\,3\,5)$ | $5\,2\,7\,6\,5\,7$ | $6\cdot(2\,3\,5\,6)$ | $6\,5\,1$
深潭悲　独　行，　　何堪劫难缠翠　黛。【生唱】弦　断

$\underline{2\,1\,2\,3}$ | $5\,(3\,2\,1\,2\,1\,6)$ | $5\,1\,0\,4\,5\,6\,5\,3\,2\,1\,2\,3\,2\,3\,2$ |
琴　台，　　　徒盼　爱　侣声更　添哀。【旦唱】

$7\,2\,7\,6\,5\,1\,0\,6$ | $5\,3\,5\,5\,5\,3\,2$ | $2\,1\,(7\,6\,5\,3\,5)$ | $0\,2\,7\,6\,1$ |
未知有　谁个　伴杨　郎游江　海？【生唱】唉！　孤　客

$3\,3\,5\,6\,7\,2$ | $6\,2\,5\,2\,7\,6$ | $0\,1\,3\,5\,7\,3$ | $5\,2\,3\,5\,(3\,5)$ |
离群情未　断，佳人怎替代。【旦唱】忆墓里旦夕　挚诚共处，

$2\,5\,3\,2\,1\,2\,3$ | $3\,2\,7\,6\,5\,6\,7$ | $6\cdot(5\,2\,2\,5$ | $6\,7\,2\,6\,7\,6)$ | $5\,6$
情思挥不去，痴痴　苦盼望　人　　在。　　　【生唱】长自

$1\,2\,5\,3$ $\overset{3}{2}\,5\,6\,2\,3$ | $5\,1\,2\,7\,6$ $\lor$ | $5\,-$ ‖【木鱼】$5\,7\,3\,2\,7\,7\,6\,6\,7$
怨苍　天，枉生尘　世，怎得引凤　来！　　今日喜见玉容　尤是

$3\,7\,6\,5\,0\,3\,2\,7\,3\cdot5\,2\,0\,7\,3\,2\,3\,3\,2\,7\,2\,0\,7\,2\,2\,7\,3\,4\,4\cdot5\,3\,-$
昔年　风　采，　　莫非有仙方　妙法　为你脱难　消灾？

$3\,6\,3\,2\,7\,2\,7\,6\,6\,5\,0\,3\,7\,3\,1\,1\,1\,6\,4\,3\,0\,5\,6\,1\,1\,1\,6\,3\,7\,2\,7\,6$
【旦唱】当日身跃　寒潭，岂料冰窖镇痛　人　无碍，更有玉蜂

$5\,6$ $3\,6\,3\,5\,6\,6\,1\cdot2\,3\,2\,2\,7\,6\,6\,5\,-\,(2\,-\,3\,-\,5\,-)$【鱼村夕照】1=C $\frac{4}{4}$
留蜜,解毒方能续命　　　来。

$0\,7\,6$ | $5\,3\,6\,1\,5\,6\,1\,2\,7\,6\,1$ | $0\,3\,2\,1\,5\,0\,3\,2\,1\,(7\,6)$ |
【生唱】劫后　重生又　重　见,真似幻变,　朗月重开　心欢　载,

46

5 6 1 6 1 6 5　3 4 3 0 3 5｜2 3 1 3 6 1 2 3 2　0 6 4｜3 5

常　忆御风古　墓　外，举灯　看书素餐为我开。【旦唱】身历　万劫

3 5 6 1 5 6 5 0 6 5｜5 1 6 5 3 5 2 3 2 0 3 5｜2 2 6 6 1 1 5 5｜

尤处摩星界，　君似　月中丹桂遇斧　裁，　今朝　喜得　共聚，铁汉柔情，

3. 5 6 5 6 1 5 4 3 2 1 2 3｜5 6 5　0 7 6 5 5 5 5 6｜1 0 6 5 3 5

避　世绝情　崖，我为情　无　悔。【生唱】纵为余情无　悔。苍生浩劫

2 3 5 1 2｜3 4 3 0 6 1 5 2 1 3 5 6 1｜5 -‖【反线中板】1=G 2/4

百般　哀，　靖扫狼烟　桃源复再　来。

（3 5 6 1 5 5｜5 5 5 5 6 4｜3 2 3 1）｜0 6 5 1 1 6 5 3｜5. 5

　　　　　　【旦唱】此处　虽非　　　　武

1. 2 1 7 6 1｜2（5 6 4 5 3 5 3 2 1 2 6 1｜2）3 6 1 6 1｜4. 3 2 3 4 5

陵　　源。　　　　　　　　　尽可荷　锄带

3 6 1｜1 6 5 3 5（3 5 6 1｜5）5 2 2 3 5｜6 5 3 5 2 1 6 2 1.（3 2 1 6 2

月,银塘　鱼鲜　美，　　同把酒盈　杯。

1）1 5 3 5 0 6 1 7｜6（6 5 4 3）2 3 1 0 5 3 5｜7 6（6 1 6 5

不染　俗世　　　　　　烦　　嚣，

3 5 2 1 0 5 3 5｜6）1 3｜6 6 1 2 4 3 2 1 3｜1. 2 3 6 4 3

　　　　　　　　闲静　舒怀，　鸾凤　同

3 2（3 6 4 3｜2）6 3 1 1 6 5 3｜5 6 1 5 0 2 7｜6 1 5 4. 5 4 3｜

巢，　　　　此后晨昏　共　对。

2. 1 6 5 4 5 6 3｜5 -‖【回龙腔】1=C 4/4（0 2 3 2）5 3｜2 2 3

　　　　　　　　【生白】唉,龙儿呀！【唱】你道　悠然

5 6 5｜2 1 2 3 5. 5 3 5 3 2 1 3 3｜2 2 1 5 2 3 5 1 2 7｜6 5

似仙界,闲　居多欢　快,可知　边　城饮　马　是狼

6（2 7 6 7 6 2 7｜6 6 6 7 6 5 1 5 1 3 5 6 7 6）｜【二黄】6 5 3 5

豺！　　　　　　　　　　　　　　　　　　元兵

47

2 1 2 | 5 2 1 6 · 1 5 6 1 2 3（1 2 | 3 5 3）6 5 6 i 5 · i 6 5 3 |

劫掠， 民 历 兵

6 5 4 3 2 3 5 2 1 6 1 2（3 5 | 2 2 2 3 2 3 5 1 5 6 1 2 3 2）| 6

灾。 问

2 7 6 5 3 2 0 2 1 | 3 2 5 3 2 1 2 5（3 5 3 6 | 5 3 5）6 · 1 2 · 3

鼎 神州， 只怕 山 河 尽

5 4 3 | 2 1（7 6 · 3 2 · 3 5 4 3 2 1 2 1）| 5 3 2 7 6 1 0 6 | 2 2 1

改。 神雕 侠侣， 又 岂

6 1 5 5 1（6 1 5 | 5 3 1）5 1 0 3 2 7 6 2 7 6 | 5 · 2 1 2 7 6 5 6 1 3 5 ‖

甘 沉 埋。

【合尺滚花】 廿（5 5 1 3 2 －）3 1 5 3 3 2 1 5 6 6 5 3

【旦白】这个吗？ 【旦唱】惊听烽烟 战云，

5 －（2 5 3 2 1 5 －）5 6 2 1 5 6 1 · 3 2 3 2 1 6 － 1 －（2 5 7 6 1 －）

弥漫关 河绝塞。

6 1 3 5 － 2 1 5 6 1 · 3 2 7 6 5 · 6 7 6 7 7 6 －（7 2 5 7 6 －）3 6

共挽狂澜 驱强虏， 阴霾

2 7 －（7 －）7 2 6 5 － 4 3 4 3 2 1 · 2 3 5 3 2 3 5 － 4 3 3 2 2 ——

扫尽 待见云天 开。

【诗白】杨郎永保英雄气，【生诗白】龙女应为女中魁呀！【红楼梦】1=G $\frac{4}{4}$

（3 5 | 6 － － 5 6 5 | 3 － － i | 7 i 7 6 5 6 5 | 3 － － 6 3 | 2 － －

3 6 | 1 － － 5 6 | 7 5 0 3 2 7 3 2 5 | 6 · 6 6 6）3 5 | 6 － － 5 6 |

【生唱】腾 飞 上高

3 － － i | 7 i 7 6 5 5 6 5 | 3 ·（i 7 6 5 6 3 · 5 3 2 1 7）| 6 － － 3 |

崖， 双 双 飞 跃到天 外。 【旦唱】神雕

2 － － 3 | 5 － 6 7 6 5 | 3 ·（7 6 5 3 · 5 3 2 1 7）| 6 － － 3 | 2 － －

客 丽影，海天襟 怀。 【生唱】人 生 劫，

3 | 7 0 3 2 3 5 | 6·(7 1 2 3 2 3 5 6 5 6 7) | i－－7 | 6－－i |
休 恨 天 叹 无 奈。 【旦唱】跨 山 川， 叱

7 i 7 6 5 6 7 i 7 | 6·(i 7 i 7 6 5 3 5 6 7) | i－－7 | 6－－i |
咤 一 啸 傲 苍 海。 【生唱】走 千 关， 披

7 i 7 6 5 6 5 4 | 3－－ 6 3 | 2 (6 3 2) 3 7 | 1 (3 7 1)
一肩风雨武功惊宇 内。【旦唱】云天 青， 舒浩 气，

0 7 | 5 0 3 2 7 3 2 3 5 | 6·(6 6 6 6 6) 6 3 | 2 (6 3 2) 3 7 |
湖海 留得英 名 在。 【合唱】云天 青， 舒浩

1 (3 7 1) 0 7 | 5 0 3 2 7 3 2 3 5 | 6 (6 6 6 6 3 | 2－－3 6 |
气， 湖海 留得英 名 在。

1－－1 2 | 3 6 5 6 7 | 6－－－) ‖
气， 湖海 留得英 名 在。

秋 江 哭 别

叶幼琪 李淑勤 唱

【二黄首板】1=C ↗ (1－7－6·1 6 5 3 5 6 1 5－5－5－1·2 1 2

3 5 2－) 2 7－(2 7－) 5 5－3·5 3 2 7 1 7 1·2 1 2 3 2 3
【生唱】两袖 青衫 泪，

3 3 2－(6－1－2－)【二流】1=C ¼ 0 2 2 | 3 2 7 | 5 5 3 2 |
化作 千 叠 秋江

7·6 | 5 6 2 7 | 6 | (0 4 3 2 7 2 | 6 7 6) | 1 2 0 5 | 6 1 2 |
泪， 昨宵 嫌聚 短，

2 7 6 | 7 2 7 6 | 5 ↗ 2 1 5 6 1 ⌄ 3 2· ¼ 0 7 3 2 | 7 2 | 0 6 |
今日 怨别 长， 可怜 她， 未知我 赴试 临

0 1 | 2 5 3 2 1 | 2 (0 5 6 5 3 5 | 2 3 1 2) 5 3 5 6 | 7 6 | 0 2 |
安。 情无 岸恨 无

49

$\overbrace{2\ 2\ 3}$ | 5 | ($\overbrace{0\ 7\ 6\ 5\ 6\ 1}$ | $\overline{5\ 6\ 3\ 5}$) | $\overline{6\ 2\ 7\ 6}$ | $\overline{5\ 2\ 6}$ | $\overline{5\ 3\ 2}$ |

崖，　　　　　　　念伊　人惨被　愁遮

$\overline{0\ 5\ 6\ 1}$ | 2 | $\overline{0\ 5\ 3\ 2}$ | 1 | ($\overline{0\ 3\ 2\ 1\ 2\ 3}$ | $\overline{1\ 2\ 1}$) | $\overline{5\ 3\ 2\ 1}$ | $\overline{2\ 1}$ |

和恨　档。　　　　　　　两岸猿声　啼不

$\overline{0\ 1\ 6\ 5}$ | 3 | ($\overline{0\ 1\ 6\ 1\ 6\ 5}$ | $\overline{3\ 5\ 3}$) | $5\cdot 5$ | $\overline{3\ 2\ 7}$ (6 | $\overline{5\ 6\ 7}$) |

住，　　　　　　　伤心哭别

$\overline{2\ 1\ 1\ 3}$ | $\overline{5\ 6\ 5}$ | $\overline{0\ 1}$ | $\overline{2\ 3\ 2}$ | ($\overline{0\ 5\ 6\ 5\ 3\ 5}$ | $\overline{2\ 3\ 1\ 2}$)2 | $\overline{5\ 2\ 7}$ |

九回　肠。　　　　　　　不　愁死

$\overline{6\ 0}$ | $\overline{1\ 2\ 7\ 6}$ | 5 | $7\cdot 7$ | $\overline{4\ 3\ 2}$ | $\overline{0\ 7\ 2\ 6}$ | $\overline{3\ 2}$ | $\overline{0\ 7}$ | $\overline{2\ 3\ 7\ 6}$ |

别　痛生　离，地　大　天　高　载不尽　情深　义　广。

$5\cdot 6$ | $5\cdot \overline{6\ 7\ 2}$ | $\overline{6\ 2\ 3\ 5}$ | $\overline{6\ 5\ 6}$ ‖ 【二黄滚花】 ㆇ（$\overline{7\ 2}\ \overline{5\ 6\ 7}$

$6-$）$\overline{3\ 2\ 7}\ \overline{6\ 2\ 2}$（$\overline{7\ 6\ 2\ 2}$）$\overline{2\ 7}\ 7\ 3-6\ 1-1\ \overline{2\ 1\ 2}-$（$\overline{5\ 5\ 1\ 2\ 3}$

只怕妙嫦错怪　　我是负心　郎，

$2-$）$\overline{1\ 6\ 2\ 5}$（$\overline{1\ 6\ 2\ 5}$）$\overline{6\ 1\ 6\ 5\ 3\ 5}-$（$\overline{2\ 4}\ \overline{3\ 2\ 1}\ 5-$）$\overline{5\ 3}\ \overline{1\ 1}$

上路匆忙，　　　　　谁知我有

$1\cdot \overline{3\ 5}$（$\overline{1\ 3\ 5}$）$5\ 1\cdot \overline{2}\ \overline{3\ 2\ 1}\ \overline{6\ 1\ 6}-1\ 1$ —— 【音乐】1=G　$\frac{2}{4}$

难　言　苦况。　　　　　　　　　　【旦内白】

（$\overline{5\ 6\ 1\ 1}$ | $\overline{2\ 2\ 1\ 1}$ | $\overline{5\ 6\ 1\ 1}$ | $\overline{6\ 5\ 6\ 6}$ | $\overline{4\ 5\ 6\ 6}$ | $\overline{6\ 5\ 4\ 4}$ | $\overline{1\ 2\ 4\ 4}$ |

潘郎！潘郎！【生白】咦，何以远远传来陈姑呼唤之声呢？只见秋江之上白

$\overline{5\ 6\ 1\ 1}$ | $\overline{2\ 2\ 1\ 1}$ | $\overline{5\ 6\ 1\ 1}$ | $\overline{6\ 5\ 6\ 6}$ | $\overline{4\ 5\ 6\ 6}$ | $\overline{6\ 5\ 4\ 4}$ | $\overline{1\ 2\ 4\ 4}$ |

浪滔滔，人影全无㗻，唉！都系我错听洪涛生幻觉，当作呼郎一片断肠声啫。

$\overline{5\ 6\ 4}$）‖ ㆇ（$5-\dot{2}-7-6-5-\dot{1}-7-$）$\frac{2}{4}$（$\overline{5\ 5\ 1\ 2}$ | $\overline{4\ 5\ 5}$ | $\overline{1\ 2}$

【旦内白】潘郎稍待！潘郎稍待！（驾舟追上）【生白】啊！陈姑！

4 | $\overline{5\ \dot{1}\ 5\ 6}$ | $\overline{1\ 2\ 4}$ | $\overline{1\ 2\ 1\ 2}$ | $1\cdot \dot{2}$ | $\overline{6\ \dot{2}\ 6\ \dot{2}}$ | $6-$ ‖ ㆇ $6-\dot{2}-$

50

$\widehat{1-\dot{2}-\dot{3}}-$) 【秋江别】1=G $\overset{5Y}{6}$ $\widehat{\dot{1}7}$ $\overset{7}{6}-5\widehat{64}\widehat{5}45-\overset{4}{3}-$

　　　　　　　　　　　　【旦唱】冒雨追　舟，哭声破风　　　浪。

$\frac{4}{4}$ 05 | $3\widehat{52}35\cdot\widehat{43}5321\widehat{361}$ |

【生白】妙嫦，我—— 【旦唱】你　立志忘誓约，　一声不响只身通远

$\widehat{232}$ (05$\widehat{35}$3$\widehat{21}$361 | $\widehat{23}$2$\widehat{03}$21$\cdot$$\widehat{32}$761 | $5\widehat{65}0\dot{1}$ |

方。　　　【生白】唉！妙嫦，你都应该知道我赶去临安赴试嘅啦！

$6\widehat{\dot{1}65}3523$ | $535\widehat{76}\widehat{56}\widehat{\dot{1}}5\widehat{64}3\widehat{21}23$ | $535\widehat{76}56\widehat{\dot{1}}$ |

【旦白】我知道你赶去临安赴试，你为何不别而行，舍我而去，还不是有心将

$\widehat{563}5\widehat{\dot{1}}7$) | $\widehat{60\dot{1}56\dot{1}}653235$ | $6\widehat{\dot{1}}56\widehat{\dot{1}}$ $(\widehat{76})$ |

我抛弃咩！　　【生唱】别　　意　离　情　欲诉无路诉，【旦唱】

$56\widehat{\dot{1}}6\widehat{\dot{1}}65$ | $\widehat{34}\widehat{30}\widehat{1}35321\widehat{361}$ | $\widehat{23}2$ $03\widehat{21}\cdot(3)$ |

谁　信欺　心　话，　你采得新枝弃　旧　香。【生唱】潘必　正

$\widehat{23}\widehat{12}$ | $\overset{5}{3}$(035) $6\widehat{56}56\widehat{\dot{1}}$ | $56\widehat{35}656$ 　　56 |

心中倍不　安，　请听沥　胆　与披　肝，　　【旦唱】再休

$5\widehat{64}3$ | $\widehat{23}\widehat{12}3\cdot(2)$ | $\widehat{12}35\widehat{32}72$ | $\dot{6}03\widehat{21}(03)$ | 235 |

强　辩　求原　谅，　雪拥千尺　浪，秋江里　　一腔

$\widehat{231}7\widehat{61}\widehat{231}\widehat{761}$ | 5($0\widehat{\dot{1}6\dot{1}}653523$ | $535\widehat{\dot{1}}65\widehat{6\dot{1}}$ |

悲　愤我怒　斥薄　幸　郎！【白】可叹侬本痴情，郎何薄幸？一段尊缘

$56\widehat{53}$ 2123 | $535\widehat{\dot{1}}65\widehat{6\dot{1}}563$ | 5$\cdot$)5 | $\dot{1}3\dot{1}276$ |

便从此绝，冤家你好自为之，妙嫦去矣！　　　【生唱】我　紧缠纤手不

$\widehat{50}65$ | $\widehat{35}321\widehat{25}32$ | $\widehat{35}265$ | $35\widehat{23}5$ $\widehat{56}43$ |

放，泣血　呼　冤　叫冤　枉，【旦唱】任你莲花　舌　灿，语巧

$\widehat{23}\widehat{53}21$ 【反线二黄序】33 | $5\widehat{35}65321(321)33$ |

如　簧。　　　【生唱】伏望　听　端　详，　　伏望

51

$\overline{5\ 3\ 5\ 6}\ \overline{\dot 1\ 6}\ \overline{5\ 4\ 3\ 2}\ (\overline{5\ 4\ 3\ 2}\ )\ \overline{1\ 1}\ |\ \overline{5\ 5\ 3\ 2}\ \cdot\ \overline{5}\ \overline{6\ 1\ 2\ 3}\ 1\ (\overline{3\ 5}\ )\ \|$
鉴　衷　　肠，　　【旦唱】你要　清心　讲，从实说真　相。

【反线二黄】$\overline{\dot 1\ 3}\ \overline{\dot 1\ 6}\ \overline{\dot 1\ 5}\ \overline{6\ 5}\ 0\ \overline{5}\ |\ \overline{1\ 6}\ \overline{1\ 2}\ \overline{3\ 5\ 3}\ (\overline{3\ 5\ 1\ 2}\ )\ \overline{3\ 3\ 5\ 2\ 7}$
【生唱】朝霞织锦　帐，　　精舍满春光，　　　　心

$\overline{6\ 1\ 2}\ (\overline{3\ 5}\ |\ \overline{2\ 3\ 2}\ )\ \overline{6\ 3}\ \overline{6\ 5\ 0}\ \overline{6\ 1\ 6}\ \overline{1\ 2\ 3}\ (\overline{2\ 3\ 1\ 2}\ |\ \overline{3\ 5\ 3}\ )\ \overline{6\ 5}\ \overline{6\ \dot 1}$
·同醉，　　不料风　　　声　　　　吹

$\overline{5\ 6}\ \overline{5\ 4}\ \overline{5\ 3\ 2}\ |\ 1\ \cdot\ \overline{2}\ \overline{3}\ \cdot\ \overline{6}\ \overline{4\ 3\ 2}\ \cdot\ \overline{6}\ \overline{4\ 3\ 2}\ (\overline{2\ 1\ 2\ 3}\ |\ \overline{5\ 6}\ \overline{\dot 1}\ \overline{7\ 6}\ \overline{5\ 3\ 5}$
送　隔　　墙。

$\overline{2\ 3\ 5}\ \overline{\dot 1\ 6}\ \overline{1\ 2\ 3}\ \overline{6\ 4\ 3}\ \overline{2\ 6}\ \overline{4\ 3\ 2}\ )\ \overline{6\ 6}\ |\ \overline{5\ 3\ 5}\ \cdot\ \overline{6}\ \overline{5\ 6}\ \overline{2\ 7}\ \overline{6}\ \cdot\ \overline{\dot 1}\ \overline{3\ 5}$
　　　　　　　　　　【旦唱】春光　乍　泄　暗　惊慌，

$6\ |\ 4\ \cdot\ \overline{3}\ \overline{2\ 1\ 6}\ \overline{0\ 1}\ \cdot\ \overline{4}\ \overline{3\ 5\ 3}\ \overline{2}\ \cdot\ \overline{3\ 1\ 2}\ |\ \overline{3\ 5\ 3}\ (\overline{0\ 6\ 5}\ )\ \overline{5\ 3\ 3}$
我　佛慈　怀　难　恕谅，

$\overline{2\ 3\ 1}\ \overline{3\ 5\ 6\ \dot 1}\ |\ \overline{5\ 6}\ \overline{1\ 5}\ \cdot\ \overline{6}\ \overline{7\ 6\ 7}\ \overline{2}\ \cdot\ \overline{7}\ \overline{6\ 0\ 6}\ \overline{\dot 1\ 6}\ \overline{5\ 4}\ \overline{2\ 4}\ \overline{0\ 5\ 6\ \dot 1}\ |$

$\overline{5\ 6\ 4\ 5}\ (\overline{0\ 3\ 5}\ \overline{6\ \dot 1}\ \overline{5\ 6\ \dot 1}\ \overline{4\ 5\ 4\ 3}\ \overline{2\ 1\ 2\ 3}\ |\ \overline{5\ 3\ 5}\ \overline{3\ 5}\ \overline{6\ \dot 1}\ \overline{5\ 6\ \dot 1}\ \overline{6\ 5}$

$\overline{4\ 2\ 4}\ \overline{0\ 5\ 6\ \dot 1}\ \overline{5\ 6\ 4\ 5}\ )\ |\ \overline{6\ 5}\ \overline{6\ 5}\ \overline{6\ \dot 1}\ \overline{5\ 3}\ \overline{6\ 5}\ \overline{4\ 3\ 3\ 2}\ (\overline{3\ 5}\ \overline{2\ 3\ 2}\ )\ \overline{2\ 3}\ |$
　　　　修　　　女触犯清　规，　　　百死

$\overline{2\ 0}\ \overline{5\ 3}\ \overline{2\ 7}\ \overline{2\ 3}\ \overline{5\ 3}\ \overline{2\ 7}\ \overline{6\ 5}\ \overline{2\ 7}\ \overline{6}\ \cdot\ \overline{1\ 2\ 3}\ |\ 1\ (\overline{3\ 5\ 3}\ \overline{2\ 7}\ \overline{2\ 3}\ \overline{5\ 3}\ \overline{2\ 7}\ \overline{2}$
也　　难消孽　　　账。

$\overline{6\ 5\ 7}\ \overline{6\ 1\ 2}\ \overline{3\ 1}\ \overline{2\ 3\ 1}\ )\ \overline{5\ 3}\ |\ \overline{6\ 5}\ \overline{6\ 5}\ \overline{6\ \dot 1}\ \overline{5\ 3}\ \overline{2\ 1}\ \overline{6\ 6}\ \overline{\dot 1\ 6}\ \overline{5\ 3}\ \overline{3\ 2\ 7}\ |$
嗟莫小　　　冤　　　家

$\overline{6\ 5}\ \overline{6\ 4}\ \overline{3\ 0}\ \overline{3\ 7}\ \overline{0\ 2}\ \overline{3\ 5\ 2}\ (\overline{6\ 5}\ )\ |\ 7\ \cdot\ \overline{7}\ \overline{6\ 2}\ \overline{0\ 5}\ \overline{6\ \dot 1}\ \cdot\ \overline{6}\ \overline{1\ 2}\ \overline{3\ 0}\ \overline{5\ 6\ \dot 1}\ |$
闻风　先遁，　　　独　善其身　不辞而　　别，你怆惶

52

6 5 3 2·7 2 3 6 5 ‖【乙反二黄】1=C（0 5 4 | 2 2 2 4 2 4 5 7 5 7 1
捡 拾 行　　装，　　　　　　　　【生白】唉，我点会咁做呢妙嫦！

2 4 2）| 5 7 5 5 2 1 2 4 2（1 2 4 3 2 4 3 2）| 5 5 4 5 2 4 5·（4
【唱】同命好鸳　　鸯，　　　　　　　　生死也一　双，

5 6）2 2 | 5·4 5 1 5 4 2 5 4 2 1 2 1 | 7·1 2 4 1（1 2 3 5）3·7 5
孰料 姑 母知情逼我赴科　场，祝我 步　　上　青 云，

0 1 7 1 | 5·7 1 4 2 1 7 1 2 4 6 5 4 5（2 4 2 1 7 1 2 4 6 5 4 |
更愿你　回　　　　　　头

5 6 4 5 ）| 1 5 0 1 7 1 2 0 4 2 4 2 1 7 1 7 0 1 2 1 | 7 1 7 1 ‖
觉　　　　　　　　　　　　　　　　岸。

（5-7-1-）【乙反长句滚花】2 1 7-1 4 5-0 5 1 2 5-5 2 4 1 7
【旦唱】深悔入　空　门，　难跳出如　来掌，　愿

1-4 5 5 2 4 7-1 7 5 2 1 1 1 0 2 1 4 5·1 1 1 2 1 5-5-7 1 1
化　浮萍随海　浪，暂难终　老困　　禅房，我错怪潘　郎　怀 异向，

5 4 2 1 1 7 5·7 1-1 1-（1-）2 1 1·2 1 2 1 6 4 4·5 4 5
谁知　银　汉 已折　　　　　　　　　桥梁。

6-5-（1 4 2 1 6 5 4 5-）1 2 6 1 6 5 5 7 1 6 5 4 2-2 1 6 5 4
唉！　我不若与 郎同路上 临安，　摆脱　愁

5-5（5-）7 1 4-5 2 4 2 1 1 7 1-【乙反中板】1=C 2/4（7 5 7 1
罗　离　　孽网。　　　　　　　　　　【生白】妙嫦！

5 | 5·7 5 4 | 2 1 7 1）| 0 2 7 1 7 1（2 7 | 1 7）6 1 6 5 4 5 6 2 4 |
【唱】卿是世　　　外　　　　　　　　　　　　　

5（1 7 6 1 6 5 4 5 2 4 | 5）1 7 4 2 4 1 7 | 5·7 1（5 7 1 7 1）5 5
人，　　　　　　　　我是飘　零　客，　　同行

53

4̇ 2 1̣ 7̣ 1̣ (7̣ 1̣ 2̣ 7̣ | 1̣) 1̣ 1̣ 1̣ 1̣ 2 4 | 5̣ (1̣ 1̣ 1̣ 4 2 4 | 5̣) 5̣ 2 4 (5̣ 2
招　　密议，　　　　礼教有关　防，　　　　倘若我

4̣) 5̣ 1̣ 0 4 2 4 | 6 5 (6 5 6 i 5 1̣ 2 4 2 4 | 5̣) 5̣ 2 4 4 | 5̣ 6 1
姑　　妈，　　　　　一旦告上　公　衙，

(1̣ 6̣ 1̣) 4 4 | 5̇· 6 5 4 4 2 1̇· (4 2 5 4 2 | 1̣) 5̣ 2 5̣ 1̣ 2 | 4 (5̣ 2
怨女　痴　男　　　羞认风流　案。

5̣ 1̣ 2 | 4̇· 1̣ 7̣ 1̣ 7̣ 1̇· (1̣ | 7̣ 7̣ 1̣) 4 5 6 2 4 | 5̣ (1̣ 7̣ 6̣ 1̣ 6̣ 5 4 5 2 4 |
你莫怨别　　离　时，

5̣) 2 1̣ 5 4 5 | 5̣ 7̣ (1̣ 2 7̣ 1̣ 7̣) 4 5 | 4̇ 2 1̣ 7̣ 1̣ (7̣ 1̣ 2 4 | 7̣ 1̣) 2 6
应盼重　逢日，　　精诚　开金　石，　　　心愿

6̣ 5 4 | 5̣ (2 6̣ 6̣ 1̣ 6̣ 5 4 5 2 4 | 5̣) ‖【乙反滚花】7̣ 7̣ 1̣ 4 5̣ 1̣ 2
定　能　偿。　　　　　　　　但愿布衣人去锦

4 4 5 (7̣ 4 5 1̣ 4 4 4 5) 1̣ 7̣ 2 7̣ 6̣ 5 (2 4 5) 4 - 1̣ 4 - 2 4 2 4 2 1̣
衣还，　　　　引凤岂　无　　　车　百辆。

7̣ 1̣ 7̣ 1̣ —【胡笳十八拍】1=C 4/4　0 7̣ 0 1̣ 2 4 2̇· 1̣ | 0 7̣ 0 1̣ 2 4 2 |
　　　　　　　　　　　　　　【旦唱】恨 结丁 香，血 泪满秋 江，

4 2 4 2 4 5 2 4 | 2 4 2 4 2 1̣ 7̣ 7̇· 7̣ | 7̣ 7̣ 0 1̇· 2 3 2 | 3 2 3 5 2 3 1̣
似梦似幻女贞道观 偷窥潘 安 俊俏，对 佛殿 懒烧 香，忍隔鸳鸯分 两

2 - | (6̣ 5 6̣ 1̣ 5 6̣ 4 5 -) 7̇· 6 5 6 7 6 6 7 6 5 | 4 6 2 6 5 4̇· 5
方。　【生白】唉！【唱】未 尽情 话，炊 烟 四起云海 月

6̣ 5 4 | 5̣ (0 1̣ 7̇· 1̣ 7̣ 6̣ | 5̇· 1̣) 7̇· 1̣ 7̣ 6̣ | 4 6 2 6 5 4̇· 5 6 5 6 4
初　上。　　　　　　万 里客地 我当勤修 雁 札解慰苦

5̇· (7̣ 6̣ 5 6̣ 1̣ 5 6̣ 4 5) | 0 7̣ 0 1̣ 2 4 2 1̣ | 0 7̣ 0 1̣ 5̣ 5̣ 0 1̣ | 0 7̣
况。　　　　　　　　【旦唱】又 怕纸 短， 痛 莫诉情长，对 月

0 1 2 4 2 · (5) | 4 2 4 2 4 5 2 4 | 2 4 2 4 2 1 7 0 1 | 2 5 4 5 4 2

顾影不双。【生唱】冀望有日笑拥淑女　合欢交杯举　案，龙　凤烛报喜照洞

1 0 1 6 | 5 6 5 0 1 2 3　2 4 2 ‖【南音】$\frac{4}{4}$（2 4 2 4 5 7 1 5 7 1 6 5

房，柳叶娥　眉　永添　香。　　　　　　【旦白】潘郎，临安赴试，妙嫦赠君微物

4 5 6 2 4 5）| 0 1 5 5 0 5 7 4 2 0 1 7 | 4 5 2 4 5 2 4 2 1 7 5 7 1（5 4

聊表心意。【唱】我亲手　将玉簪　插在 郎　　冠　　上，

2 4 5 6 5 4）4 1 | 4 4 4 6 5 4 2（4 5 2 4 2）1 7 1（5 4 2 4 5 6 5 4 2 4）|

祝你 加 官　晋 爵

7 · 7 1　2 1 7 5　4 2 4 2 4 5　2（4 5 2 4）1 4 | 7 7 7 1 1　4 4 2 4

定　国 安　邦。　　　　　　　【生唱】我将　白玉　鸳鸯

2 · 4 2 1 1 7 | 5 4 5　7 1 7 5 · 7 1 7 1（5 4 2 4 5 5 4）1 1 |

来 奉　上，　　　　　　　　　　与你

2 0 4 2 1 1 7 5 4 5（4 5）5 7 1 2（5 1 7 1 2）| 7 · 1 2 2 1

不　离　形　影，　　　兆 吉

7 1 2 6 5 4 5（4 5 2 4 5 6 4 5）1 |【流水】$\frac{1}{4}$ 7 1 | 2 5 0 | 5 7 | 2 4 1　|　1

祥。　　　　【旦唱】我　　欲再 叮咛　无话 讲，【生唱】你

7 4 | 5 7 0 | 2 5 | 4 2　|　4 4 | 4 7 0 | 2 5 | 7 7 7 |【原板】$\frac{4}{4}$ 4 5 0 2

莫因离别　减容 光。【旦唱】沧桑 改尽　当年 样，但 愿　　情 一

7 1（5 4 2 4 5 6 4 5 2 4）| 4 1 0 4 2 4 6 5 3 5 3 2 1 0 2 4 5 1 2 |

样。　　　　　　　【生唱】燕　归　重　认

6 1 6　5 1 2 1 7 6　5 6 1 5 0 2 7 6 | 5 · 7 $\overset{7}{5}$ ‖（2 - 3 - 5 -

旧　时　　梁。　　　　　　　　【白】唉，送君千里，终须

55

【秋江别中段】1=G 4/4

6 - 2 - 7 - ）3 3 i 7 6 5·(6 5 6 5）| 6 6 5
一别，妙嫦请回吧！【旦白】潘郎！【唱】话别心悲 怆， 江水

4 5 3 2 （2 3 2 1 6 1 2 5）| 3 3 5 i 7 6 5·(6 5 6 5）5 | 6·5
浸 月寒。 【生唱】石上 三生 证， 你 休 怨

6 5 4 3 2 1 2 3 5 4 3 | 2·3 5 4·5 3 2 1·(2 1 2 1）| i 6 i 6 5
影只 形 单，两地 情 鸳痛 哭各自凉， 多少

3 （6 i 6 5）3 2 3 5 | 6 i 2 7 6 i 5 (6 i 5 6 5）| 6 6 3 2 7 6 i
恨， 别离 味 苦带泪 尝。 【旦唱】啼痕干， 袖染

2 7 6 i | 5·(3）2 7 6 i 5·(6 5 6 5）5 | 6 5 6 5 3 5 2·(1 6 1 2）|
碧血渐 黄， 腮印泪两行。 唉！我 呼潘 郎，

5 5 6 5 3 5 2·(1 6 1 2）| 6 5 6 5 3 5 2 （2 3 2 1 6 1 2）|（慢）1 6
再叫潘 郎， 【生唱】相对凄 凉， 盼情

5 6·1 2 3 7 2 6 | 5· 6 5 6 5 3 2 3 1 2 3 | 6·1 2 3 7 6
花重 开 劫 后 香。【旦唱】凄怨凄怨， 送君到秋江，独 抱孤衾怨恨

5 - ‖【秋江别中板】2/4 (6 6）| 6 6 5·(4）| 3 5 0 1 | 2 (3 2 1 6 1 2）|
长。 【生唱】分飞燕， 泪珠 满 江， 【旦唱】

6 6 5·5 | 3 5 0 1 | 2·(1 6 1 2）| 5 1 2 3 | 6 2 7 6 5 |
潘必正 你 莫将 约 爽， 【生唱】情似金坚 莫教痛断肠，【旦唱】

5·6 1 | 2·5 3 | 6 2 7 6 | 5·(6 i i | 6 i 6 5 3 6 2 3 | 5 -）‖
郎 你 今 生 莫抛弃妙 嫦。

碧 海 狂 僧

陈冠卿　撰曲
何非凡　唱

【倒板】1=C ^ナ　（5̣ - 2 - 4 - 3 2̲1̲6̣ - 3 - 5̣ -）2̲3 - (2̲3̲) 7̲7̲7̲6
　　　　　　　　　　　　　　　　　　　追寻　　我爱。

5̲3̲5̲3̲5̣ · 6̲ 7̲6̲7̲7̲6 - 【白】飘红，飘红呀！飘红—【乙反长句滚花】

（2̲4̲5̲7̲2̲1̲ -）5̲0̲2̲2̲1̲7̲5̣ - 2̲2̲0̲1̲1̲5̣7̣1̲2̲2̲2̲7̲7̲4 ^{7̣ ̲ ⁀}5̣ -
　　唉！情　可哀，　情　可哀，哀哀情爱喇好比一座断头　台，

4̲1̲2̲5̣4̲1̲7̣ - 1̲5̲1̲5̲2̲4̲5̲4̲2̲1̲ 0̲6̲5̲6̲5̲4̲4̲2̲4̲2 - 4̲1̲2
哭煞凄凉一粉黛，　遭情所累惹　　愁哀。　　　　　恩也哀，

2̲1̲7̲1̲2 2̲1̲2̲7̲5̣7̣2̲2̲0̲1̲7̣1̲5̣4 - 5̲1̲2̲4̲7̣5̣7̣ 5̲2̲5̲1
义也哀，一点恩　情万种哀，我身世都未明　尚把菩　萨　爱，今日得明

5̲2̲4 6̲6̲6̲2̲2̲2̲3̲3̲1̲2 - 1̲1̲6̣2̲2̲2̲6̣ - 5̲5̲ - 6̲5̲4̲7̲5̣ - (1̲4
真　相。重念什么喃呒阿弥　陀，更拜什么西方佛　如来。

2̲1̲7̲4̲5̣ -) 0̲7̲1̲ 0̲7̲1̲ 5̣1̲1̲7̣7̣1̲4̲5 4̲2̲1̲5̲4̲7̣1̲2̲1̲2̲2̲4
　呀飘　呀飘红姐呀你快归　来，知否我狂风大雨都也追踪

5̣ - 5̲2̲1̲ 6̣1̲6̲5̣ 5̲2̲5 - 5̲6̲5̲4̲2̲4̲2 - 4̲2̲1̲2̲5̲5̣1̲4̲1̲5̲2
来，倘若　难寻娇　所在呀，　　　我就宁愿袈裟唔着宁愿入

5̲6̣1̲ 5̲3 - 5̲2 - 2̲1 - 2̲7̲6̣5̣ - 0̲2̲2̲7̲2̲5 2̲3̲2 1̲2̲2̲2
棺　材。飘红，飘红，飘红，飘　红，　我誓觅姐归，你飞天，我都飞天，

1 1 4 1 4 1 4 1 4 1 4 4 - 2 1 7̂ 1 1 —— 　　　　　　　　　　　　【乙反中板】 $\frac{2}{4}$

你跳海我都跳海罢姐姐。　　　　　　　　【白】飘红！飘红呀！

(7 5 7 1 5 5 5 5 | 5 5 5 5 4 | 2 1 7 1) | 0 2 1 7· 2 1 (2 1 |

　　　　　　　　　　　　　　　　　　　　哀 我 力

7· 2 1) 7 1 1 7 5 7 4 | 1 1 1 1 1 7 5 (1 1 1 7 | 5) 4 7 4 2 4 5 |

竭 声　　　嘶，　　　　　　　依旧人　兮

4 7 1 (2 7 1 2 1) 5 7 | 4 0 1 7 1 2 4 2 1 7 1 2 4 | 1 0 7 6 1 6 5

不 见，　　　　　徒 见 碧　　海　　　

4 5 6 0 2 4 | 5 6 5 (6 1 6 5 4 5 6 0 2 4 | 5 7 5) 2 5 2 5 (2 5 2 |

潮　　来。　　　　　　　　　　莫 不 是 飘

5) 4 2 1· 6 0 4 2 4 | 5 (0 2 5 2 5 1 2 1 2 4 | 5) 4 6 5 4 6 6

红　　姐，　　　　　　　　　　　俌 都 早 已 飘 飘

6 5 6 4 5 (6 4 5 6 5) 5 2 4 | 2 4 6 5 4 4 6 1 (6 5 4 4 6 | 1) 5 6 5 4

飘 飘　　　　　飘 入 去 鳄　　　鱼　　腹

2· 4 2 5 1 2 | 2 4 (5 6 5 4 2· 4 2 5 1 2 | 2 4) 5 1 5 1 1 1 (5 1 5

内？　　　　　　　　　　　　莫 不 是 飘 飘 飘

1 1 1) 6 5 4· 2 4 5 7 | 1 (1 1 6 5 4· 2 4 7 5 7 | 1·) 7 2 0 4 0

红　　姐　　　　　俌 红

4 6 4 7 5 (5 7 5) 5 1 5 5 | 4 0 7 1 1 (7 1 2 7 | 1 1) 1 5 7 1 1 0 1 4

红 红，　　　红 到 龙 主 请 俌　　　走 入 去 水 底 登

5 (0 1 5 7 1 1 0 1 4 | 5) 6· 5 4 5 6 4 | 5 (4 6 5 6) 6 5 5 4 6 4 6

台。　　　唉！ 哀　哀　　哀 此 僧

1 (6 5 6 i 5 6 4 5 4 6 | 1) 5 5 4 2 5 4 2 | 6 5 6 4 5 (2 4 5 6 5) 5 4 4 1

人，　　　　　　点 解 我 万　唤 千　呼，　　不 见 有 人

58

4 0 5 4 4 6 5 5 (4 4 6 | 5) 2 5 1 5 4 | 4 4 (2 5 1 5 4 | 4) 1 7 7
应　都应我一声呢？　　哎呀和尚我　爱呀，　　　哎呀呀

4 7 1 (1 7 7 | 4 7 1) 1 1 1 1 6 5 4 5 1 7 | 5 (1 1 1 7 6 1 6 5 4 5 2 4 |
哀　　　哀此僧　　　人，

5) 4 1 1 7 1 4 · 5 | 7 · 7 1 (5 7 1 7 1) 1 5 | 4 1 7 1 2 7 1 1 7 1 2 7 |
比个济　公还辣　挞，　老泥几　　尺，

1 · 5 1 1 7 1 7 7 1 4 | 5 · (5 1 1 7 7 7 1 4 | 5 -) ‖【乙反滚花】^サ
重加多尺几厚嘅清　苔。

3 3 3 3 2 - (3 3 3 3 2) 1 4 7 4 5 - (4 7 4 5) 2 7 7 5 4 - (2
哎呀天天天，　　　我苦为谁来　　　总是受盲婚

7 7 5 4) 4 7 1 4 2 1 7 - 1 —【乙反二黄】1=C 4/4 (0 2 4 2) 1 1 1 |
之害。　　　　　　　　　　　　　　　我有我

4 5 6 2 4 5 4 5 | 1 2 1 7 (5 1 7 1 7) 1 1 1 | 1 1 2 1 7 6 5 4 5 |
寻　求　对　象，　　　俉有俉　抱

7 1 1 2 4 5 2 (2 5 7 1 | 2 4 5 2) 2 2 4 7 · 2 1 2 1 7 5 7 1 0 2 4 |
恨　　　楼

5 (5 7 5 4 2 · 4 7 1 7 5 7 1 2 2 4 5 6 4 5) 5 4 ‖【昭君怨】2 2
台。　　　　　　　　　　　　　　唉俉　　　造就

4 2 4 | 5 (0 1 7 5 7 1 5 7 1) | 5 · 4 5 · 7 1 7 1 2 1 | 7 · 7
我共秋　婵，　　　　毫　无　妒　意，只有密

1 7 1 7 1 7 1 | 2 (0 6) 5 5 6 5 | 4 2 4 5 · 4 2 4 5 6 5 4 2 4 | 1
嚼密嚼密嚼恨与　哀。　空嗟　爱　夫乃近水一楼　台。

0 4 7 1 1 2 4 | 1 0 5 7 1 (5 7 1) 2 1 | 2 2 4 1 7 1 2 1 | 2 4 2 1 7
可是爱爱非所　爱。难续爱，　　一个　幽幽　怨　怨，一个　恩恩　爱

1 (5 4) | 2· 4 2· 1 7 1 2 4 2 | 1 (0 7 5 7 1 7 5 7 1) 5 4 | 2
爱，　　芳　心空　有十八载恩　爱，　　　　　唉佢凄

2· 4 1 7 1 5 4 | 2 4 2 4 2 2 4 2 1 | 7 7 0 1 7 6 4 5 2 4 | 5
酸　满载，反作　月老月老月老牵丝　线呀，　　笑中泪满　　腮。

(0 4 2 4 5 4 2 4 5 6 1) | 5 5 6 5 4 2 4 5 | 2· 4 5 4 2 4 5 | 4 5 4 2
　　　　哀哀　我　心十八载对　她作乳

1· 2 4 1 2 (0 5 | 2 5 2 6 1) 5 5 (6 5) | 4 2 4 5· 4 4 5 5 4 4 2 |
娘　　侍，　　　不知　道她　乃我底妻

1 0 2 1 7 7 1 5 7 | 1 2 1 7 1 2 4 2 1 | 7 1 2 7 (0 5 7) 1 1 | 2 1 2
房，唉我为　爱常重　爱，偏　负爱，痴心只向　柳妹　爱，　谁　料情

4 0 4 5 2 | 4· 4 2 2 | 4 4 4 4 2 4 5 | 5 (0 5 7 1) 5· 5 7 1 |
侣　也知内　里，佢薄幸　变态对我突飞　来，　　　良　缘是恶

5· 1 7 1 5 0 1 7 | 5· 1 7 1 2 7 1 0 1 7 | 5· 1 7 1 2 4 1 0 1 7 |
缘　我恨似呆，估道　情　侣负我之　爱，估道　朋　友夺我所　爱，哀我

5· 5 1 5 1 5 1 5 1 | 5 5 0 1 4 5 - ‖【二黄】 4/4 (0 2 3 2) 5 3 |
情　心如死遁走遁走　莲台　拜如来。　　　　　　　谁知

6 5 1 0 1 5 5 2· (3 1 5 2 3 1 5 2) 2 1 | 2· 3 5 (2 3 5) 5 6 1· (5 6
内　里　有愁　哀，　　　　　　一对妻　房　相让爱，

1 5 6 1) | 5· 5 3 2 5 0 5 2 6· (6 5 6 7 2 6 5 7 6) | 5· 3 2 2 5 0 2 7 6
谁　酸谁　谁苦辣，　　　分　不开

5· (3 2 5 7 6 5 6 3) 2 2 3 ‖【南音】 5 0 3 2· 3 5 6· (3
来，　　　我觉得　姐姐飘红

2 3 5 3) 2 2 2 | 3· 5 3 2 7 6 1 5 (5 5 5 5) 2 1 2· (3 2 3 5 3) 3 7 |
对我有真　情　爱，　　　休道

60

$\widehat{6\ 5} \cdot \underline{3} \cdot \underline{2}\ (\underline{3\ 2\ 3})\ \widehat{5\ 1}\ \underline{2} \cdot (\underline{3\ 2\ 3\ 5\ 5\ 3\ 5\ 5}) \mid \underline{3} \cdot \underline{1\ 2\ 3} \cdot \underline{7}\ (\underline{6\ 1\ 5})$

盲 婚　　哑 嫁　　　　　　　　不 应

$\underline{6\ 5\ 5\ 0\ 5\ 4\ 3\ 2}\ (\underline{3\ 5\ 2\ 5\ 2}) \mid \widehat{6\ 5}\ (\underline{5\ 6\ 5})\ \underline{1} \cdot \underline{2\ 3}\ \underline{1\ 5} \cdot \underline{4\ 3\ 5\ 1\ 1\ 1}$

该。　　　　　　婵　妹　也 甘　心 投 向 礼教

$\underline{3\ 6\ 5\ 0\ 3\ 2\ 7}\ \widehat{6\ 5\ 1} \cdot (\underline{3\ 2\ 3\ 5\ 3})\ \underline{1\ 2\ 1} \mid \underline{6\ 1\ 2\ 1\ 7}\ \widehat{6\ 1\ 5}\ (\underline{5\ 5})\ 6$

藩篱　　内，　　　　　我 呢 个 鹏　郎　又

$\widehat{5} \cdot \underline{5\ 3} \cdot (\underline{3\ 2\ 3\ 5\ 3\ 5})\ 1 \mid \underline{6\ 1\ 1\ 1}\ \underline{2\ 5\ 0\ 2\ 1\ 7}\ \widehat{6\ 1\ 5}\ (\underline{0\ 1\ 6\ 5}$

何 惜　　　也 步 跟　来。

$\underline{3\ 5\ 6})\ \underline{2\ 7\ 7} \mid \underline{6\ 2}\ \widehat{3\ 5\ 6}\ \underline{2\ 2\ 2\ 7} \mid \underline{5\ 5\ 0\ 3}\ \underline{1} \cdot \underline{3}\ \underline{2} \cdot (\underline{3\ 2\ 3\ 5\ 6})\ \underline{3\ 6}$

更 莫 问 人 老 珠　黄，我 也 背 住 袈裟　袋，　　　飘红

$\underline{1} \cdot \underline{5\ 3\ 2\ 1}\ \widehat{6\ 5}\ (\underline{5\ 5\ 5\ 5})\ \underline{5\ 7\ 1\ 2\ 3\ 2}\ (\underline{2\ 3\ 5})\ \underline{2\ 2\ 3\ 2} \mid \underline{7\ 0\ 2}$

抱 吾　　多　载，　　　　　我 抱 番 佢 亦

$\widehat{3} \cdot (\underline{5\ 6\ 1\ 5})\ \underline{6\ 5\ 5\ 4\ 3\ 2}\ (\underline{3\ 5\ 2\ 5})\ 1 \mid \underline{6\ 1\ 0\ 2\ 7}\ \underline{5} \cdot \underline{5\ 3} \cdot (3$

应　　该。　　　　　　　我 大 叫 狂 呼

$\underline{2\ 3\ 5\ 3})\ \underline{2\ 6} \mid \underline{5\ 3}\ (\underline{5\ 6\ 5})\ \underline{1\ 6\ 5}\ \underline{1\ 6\ 1} \cdot (\underline{3\ 2\ 3\ 5\ 3\ 5\ 5}) \mid \underline{2\ 1\ 2\ 1\ 7}$

只 为 寻　我 爱，　　　　　飘

$\widehat{6\ 5}\ (\underline{5\ 5\ 5\ 5})\ \underline{3} \cdot \underline{5\ 3}\ (\underline{2\ 3\ 5})\ \underline{2\ 1} \parallel$【二黄】$\underline{6\ 1\ 3\ 2\ 1\ 7}\ \underline{6} \cdot \underline{1\ 5}$

红　姐　姐，　请 你　　　及

$\underline{2} \cdot \underline{3\ 1} \cdot (\underline{7\ 6\ 5\ 6\ 1\ 5} \mid \underline{2\ 3\ 5\ 1})\ \underline{5\ 5\ 3\ 2\ 1\ 6\ 1\ 2}\ \underline{3\ 2\ 3\ 5\ 2\ 3\ 2\ 7}$

早　　　　　归

$\underline{6\ 5\ 1\ 0\ 7\ 7\ 6} \mid 5\ (\underline{3\ 5\ 3\ 2\ 1\ 6\ 1\ 2}\ \underline{3\ 2\ 3\ 5\ 2\ 3\ 2\ 7}\ \underline{6\ 5\ 1\ 0\ 7\ 7\ 6}$

来。

$\underline{5\ 6\ 3\ 5}) \mid \underline{6} \cdot \underline{2\ 2} \cdot \underline{7\ 6\ 2}\ \underline{2} \cdot (\underline{7\ 6\ 2\ 2\ 7\ 6\ 2\ 2})\ \underline{1\ 1\ 2} \mid \underline{2} \cdot \underline{6\ 5}$

未 婚妻 呀 未 婚妻，　　　　　你 快 些 投

$\overparen{3\ 3}$ 5 6 2 7 6 5 (6 5 3 5 2 · 5 3 5 6 1 | 5 6 3 5) 3 5 6 3 5 (6 3

　吾　　　　　　　　　　　　　　　　　怀

5) 6 7 6 7 2 6 1 3 2 1 5 | 6 1 ‖【醉头陀】$\frac{1}{4}$ (3 3 3 3 | 2 3 2 1 |

　　　　　　　　　　内。　　　　　　　【白】飘红呀飘红!

7 1 5 7 | 1 | 3 3 3 3 | 2 3 2 1 | 7 1 5 7 | 1) 1 6 | 2 5 | 2 1 7 |

　　　　　　　　　　　　　　　　　　　　　【唱】咪话　僧人　婆妇就

2 2 | 2 2 1 | 5 · 1 | 2 5 | 2 · 7 | 1 · 1 | (3 3 3 3 | 2 3 2 1 |

不应　该,呢我　头　发　依然　顶　上　盖呀!

7 1 5 7 | 1 1 | 3 3 3 3 | 2 3 2 1 | 7 1 5 7 | 1) 1 6 | 5 5 | 2 2 1 |

【白】飘红呀飘红!　　　　　　　　　　　　　　　　　【唱】咪话　年龄　相差有

6 1 | 2 1 7 | 1 · 5 | 7 1 | 7 2 | 1 · 1 | (3 3 3 3 | 2 3 2 1 7 1 5 7 |

十数　载,我话　老　婆　越老　越可　爱　嘿!　【白】飘红呀飘红!

1 | 3 3 3 3 | 2 3 2 1 | 7 1 5 7 | 1) 4 | 4 5 | 5 | 4 2 | 1 | 4 2 |

　　　　　　　　　　　　　　　　　　【唱】你　有青　春,有热　情,四十

1 4 4 4 | 4 4 2 4 | 1 | (6 6 6 5 | 5 6 5 4 | 2 5 4 2 | 1 | 6 6 6 6 |

而嫁我也　当你是小　孩。　　　　　　【白】飘红——

5 6 5 4 | 2 5 4 2 | 1) 4 | 4 5 | 5 | 4 5 | 1 | 5 · 4 | 4 5 5 4 |

　　　　　　　　　　　【唱】我　报姐　恩,报姐　情,一　脚　踢开个个

$\overparen{3\ 2\ 1}$ | 1 ‖【散板】5 3 - (5 3 -) 5 2 - (5 2 -) 2 1 - (2 1 -) $\overparen{2\ 7}$

佛如　来。　　　飘红!　　　飘红!　　　飘红!　　　飘

$\overparen{6\ 5}$ - 1 2 4 5 - (1 2 4 5) 0 3 3 3 3 3 $\overparen{2}$ - 2 3 2 1 6 0 2 2 - 1 ——

红!　人在哪方?　　　　　　你快快出来呀!

62

子建会洛神

莫志勤　撰曲
黄少梅　唱

【引子】1=C　（5 － 2 － <u>4·5</u>6 － 5 －）

【扬州二流】 2/4　（<u>0 6</u> <u>5 3</u> <u>5 2</u> <u>3 2 5</u> ｜ <u>6 5</u> <u>1·3</u> <u>2 3</u> <u>5 3 6</u>）｜ 5·4

相

3·5 <u>3 2 7</u> ｜ 6·7 <u>6 5</u> 1·（<u>3 5</u>）｜ <u>2 3</u> <u>1 1</u> <u>3 5</u> ｜ <u>2 3</u> <u>2 7</u> <u>6 5</u> <u>1 6 1</u> ｜

思　　　夜，　　　忖忆那迷　离　春　梦，

<u>5 6</u> <u>5 5</u>（<u>6 5</u> <u>3 5</u> ｜ <u>2 5</u> <u>3 5</u> <u>3 2</u> <u>1·2</u> <u>1 3</u> ｜ <u>5 2</u> <u>7 6</u> <u>5 6</u> <u>5 6 1</u> ｜ <u>5 6</u> <u>1 3</u> <u>5 6 1</u> ｜

<u>5 3 2</u>）｜ <u>7 7</u> <u>2 7</u> <u>6 5</u> <u>3 5</u>（<u>3 5</u>）｜ 2·<u>3</u> <u>2 7</u> 6（<u>6 5</u> <u>6 1</u>）｜ 5·<u>6</u> <u>5 3</u>

女　　　神　呼　唤　　表

<u>2 0 3</u> ｜ <u>2 0</u> <u>3 2</u> <u>·</u> <u>3 4 5</u> ｜ <u>3 5</u> <u>3 3</u>（<u>6 5</u> ｜ 3·<u>5</u> <u>6 5</u> <u>6 1</u> <u>5 6</u> <u>5 3</u> <u>2 3 4 5</u> ｜

情　　　衷，

<u>3 6 5</u> <u>3 5</u> <u>2 6 7 2</u> ｜ 3·<u>5</u> <u>2 3</u> <u>4 5 3</u>）<u>6 1</u> ｜ <u>3 5</u> <u>3 2</u> <u>7 6 7</u> ·<u>2</u> ｜ <u>6 5</u> <u>1 6</u>

未了　凤

<u>5 2 3</u> ｜ 7·<u>2</u> <u>7 6</u> 5（<u>3 5</u>）｜ 2·<u>3</u> <u>2 7</u> 6·<u>1</u> <u>2 3</u> ｜ <u>1 2</u> <u>3 1</u> <u>1</u>（<u>6 5</u> <u>3 5</u> ｜

缘心诚　爱　　　　　　　　重。

<u>2 3</u> <u>1·3</u> <u>2 3</u> <u>1 2</u> <u>1 2 3</u> ｜ <u>1 1̇</u> <u>6 5</u> <u>3 5</u> <u>2 3</u> <u>1 2</u> <u>1 2 3</u> ｜ <u>1 2 3</u> <u>1 6 5</u>）｜

<u>3 3</u> 2·<u>3</u> <u>2 7</u> ｜ 6·<u>7</u> <u>6 5</u> 1（<u>1 2</u> <u>1 7</u>）｜ <u>6 7</u> <u>6 5</u> ·<u>6 5 3</u> ｜ <u>2 0 3</u>

嘱君践　　约　　　　　赴　洛

2·<u>3 4 5</u> ｜ <u>3 5</u> <u>3 3</u>（<u>6 5</u> ｜ 3·<u>5</u> <u>6 5</u> <u>6 1</u> <u>5 6</u> <u>5 3</u> <u>2 3 4 5</u> ｜ <u>3 6 5</u> <u>3 5</u>

川，

<u>2 6 7 2</u> ｜ 3·<u>5</u> <u>2 3</u> <u>4 5 3</u>）｜ <u>2 7 6</u> <u>3 1 0</u> ｜ <u>5 3 2</u> <u>2 2 2</u> ｜ 2·<u>3</u> <u>7 6</u>

相　会一诉　情心呀　好把　真

63

5 (5 4 3 5) | 2· 3 2 1 6· 1 2 3 ‖【二黄】 4/4 1 2 3 1 0 5 5 5 3 2 1
情　　一　　奉。　　　　细　　沉思，

2 2 (2 1 2 3 | 5 6 i 7 6 5 3 5 2 3 5 7 6 5 6 i 7 6 5 3 5 2 3 1 2) |

6 7 6 (7 6) 1 3 5 5 6 7 2 6 0 1 | 2 3 5 1 (1 2 3 4 5· 4 3 5 2 6 5 4 3
梦　　难　求，

2 1 7 6 5 4 3 5 | 1 1 i 6 5 4 3 2· 3 5 6 7 2 6 0 1 2 3 5 1) | 5 3 5 1
　　　　　　　　　　　　　　　　　　　神

2 2 3 2 7 6 2 7 6 5 (6 1 5 3 5) 0 1 6 | 2 2 0 5 3 2 1 2 3 5 3 2 7
女　情　隆，　　　　我又岂

6 5 (0 5 3 2 1 2 3 5 3 2 7 2 | 6 2 7 6 6 5 0) 5 3 2 1 2 3 5 2 2 3 1 2 7 6
能　　　　　　辜

5 6 4 0 3 5 | 6 1 (0 5 3 2 1 2 3 5 2 1 7 6 5 6 4 0 3 5 1 2 3 5 1) |
负。

1 3 3 5 6 1 5· (3 5 3 5) 6 2 7 6 (2 7 6 7 6) 6 1 3 | 3 1 3 2 1 7 6
徘　　徊　　驿　内，　　渐觉得天

5 0 1 2 7 6 1 (2 7 6 5 6 1 5 3 5 | 6 7 6 5 1) 3· 5 1 (3 5) 1 2 3 5 3 2 2 7
日　　　　　　微

6 7 1 2 1 7 6 | 5 (6 5 3 5 2 5 3 2 1 3 2 7 6 7 1 0 2 7 6 5 6 3 5) |
红。

1 1 2· 7 6 7 1 2 1 7 6 5 3 5· (7) 6 6 0 2 7 6 | 5 4 3 4 5· (5 6 7 1 2 3 2 7
到清　　晨，

6· 7 6 7 6 5 3· 5 3 5 6 1 | 5 1 3 6 5 3 5 6 7 2 6 7 2 3 2 7 6 7 1 7 2 7 6

5 6 3 5) | 5 6 4 5 3 (6 4 5 3) 1 2 1 1 1 2 3 4 5 5 0 4 3 2 | 1 2 3 7 1
跨　　骏马，

64

(12 3 4 5·4 35 2 6 5 4 3 21 7 6 5 4 3 5|1 0 i 6 5 4 3 20 3 2 1 76

5 1 2 3 4 5 5 5 4 3 2 1 1)|1 2 3 5 1 7 1 (6 1) 5·3 2 (5·3 2) 2 2|
　　　　　　　　　　　　　好　趁　春 风　　好 把

1 0 5 3 2 1 2 3 5 3 2 7 6 5 (0 5 3 2 1 2 3 5 3 2 7 2|6 2 7 6 6 5 0)
马　　　蹄

5 2 0 5 3 2 1 5 0 2 3 5 3 2 0 5 3 2|1 (5 2 0 5 3 2 1 6 5 0 2 3
轻　　　　　　　　　　送。

5 3 2 2 5 3 2 1 2 7 1) 6 7|2 2 3 2 1·2 3 2 1 3 2 (1 2 3 1 2 3 1 2) 2 1|
　　　来至 洛水　滨，　　一片

1 3 0 5 6 1 5·(3 5 3 5) 3 2 1 2 (3 5 2 3 2) 5 1 1|5 1 2 1 7 6
茫　茫 茫　烟 水，　　何处有 神

5 0 1 6 1 2 2 3 1 (2 7 6 5 6 1 5 7 6 1|2 2 3 1) 5 4 3 2 (4 3
女　　　　　　　　　　　　芳

2) 3 5 3 2 1 2 7 6 5 6 1|2‖【反线中板】1=G ²⁄₄ 4 6 5 3 3 (6 5|3) 6 6 5
踪？　　　　　　　忽见 梦　 中

3 5 6 i 6 5 3 1|2 (6 i 6 5 3 5 6 i 6 5 3 1|2) 2 3 5 3 2|1 7 6 1 2 (3 5
人，　　　　　　　　　　　迎 面　而 来，

2 3 2) 5 5|i 7 6 5 6 i 7 6·(6 5 6 i 7|6) 2 6 5 3 3 5 6 5 4|
向我 秋·波　频

5 (2 i 6 5 3 2 3 5 6 5 4|5) 5·5|(5 6 i) 5 6 5 3 2 0 7 2 3 4 5|
送。　　　　　远　　　 而

3 (5 6 4 3 2 0 7 2 3 4 5|3·) 5 3 5 5 5 3 2|6 6 i 6 5 4·6 5 6 4|
望，　　　　　皎若太　阳 升朝

2 1 4 3 2 1 (0 6 5 4)|2 3 2 1 4·5 6 5|4 1 6 5 5|2·1 6 1
霞，　　　近 而察　灼若芙蕖 出绿

65

2·4 6 1 | 2 4 6 6 1 | 3 2 3 5 2 (3 5 2 3 2) 5 5 | 6 0 6 1̇ 6 5
波,　　看她含愁 脉 脉,　　　　　似有 心

3·5 3 5 6 1̇ | 5 (5 6 4 3) 2 5 5 4 3 2 | 1 (5 6 4 3 2 3 5 6 4 3 2 |
事　　　重　　　　　重。

1) 5 6 1̇ 5 (6 1̇ | 5 6 1̇) 1̇ 7 6 5 3 5 5 6 7 | 6 (2̇ 1̇ 2̇ 3̇ 1̇ 2 7 6 5 6 1̇ 7 |
语　　　温　　　馨,

6) 3·5 5 3 2 1 5 6 1 2 (3 1 2 3 2) 3 5 | 2 5 3 5 1 2 (6 1̇ 6 5 3 5 1 |
话　　　前　　缘,　　　但觉柔 情

2) 3 6 5 4 5 6 5 4 | 6 1̇ 5 (3 1̇ 6 5 4 5 1̇ 6 5 4) ‖【南音】1=C $\frac{4}{4}$
万　　　　种。

2·5 3 2 1 7 6 1 5 2 3 1 2 (3 5 2 3 5 3 5 5) | 7 2 3 7 2 3 (3 3 5)
黯　　然寄意　　　　付东

3 5 0 6 4 3 2 (6 5 3 5 2 5) 2 6 | 1 0 3 2 2 1 6 1 (2 5 6 1) 5 1 3 2 3 1
风。　　　　当日爱 慕　才

6 1̇ 5 (5 5 5 5) | 6 1̇ 5 (5 5 5 5) 1·3 2 3 1 6·5 1·(3 2 3 5 3 5 5) |
华　　情　意　动,

5 1 2 3 1 6 1 5 (2 5 3 5) 3 2 1 2 (5 4 3 5 2 3 5 3) 3 6 | 1 3 (1 2 3 |
何　尝　子 建　　　不慕 秀色

2·3 2 3 1 6 5 (6 1̇ 6 5 3 5 6 2 1 2 3) | 5 1 5 6 5 (2 5 3 5)
花　　容。　　　　　含情

1 1 2 (5 4 3 5 2 3 5 3 5 5) | 5 (5) 5 3 2 1 2 0 3 4 5 3 (6 5 3 5 2 3 5) |
脉脉　　　　心 相　恋。

1 2 5 3 2 1 6 1 5 (2 5 3 5) 3 2 1 2 (5 4 3 5 2 3 5 3 5 5) | 2 2 2 1 2
奈　何　招惹　　　　　妒雨

3·(6 5) 3 5 0 6 4 3 2 (6 5 3 5 2 5) 2 1 | 3 2 3 5 1 7 (1 7 1) 6 2 1 6 1 5
酸　风。　　　　　子建身 调　外藩,

(2 3 5 3 5) 2 1 | 5 (2 1 5) 3 2 3 · 5 2 · 3 1 · (3 2 3 5 3 5) 3 7 | 【乙反】

失却　皇　恩　宠，　　　　甄后

7 1 4 2 1 1 7 7 5 (5 4 5) 4 7 1 4 2 (4 2 4 5 6 5 4) 5 1 | 4 2 4 1 0 |

被　逬　身　死，　　　尤似花落

4 · 5 1 2 6 5 (4 5 2 4 5 6 4 5) ‖ 【流水】 1/4 5 7 | 7 5 0 | 4 1 | 2 4 |

残　红。　　　　　　　遗下　玉缕　金带　枕，

1 4 | 2 1 0 | 1 5 | 5 4 2 | 2 1 | 2 5 0 | 7 5 | 7 1 ‖ 【正线南音】 4/4

昨宵　子建　抱于　胸，　今世　不能　谐鸾　凤。

6 5 · 5 0 3 2 3 1 6 5 1 (3 5 2 3 5 3 5 5) | 6 1 2 2 1 6 1 5 (2 5 3 5) |

谐鸾　凤，　　　　　　　特　来

3 2 1 1 6 (3 2 3 5 3 5 5) | 6 2 5 1 2 3 1 6 5 1 2 3 7 | 6 5 6 5 - ‖

一　会　　　　谢情　　隆。

【爽中板】 1=C 2/4 1 2 1 | (1 2 1) 2 3 3 1 | 5 (3 5 3 2 1 3 2 3 1 |

洛　水　神，

5) 3 7 2 7 2 | 6 3 (3 5) 5 1 | 1 · 2 3 (1 2 | 3) 6 2 7 2 3 2 3 5 |

甄后既是　前身，　可见　古　今　情

3 2 (3 5 3 2 7 2) 3 6 | 1 1 2 3 1 3 2 3 1 | 5 (6 5 6 1 5 3 5) 1 |

种。　　　今日　洛水　乍相　逢，　　众

3 3 7 5 6 7 2 | 6 5 3 5 6 0 | 2 3 2 7 6 (2 3 2 7) 6) 5 6 1 3 2 3 1 |

仙姬　还与　共，乘风扬袂　宛　若　　游

5 · 6 1 (6 5) ‖ 【打扫街中段】 4/4 3 · 5 6 5 3 5 2 2 1 2 | 1 · 3 2 1 6 1 |

龙。　　　　　　妙　舞展　罗裙，　宛　转　长

5 · 6 5 (5) | 3 3 7 6 1 2 3 1 1 2 1 6 3 | 2 5 7 6 5 · 6 5 (5 6) |

吟，　　轻风　掠　鬓，　在于　波涛慢踏行。

5 6 7 2 6 0 7 6 7 2 | 7 6 7 6 7 6 7 6 | 0 7 6 5 2 · 1 2 (3 2) | 5 4

行　俏　步　步若羽轻，若静若动若立若伏，　若效凫飞，　飞飞

67

$\underline{3}\underline{2}\underline{1}$ 2（$\underline{3}\underline{2}\underline{5}$ $\underline{6}\underline{1}2$）| $\underline{5}\underline{4}\underline{3}$ $\underline{3}\underline{2}\underline{1}$ $\underline{6}\underline{1}2$（慢）$\underline{7}\underline{6}\underline{5}$ | 6（$\underline{6}\underline{6}\underline{7}$

飞， 　　　飞返　仙渚采芝　列成阵。

$\underline{6}\underline{5}\underline{3}\underline{5}$ 6 | 0 $\underline{7}\underline{6}$ $\underline{6}\underline{7}\underline{6}\underline{5}$ $\underline{3}\underline{5}$ ∨ 6）‖【合尺滚花】廿 1 5 0 2 6 5 3 0

　　　　　　　　　　　　　　　　　洛神　解下铃铛，

$\underline{3}\underline{2}\underline{1}$ － 2 3 6 － $\underline{6}\underline{5}\underline{6}\underline{5}$ －（$\underline{2}\underline{5}$ $\underline{3}\underline{2}$ $\underline{7}\underline{2}$ $\underline{7}\underline{6}\underline{5}$ $\underline{2}\underline{5}\underline{3}\underline{2}$ $\underline{7}\underline{2}\underline{7}\underline{6}\underline{5}$）

2 5 0 $\underline{3}\underline{5}\underline{3}$ $\underline{2}\underline{1}2$ － 3 2 － $\underline{2}\underline{1}2$ － 1 －（$\underline{2}\underline{5}$ $\underline{7}\underline{2}$ $\underline{1}\underline{7}\underline{1}$ $\underline{2}\underline{5}$ $\underline{7}\underline{2}\underline{1}\underline{7}$

抛来　相　　送。

1 ）2 5 2 5 $\underline{6}\underline{1}$ $\underline{7}\underline{6}\underline{5}$ － 6 7 － 6 －（$\underline{7}\underline{2}\underline{7}\underline{6}$ $\underline{3}\underline{5}$ $\underline{6}\underline{7}$ $\underline{2}\underline{7}\underline{6}$ $\underline{3}\underline{5}\underline{6}$）

小王解除 玉珮，

2 $\underline{3}\underline{3}\underline{3}\underline{6}$ － 1 － 2 －（$\underline{2}\underline{1}$ $\underline{6}\underline{1}$ $\underline{2}\underline{1}$ $\underline{6}\underline{1}2$ －）2 － 7 $\underline{7}\underline{2}\underline{6}$ $\underline{7}\underline{6}\underline{6}$ －

敬仙姬收容。　　　　　　她 说道　　后会

（6 －）$\underline{6}\underline{7}$ $\underline{6}\underline{7}$ $\underline{6}\underline{5}\underline{3}\underline{3}$ － 5 － 6 － 2 － $\underline{7}\cdot\underline{6}$ $\underline{7}\underline{6}\underline{7}$ 0 6 0 6 0 6 0

无　期，

$\underline{6}\underline{6}\underline{6}\underline{6}$ － 5 －（$\underline{2}\cdot\underline{3}$ $\underline{1}\cdot\underline{3}$ $\underline{3}\underline{2}\underline{5}\underline{3}$ $\underline{2}\underline{1}$ $\underline{3}\underline{2}\underline{1}$ $\underline{3}\underline{5}\underline{6}\underline{2}$ 7 － 6 $\underline{6}\underline{6}$ $\underline{6}\underline{6}$

6 － 5 －）3 3 $\cdot$ $\underline{3}$ $\underline{3}\underline{2}\underline{3}$ 0 $\underline{2}\underline{1}\underline{6}$ － 1 2 － $\underline{3}\underline{2}\underline{2}\underline{1}$ $\underline{2}\underline{2}\underline{7}$ － 1 －（5 －

　　一声　　　珍　重。

3 － 2 － 1 －）【双星恨尾段】$\frac{1}{4}$ $\underline{6}\cdot\underline{4}$ | 5 | $\underline{2}\underline{4}$ | 5 | $\underline{6}\underline{4}$ | 5 | $\underline{2}\underline{4}$ |

　　　　　　　　　　　　　　波　翻浪 涌，波　翻浪

5 | $\underline{6}\underline{5}$ | $\underline{6}\underline{5}$ | $\underline{4}\underline{6}$ | 5 | $\underline{4}\underline{5}$ | $\underline{4}\underline{5}$ | $\underline{4}\underline{2}$ | $\underline{1}\underline{2}$ | $\underline{1}\underline{7}$ | $\underline{5}\underline{5}$ | 0 7 |

涌，烟水　相接 渺芳　踪，叹惜　洛水　呀 奇　逢，情缘　莫

$\underline{1}\underline{7}$ | 1（$\underline{1}\underline{7}$）‖: $\underline{2}\cdot\underline{4}$ | $\underline{1}\cdot\underline{7}$ | $\underline{5}\underline{7}$ | $\underline{7}\underline{1}$:‖ $\underline{5}\underline{1}$ | $\underline{5}\underline{1}$ | $\underline{7}\underline{1}$ | $\underline{7}\underline{1}$ |

种。　　　　仙姬呀　　难入 梦，惆怅 无既 自怨 自叹

$\underline{2}\underline{5}$ | $\underline{4}\underline{2}$ | 1（7 | 1）| 　（稍快）$\underline{6}\underline{4}$ | 5 | $\underline{2}\underline{4}$ | 5 | $\underline{6}\underline{4}$ | 5 |

内心 恨无 穷。　　　　　　　波　翻浪 涌，波　翻

$\widehat{2\ 4}$ | 5 | $\widehat{6\ 5}$ | $\widehat{6\ 5}$ | $\widehat{4\ 6}$ | 5 | $\widehat{4\ 5}$ | $\widehat{4\ 5}$ | $\widehat{4\ 2}$ | $\underline{1\ 2}$ | $\widehat{1\ 7}$ | $\underline{5\ 5}$ |

浪　涌，烟水　相隔　渺芳　踪，叹惜　洛水　呀　奇　逢，情缘

$\underline{0\ 7}$ | $\underline{1\cdot\ 7}$ | 1 | $\underline{2\ 4}$ | $\underline{1\cdot\ 7}$ | $\underline{5\ 7}$ | 1 | $\underline{2\ 4}$ | $\underline{1\cdot\ 7}$ | $\underline{5\ 7}$ | 1 |

莫　种。　　仙姬　呀　　难入　梦，仙姬　呀　　难入　梦，

$\underline{5\ 1}$ | $\underline{5\ 1}$ | $\underline{7\ 1}$ | $\underline{7\ 1}$ | $\underline{2\ 5}$ | $\underline{4\ 2}$ | 1 | 0 | （慢） $\underline{6\ 1}$ | $\underline{6\ 5}$ | 4 |

惆怅　无既　自怨　自叹　内心　恨无　穷。　　　　　今　生　爱

$\widehat{5\ 6}$ | 2 | 4 | $\overset{6}{\widehat{5}}$ | 5（$\dot{1}$） | $\underline{6\ 5}$ | $4^\vee$ | $\overset{6}{\widehat{5}}$ ‖ （文锣一响）

她　愿　已　空，　　　水　向　东。

青天碧海忆嫦娥

蔡衍棻　撰曲
彭炽权　唱

【引子】1=C 艹（1- $\underline{\dot{6}1}$ 3 -2 1- $\underline{3\ 5}$ $\underline{6\ 5}$ $\underline{1\ 6}$ $\underline{\dot{5}}$ $\underline{0\ 5}$ $\underline{3\ 2}$ 1- $\underline{\dot{6}\ 5}$ 5-

3 $\underline{2\ 3}$ -2- $\underline{1\ 6}$ $\underline{1\ 2}$ $\underline{1\ 6}$ $\underline{1\ 2}$ $\underline{1\ 2}$ $\underline{1\ 2}$ $\underline{3\ 5}$ $\underline{6}$ $\dot{1}$ -）【丹凤眼】$\widehat{2\ 3}$ 1-

　　　　　　　　　　　　　　　　　　　　　　　　　月　华

$5\cdot$ $\underline{\dot{1}}$ $\underline{6\ \dot{1}}$ $\underline{5\ 4}$ $\underline{5\ 4}$ 3-（3-） $\underline{3\ 5}$ $\underline{3\ 2}$ $\underline{1\ 2}$ $\underline{3}$ $\underline{6\dot{1}}$ $\overset{3}{\widehat{2}}$ -$\frac{4}{4}$（$2\cdot$ $\underline{3}$ $\underline{5\ 6}$

吐　光　　焰，　　　清光　满　长　天。

$\underline{3\ 5}$ $\underline{3\ 5}$ $\underline{3\ 2}$ | $1\ 0$ $\underline{2\ 7}$ $\underline{6\ 2}$ $\underline{3\ 7}$ $\underline{2\ 7}$ $\underline{6}$ | $5\ 0$ $\underline{6\ 1}$ $\underline{5\ 5}$ $0\ \underline{6\ 1}$ | $\underline{5\ 5}$ $\underline{6\ 5}$ $\underline{4\ 3}$

【诗白】秋心如水意缠绵，碧海青天思悄然。今夜月圆人孤寂，我望广

$2\cdot$ $\underline{5}$ $\underline{3\ 5}$ $\underline{3\ 2}$ | $1\ 2$ $\underline{7\ 6}$ $\underline{5\ 6}$ $\underline{1}$ $2\ 0$ $\underline{5\ 3}$ $\underline{5}$ | $2\ 2$ $\underline{7\ 6}$ 5 -）‖ 【海棠春】1=C $\frac{2}{4}$

寒恨倍添。唉！　　　　　　　　　　　　　　　　　　　　　【唱】

69

6 6 <u>1</u> <u>5</u> <u>3</u> 5 | (0 <u>1</u> <u>7</u> <u>6</u> <u>5</u> <u>1</u> <u>7</u> 6 | 5) <u>6</u> <u>2</u> <u>6</u> <u>3</u> 6 | 2 (<u>2</u> <u>3</u> <u>2</u> <u>1</u> <u>6</u> <u>1</u> 2) |

天 高 远，　　　　　　怎 能 心 事 飞 传，

<u>2</u> <u>5</u> <u>3</u> <u>2</u> 7·1 | 5·<u>2</u> 2 2 | 5·<u>2</u> <u>2</u> <u>3</u> 2 | <u>2</u> <u>6</u> <u>2</u> <u>3</u> <u>4</u> 3 | 5·(<u>4</u> <u>5</u> <u>6</u> 5) |

想 当 日 我 雄 风 初 起，神 矢 惊 天，奇 功 神 力 建。

<u>3</u> <u>2</u> <u>7</u> <u>2</u> <u>3</u> <u>3</u> 2 | <u>7</u> <u>2</u> 3 (<u>7</u> <u>3</u> 2 | <u>3</u> <u>4</u> 3) 3·<u>2</u> <u>7</u> 2 | <u>7</u> <u>2</u> 0 <u>2</u> 5 | 6·(7 |

天 下 归 心 势 位 尊，　　　　称 我 颂 我 膜 拜 比 神 仙。

<u>6</u> 2 | <u>6</u> <u>2</u> <u>5</u> 6) | <u>6</u> <u>2</u> 0 <u>1</u> <u>6</u> 5 | 3 (<u>6</u> 5) <u>3</u> <u>1</u> <u>7</u> 6 | 5 - ‖【反线中板】1=G $\frac{2}{4}$

佳 人 争 仰 慕　唯 博 爱 和 怜。

(<u>3</u> <u>5</u> <u>6</u> <u>1</u> <u>5</u> 5 | <u>5</u> <u>5</u> <u>6</u> <u>5</u> <u>6</u> <u>4</u> 5 | <u>3</u> <u>5</u> <u>3</u> <u>2</u> 1) | 0 <u>5</u> <u>3</u> <u>3</u> 5·(5 | <u>3</u> <u>3</u> 5) 5

　　　　　　　　　　　　　　　　　我 后 羿　　　对

<u>2</u> <u>3</u> <u>1</u> 0 <u>5</u> <u>3</u> 5 | 6 (<u>6</u> <u>1</u> <u>6</u> <u>5</u> <u>3</u> <u>5</u> <u>2</u> <u>1</u> <u>6</u> <u>5</u> <u>3</u> 5 | <u>6</u> 0 <u>6</u> <u>6</u> 5) <u>1</u> <u>6</u> <u>1</u> 5·6 |

群 芳，　　　　　　　　　　　　　青 眼 不

<u>1</u> <u>6</u> <u>1</u> 2 (<u>3</u> <u>5</u> <u>2</u> <u>3</u> 2) <u>3</u> 5 | <u>1</u> <u>2</u> <u>3</u> <u>6</u> <u>1</u> 2·(<u>2</u> <u>1</u> <u>2</u> <u>6</u> 1 | 2·) <u>1</u> <u>1</u> 1·<u>6</u> 5 |

曾 垂，　　独 对 嫦　娥　　　一 枝

<u>3</u> 5 (<u>5</u> <u>3</u> <u>5</u> <u>6</u> <u>1</u> <u>1</u> <u>1</u> <u>1</u> <u>6</u> 5 | <u>3</u> 5) <u>6</u> <u>5</u> <u>3</u> 5 (<u>6</u> 5 | <u>3</u> 5) <u>6</u> <u>5</u> <u>3</u> <u>2</u> <u>2</u> 7 |

艳。　　　　　　卿 是 绝 世　　　佳

6·<u>1</u> <u>6</u> <u>1</u> <u>2</u> <u>6</u> 1 (<u>5</u> <u>6</u> <u>1</u> <u>2</u> 6 | 1·) <u>5</u> <u>3</u> <u>1</u> <u>1</u> <u>6</u> <u>5</u> <u>5</u> 3 | <u>2</u> <u>3</u> <u>4</u> <u>5</u> 3 (<u>1</u> 2 |

人，　　　　　我 是 当 今　　　豪 杰，

<u>3</u> <u>5</u> 3) <u>1</u> <u>1</u> | <u>2</u> <u>1</u> 0 <u>3</u> <u>5</u> 5 (<u>1</u> <u>6</u> <u>1</u> 3 | <u>5</u> 5) <u>5</u> <u>7</u> <u>6</u> <u>5</u> 4 | 3·<u>5</u> <u>2</u> <u>1</u> <u>6</u> 2 |

一 朝 成 凤 侣，　　何 事 羡 天 仙。

1 (<u>3</u> <u>5</u> <u>2</u> <u>1</u> <u>6</u> 2 | 1) <u>2</u> <u>7</u> 2·(<u>2</u> 7) | 0 <u>5</u>·<u>6</u> <u>4</u> <u>3</u> <u>2</u> <u>7</u> <u>2</u> <u>3</u> <u>2</u> <u>3</u> <u>4</u> 5 |

软 玉 醉　温

3 (<u>2</u> <u>7</u> <u>2</u> <u>3</u> <u>5</u> <u>6</u> <u>4</u> <u>3</u> <u>2</u> <u>3</u> <u>4</u> 5 | 3) <u>7</u> <u>7</u> 2·<u>7</u> <u>2</u> <u>3</u> <u>4</u> 5 | <u>3</u> <u>2</u> <u>2</u> <u>7</u> 6 3·<u>6</u> 3 7 |

馨，　　　　列 阵 有　绮　罗，温 柔 不 住

3 6 2 3 5 4 3 33 | 6·1 6 5 5 3 2 2 1 1 6 6 1 | 2·1 5·3 | 6 1 5

住何　乡，月夕　花　晨　　　长眷　恋。

0 2 7 | 6·1 5 1 6 5 3 5 3 0 5 6 1 | 5 6 1 2 6 5 5 3 2 1 2 3 4 5 4 3 |

5 - ‖【南音短序】1=C ♯ 2 3 2 5 6 1 5 6 1·3 2 3 5 3 5 6 5 - (5

岂知佳人另有怀　抱　变　生于　骤然。

5⌒(1234) 5) 0 1 4/4 5 0 3 2 1 6 1 (1 6 1) 3 2 1 6 1 5 (2 3 5 3 5) 2 |

我　横　暴　专　权，　　　你

6 5 6 (5 6) 5 5 3 2 7 2 7 2 (3 5 2 3 5 3 5) 2 2 | 5·5 3 2 7

曾　苦　劝，　　　劝我　改

6 5 (2 5 3 5) 7·7 2 (3 5 2 3 5 3 5 5) | 7 2 0 3 2 1 6 1 5 6 5 0 6 5 3

弦　　易　辙　　　莫欺　天。

2 (3 5 2 5 2) | 5·4 3 0 1 2 7 6 1 5 (2 3 5 3 5 5) 1 | 5·4 3 2

天　教我·亡　　我　偏　不

1 7 6 5 6 5 1·(3 2 3 5 6 3 5 5) |【乙反】4 2 5 5 4 2 1 2 6 5 1·4

从　善。　　　　善　言　置

4 2 4 5 1 6 6 5 5 | 5 6 1 6 5 5 6 5 5 6 5 4 2 4 2 (5 6 5 4 2 5 5 1 |

脑后，

2·6 5 6 5 4 2 4 5 5 6 1 2·6 5 6 5 4 2 5 5 1) | 7 0 1 6 5 4 2 4·7

善　言　置

7 1 7 5 (5 7 1 7 5) 1 | 2 1 7 1 1 6 5 4 5 2 4 5·6 1 6 1 6 5 4 5 2 4 |

脑　后，　你　苦·透心　　　田。

5·7 5 7 5 ‖【旧苑望帝魂】4/4 0 5 | 5·4 2 4 6 5 0 5 | 5·4 2 4 1 7

求　得　脱俗世所牵，从　此　你独抱愁

1 0 6 1 | 2 3 2 0 1 6 5 6 5 0 4 2 | 4·5 6 5 1 6 ⌐6 5 0 5 | 5·4
眠，瞒过 夫 君，镇日无 言 圣药 暗 吞 竟飞 天。乘 风 振

2 4 6 5 0 5 | 5·4 2 4 1 7 1（5 4 2 1）6 1 | 2 2 0 6 1 5 6 5 0 4 2 |
袂舞蹁跹，凌 空 去一身似玉燕， 住上 天宫，断了尘 缘，悔恨

4·5 6 5 1 6 ⌐6 5 ‖【乙反清歌】1 4 2 1 1 6 4 5 7·7 1 4 2 4 2 -
更 添我心交 煎。 每当 银河月 满，我便仰 望

5 - 5·6 5 4 4 2 4 2 7 5 2 4 7 4 4 2 1 7 1 2 6 5 3 2 5 2 1 6 5 5 4
碧 天， 恨无彩 凤双飞 翼，飞入蟾宫 乞妹

5 7 5 1 2 7 1 4 2 7 7 4 2 1 7 5 7 1 1 2 4 5 2 1 2 4 2 4 6 5 6 5 4
怜。 我今欲再施 射日穿 云 箭，射破广寒 射 破天

2 4 2 0 5 7 1 5 4 5 4 2 5 1 2 4 1 2 2 4 5 1 7 1 0 2 7
好让你重返人间 重眷恋， 只恐 无 情 箭 雨， 伤及

【乙反二黄】 4/4 4 2 4 2 1 1 7 5 6 4 5 1 7 1 2 4 1 2（2 5 7 1 |
心 爱

2 4 5 4 2）5 1 7 5 1 7 5·4 2 4 2 1 7 1 5 0 1 7 1 | 4 2（2 4 1 7
婵 娟。

5 1 7 5 4 2 1 7 1 5 1 5 7 1 2 5 4 5 2）| 4·4 7 7 1 1 7 1 2 4 2 5 4
朝 朝暮暮 盼 卿

2 7 7 | 5 1 0 4 2 1 7 1 2 4 2 1 1 4 5 7 5（2 4 2 1 7 1 2 4 2 1 1 4 |
归，月月 年 年

5 6 2 4 5）5 7 1 1 2 1 4 2 0 4 2 1 1 7 5 0 1 7 1 2 7 | 1·5 4
从 未 断。

$\underline{2}\ \underline{4}\ \underline{5}\ \underline{6}\ \underline{5}\ \underline{4}\ \underline{4}\ \underline{2}\ \underline{1}\ \underline{1}\ \ \underline{1}\ \underline{1}\ \underline{5}\ \underline{3}\ \underline{5}\ \underline{3}\ \underline{2}$ | $\underline{1}\ \underline{1}\ \underline{1}\cdot\underline{2}\ \underline{5}\ \underline{1}\ \underline{5}\ \underline{1}\ \underline{5}\ \underline{4}\ \underline{2}\cdot\underline{2}\ \underline{4}\cdot\ 4$

$\underline{2}\ \underline{4}\ \underline{2}\ \underline{4}\ \underline{2}\ \underline{1}$ | $\underline{\dot{7}}\ \underline{\dot{7}}\ \underline{1}\ \underline{2}\cdot\underline{4}\ \underline{2}\ \underline{4}\ \underline{2}\ \underline{1}\ \underline{\dot{7}}\ \underline{1}\ \underline{\dot{7}}\ \underline{1}\ \underline{2}\ \underline{4}\ \underline{2}\ \underline{1}\ \underline{\dot{7}}\ \underline{1}\ \underline{2}\ \underline{4}\ \underline{2}\ \underline{1}\ \underline{\dot{7}}\ \underline{6}$

$\underline{5}\cdot\underline{\dot{7}}\ \underline{5}\ \underline{\dot{7}}\ \underline{1}\ \underline{5}\ \underline{\dot{7}}\ -$ ‖ 【别鹤怨】1=C $\frac{4}{4}$ （$\underline{5}\ \underline{6}\ \underline{4}\ \underline{3}\ 2\ -$ ）$0\ \underline{4}\ 2$ | $5\ 5$

【白】嫦娥妻呀! 　　　　　【唱】你 在　天宫

$0\ \underline{5}\ \underline{4}\ \underline{2}\ \underline{4}\ \underline{2}\ 0\ \underline{2}\ \underline{1}$ | $\underline{\dot{7}}\ \underline{1}\ \underline{\dot{7}}\ \underline{1}\ \underline{\dot{7}}\ \underline{1}\ \underline{2}\ \underline{4}\ \underline{2}\ 0\ \underline{4}\ 2$ | $5\ 5\ 0\ \underline{5}\ \underline{4}\ \underline{2}\ \underline{4}\ \underline{2}\ 0\ \underline{2}\ \underline{1}$

当 厌倦，　秋雨　是你是你泪满天，　你在 天宫　当寂寞，　想也

$\underline{\dot{7}}\ \underline{1}\ \underline{\dot{7}}\ \underline{1}\ \underline{2}\ \underline{4}\ \underline{5}\ \underline{6}\ \underline{5}\ 0\ \underline{1}\ \underline{1}$ | $\underline{5}\ \underline{4}\ \underline{5}\ \underline{7}\ \underline{1}\cdot\underline{\dot{7}}\ \underline{1}\ \underline{1}\ \underline{\dot{7}}\ \underline{5}\ \underline{4}\ \underline{5}\ \underline{7}\ \underline{1}\ \underline{7}\ \underline{1}$ | $2\ \underline{4}\ 5$

念记念记前　缘，　我已 从　善忏　悔你莫嫌 嫌 怨 怨，愿乞

$\underline{4}\ \underline{5}\ \underline{4}\ \underline{2}\ 1\ (0\ \underline{6}\ 5)$ | $\underline{4}\ \underline{2}\ \underline{4}\ 5\ \underline{5}\ \ \underline{4}\ \underline{4}\ \underline{2}\ \underline{4}\ 5\ \underline{5}$ | $\underline{6}\ \underline{1}\ \underline{6}\ \underline{5}\ \underline{4}\ \underline{5}\ \underline{2}\ 4^{\vee}\ \widehat{\dot{6}}\ -$ ‖

你 见 原，　　破雾 穿云，告别 广寒，早 归 故　　苑。

【五捶花下句】（$\underline{2}\cdot\underline{3}\ \underline{1}\ \underline{4}\cdot\underline{5}\ \underline{3}\ \underline{5}\ \underline{6}\ \widehat{\dot{1}}\ 5\ -$ ）$5\ 5\ -\ \underline{3}\ \underline{2}\ \underline{1}\ \underline{2}\ \underline{1}\ \underline{7}\ \underline{6}$

　　　　　　　　　　　　　　　　　　　　　　　知 卿　早　悔偷

$\underline{5}\cdot\underline{\dot{7}}\ \underline{6}\ \underline{5}\ 6\ -\ (5\ 6\ -\ )\ \underline{5}\ \underline{3}\ \underline{2}\ \underline{7}\ \underline{6}\ (\underline{5}\ \underline{3}\ \underline{2}\ \underline{7}\ \underline{6}\ )\ \underline{6}\ 2\ -\ (2\ -\ )\ 0\ 3$

灵　药，　　　重温鸳 梦　　　　是

$\underline{2}\ \underline{3}\ \underline{2}\ \underline{1}\ \underline{1}\ \underline{6}\ \underline{5}\ 5\ -\ \underline{5}\ \underline{6}\ \underline{7}\ 2\ \ \underline{6}\ \underline{7}\ \underline{6}\ \underline{1}\ 2\ -\ \underline{5}\ \underline{3}\ \underline{2}\ 2\ -\ \underline{3}\ \underline{2}\ \underline{2}\ \underline{1}\ 6\ -\ 1\ -$

何 年?

（$3\ 5\ 6\ \dot{1}\ -$ ）

吟尽楚江秋

王君如　撰曲
叶幼琪　唱

【南音板面】1=C 4/4 (0 5 6 5 4 3 | 2 4 3 2 1 3 5 2 5 6 7 2 6 | 5 0 3 2)

1 2 3 5 5 | 2· 3 5 6 5 3 2 3 5 | 2 (6 5 3 5) 2 3 5 3 2 7 | 6· 1 5
借酒消　愁添　愁，一　江　秋，　　几番　梦　回，

0 5 6 1 2 3 5 4· 5 3 5 3 2 | 1 (3 5 3 2) 1 2 3 2 3 5 2· 3 2
红豆暗抛　悲歌　奏，　　往景依　稀，知否

7 2 7 2 6 | 5· 6 3 5 3 5 6 1 (6 5 3 5) 2 3 2 3 2 1 | 6 5 6 1 5 1 6 5
泪珠为　谁　留？　檀郎尤复瘦，　只因　旧　爱难了，奈何

3· 5 6 2 6 4 5 3 | 5 (6 5 3 5) 2 3 2 5 6 5 6 1 2 3 5 3 5 6 | 5
自　身愁丝似　乱　柳，　　秋心望　断楚　江　流

【食住流字转南音】　2· 5 3 2 7 6 5 1· (3 2 3 5 3 5 5) | 7 2 0 3
水　恨，　　　　　　　　恨

5 6 1 7 6 5 6 5 0 5 4 3 2 (6 5 3 5 2 5 2) | 5 0 4 5 3· 5 3 2 1 7
随　秋，　　　　西　山

6 5 6 1 (3 2 3 5 3 5 5) | 1 6 1 2 3 5 2 5 1 2 7 6 1 5 (5 1 6 5
红叶　　　　满　江　头。

3 5 6 2 6 4 3) | 5· 7 3 5 2 0 3 5 1 2 7 6 1 5 (2 3 5 3 5 5) | 5 3 5
芳草　夕阳　黄

3 2 0 3 2 7 1 6 1 (3 5 2 3 5 3) 3 2 | 3· 5 3 2 1 7 6 1 5 (2 5 3 5)
昏　后，　　呢个飘　零

3 2 1 2.(3 2 3 5 3 5 5) | 7 2 0 3 5 1 7 6 5 6 5 0 5 4 3 2 (3 5 2 5) 1 4 |

孤客， 泪盈坵。 记得

【转乙反】 4 0 4 2 1 7 1 0 2 4 5 2 1 1 7 5.(4 2 4 5 2 5 1 6) |

初 度 相 逢

5 6 4 5 1 3 2 1 1 6 5 5.7 1 (5 4 2 4 5 5 4 4 2) | 5 1 4 2 1 1 6

如 故 旧， 蓝

5.(5 4 5) 2 4 7 1 (5 4 2 4 5 6 5 4 2 4) | 1 7 1 6 5 4 5 6 0 2 4

桥 践 约 半 含

5 7 5 (4 5 2 4 5 6 4 6 5) | 5 1 4 2 1 7 6 5 (5 4 5) 7.7 1 (5 4

愁， 愁 容 未 敛

2 4 5 6 5 4 2 4) | 4 4 3 2 4 2 1 5.7 2 2 4 1 (5 4 2 4 5 6 5 4 2 4) |

先 启 口，

4 0 6 5 4 2 4.5.6 1 (6 1 5 6 1 6 1) | 4 0 6 5 4 2 4 2 1 5 0 6 5 4

吐 尽 衷 肠 怨 恨 忧。

2.(4 2 4 2) | 5 4 5 2.(4 2 4 2) 7 2 1 5 7 (7 2 1 5 7) | 5 4 5 (4 5)

知 卿 望 族 名

4 2 4 2 1 7 1 2 7 1 (5 4 2 4 5 6 5 4 2 4) | 6 5 6 5 4 4 2 1 2 7 1 (7 1)

闺 秀， 京 华

5 2 1 4 (5 4 2 1 4) 4 4 | 2 4 5 1 4 5 4 2 1 2 1 1 0 2 7 6 | 5.6 5

风 雨 至 有 独 漂 流。

(0 4 2 4 2 1 7.1 5.4 2 4 2 1 7 5 7 1 | 5 6 4 5 6 1 5 0 6 5 4

2 5 4 2 1 6 5 4 5 1 2 1 2 4 | 5.6 1.7 6 1 5 6 5 6 1 5 6 1 4 3 2 4

$5 \cdot)11 | \widehat{72471} 33\underline{2} 0\underline{42116} | 5\underline{645} \underline{24} 0\underline{42} 1\underline{7 \cdot 71}(\underline{54}$

说到泪染　　香襟　　频　牵　　袖，

$\underline{245654})1 | 4 \cdot \underline{42} 41 \underline{754}(\underline{545}) \underline{4271}(\underline{54} \underline{245654} 2)1 |$

　　你身　　　同　飞　絮，　　　　　　我

$\widehat{171} 2\underline{175} 50 \underline{654} 2(\underline{54242}) \quad | \quad 427 10\underline{4} \underline{4442}$

似　孤　舟。　　　　　　　　　一　载　相　依，

$(\underline{242})\underline{2172} | 5\underline{42} \underline{52} \underline{175} \cdot 7\underline{2241}(\underline{54} \underline{245654} 24) |$

　今世默许　长　相　　守，

【转正线】$5\underline{635} 32 0\underline{216} \underline{2351} \cdot (3 \underline{23563})16 |$ 【二黄】

　　　　长　相　　守，　　　　　　每是

$5\underline{356} 1 \underline{332} \underline{2} 5\underline{321}(\underline{231210}) | \underline{321} \underline{3217} 6 5 0\underline{123}$

栏　杆　曲　处　　偷

$\underline{1271}(\underline{276561} \underline{5435} | \underline{1271})\underline{226} \underline{726}(\underline{726}) \underline{5543} 2$

吻，　　　　　你笑还

$\underline{123} \underline{5656} 1 | 32(\underline{2327} \underline{6726} \underline{3212} \underline{7656} \underline{1253} 12)16 |$

羞。　　　　　　　　　　有阵

$\underline{320} 5\underline{35} 2\underline{0116} \underline{5435} 2(\underline{35232})\underline{56} \quad | \quad \underline{320} \underline{532}$

轻　搂　蛮　腰，　　疑是　风

$\underline{1235} \underline{3276} 5(\underline{0532} \underline{1235} \underline{3272} | \underline{6276} \underline{650})\underline{45654}$

前　　　　　　　　杨

$5 \cdot \underline{3232} \underline{7656} \underline{1234} 5 | 1(\underline{6165} \underline{4564} \underline{5276} \underline{5123} 5$

　　　柳。

76

1 2 3 1) | 5 3 5 2 1 5 3 2 7 6 5 (2 1 7 6 5 5 6 3 5) | 2 2 3 2 7 6 5

秋　　水眼波　横,　　　　　　　　　　　　春山眉峰

6 (3 2 7 5 6 3 5 6) | 5 3 5 3 5 1 3 2 0 3 2 7 6 1 5 1 (2 3 1 2 1) 5 2 |

聚,　　　　　桃　腮　杏　脸,　　尤比

1 3 2 2 1 7 6 5 0 3 2 7 6 7 6 5 1 (2 7 6 5 6 1 5 3 2 7 | 6 7 6 5 1)

芍　　　药　　　

5 3 2 (1 5 3 2) 1 2 3 5 3 2 2 7 6 7 1 3 2 1 7 6 | 5 (6 5 3 5

娇　　　　　　　　　　　　　　柔。

2 5 3 2 1 2 7 6 7 1 3 2 1 7 6 5 6 3 5) | 1 6 1 (1 6 1) 5 5 5 3 2 1

泛　轻舟,

2 7 2 | 2 · 3 4 3 4 5 3 5 3 2 2 7 6 0 4 6 7 1 7 2 | 6 · 7 2 5 3 5 6

逐　水流,

7 0 7 6 7 2 3 2 3 5 2 1 6 | 1 2 5 6 1 (0 5 · 4 3 5 2 6 5 4 3

2 1 7 6 5 4 3 5 | 1 1 6 5 4 3 2 2 2 7 6 3 2 3 5 2 1 7 1 2 5 6 1) 1 6 |

你道

2 · 5 1 1 0 2 5 2 0 5 3 2 1 (1 7 1) | 1 · 1 2 3 0 7 6 2 7 6 5 (6 2 7 6

娇　情爱我　深如海,　　呀,　　　我　爱娇情　有若　　何?

5 6 3 5) | 1 0 4 3 2 1 7 1 5 6 4 3 2 (5 3 2 3 2 0) | 6 0 4 3 2

笑　笑欢　欢　　　　　　郎

7 2 6 0 2 7 2 3 0 5 3 0 5 3 5 3 2 | 7 2 6 3 2 2 7 6 1 5 3 5 6 1

心

5 (6 1 6 5 3 2 3 5 6 5 6 1 | 5 6 3 5) 2 3 2 7 2 6 7 2 3 2 2 2 1 7 6

似

77

$5672615 | 21(0532 1235 2176 5276 1651 1231)37 |$

酒。　　　　　　　　　　　　　　　　　怎奈

【转乙反】 $424\ 250171\ \overset{4}{2}(2571\ 2452) | 4245(24$

烽火　起南　　天，　　　　　　腾　凌

$5)2172\ 1(2124\ 17571) | 42124\ 242(242)$

倭　寇，　　　　　　　金　戈

$1271(241710) | 2\cdot42176\ 5645\ 171242(2571$

铁　马，　　　惨　　　折

$25452)\ 4271(24\ 1)6165\ 456024 | 5(7571$

温　　　　　　　　　　　柔。

$2427165\ 456024\ 5645)17 | 54(545)\ 1271$

怪道　名　　　将

$21175(575)4272 | 5042171\ 50171\ 242(2421$

佳　人　　千古未许　人　　　　间

$7150171 | 2452)17501712042176\ 5017124 |$

见白

$241(2571\ 2\cdot42176\ 50171241\ 1271) | 47142$

首。　　　　　　　　　　　　　　　　水月镜花

$05\cdot77(5712\ 7517)21 | 5142117\ 5645\ 471(27$

原　是梦，　　　只有　斜　　阳　风雨，

$171)511 | 2\cdot42117564527014 2(7571 | 25432)$

凭吊那　青　　　塚

78

4 2 1 5（2 1 5）｜ 2 4 2 1 7 1 5 0 1 7 1｜2 4 2‖【连环扣】 ⁴/₄ **0 7 1 7 1｜**

荒　　　　　　　　　　　　　垍。　　　　　　　　　　恨煞恨煞

2 2 2　4 5 2 2 0 4 5 5｜（4 5）7 2 1　2 7 5 4 5 4 5 7｜1 2 7 1（5 4

相思钩，每钩旧恨　上心头，　　绿窗柳，想是同卿同卿柔弱　瘦。

2 4 5 6 5 4 2 4 1 2 7 1）0 7 1 7 1｜2 2 2　4 5　4 2 4 5 5｜（4 5）7 2

　　　　　　　　　　夜冷夜冷　风声啾，再忆韵事似烟浮，　　梦佳

1 7 1 5 4（5 4）5 7｜1 7 1（5 4　2 4 5 6 5 4 2 4 1 2 7 1）5｜

偶，独抱秦筝　　和泪　奏，　　　　　　　　　　思

1·5 1 5　1 4 2 1 7 6　5 6 4　5 4 5 7｜1 7 1（5 4　2 4 5 6 5 4 2 4

前　恩前恩何有，　　红　颜为郎情义　厚。

1 2 7 1 2 4）7 5 0 7 1｜2·（4）2 1 2 4　5 5 5·5 4 5 6 6 5 6｜

　　　念郎　泪暗　偷，　　自怜没计　消　愁，怎断得相思

6 6 5‖【合尺滚花】^廿（**5 5 1 2 3 2 －**）**2 6　1 6 5 5 3 2 1 2 3**

钩？　　　　　　　　　唉！　今日血泪丝丝，

6 5 3 － 5 －（2 4 3 2 1 5 －）2 1 1 1 3 5 1 6 1 2 3 3 2 3 2 1 6 1 －

　　　　　洒向你坟　前作奠酒。

（**2 5 7 6 1 －**）**3 5 － 1 1（3 5 1 1）3 2 5 1 2 － 2 1 7 6 5 6 7 6 7**

游魂　渺渺　　　　知　何处？

6 －（7 2 5·6 5 6 7 6 －）3 6 6 7 3 2 2 － 5 5 － 5 3 2 1·2 1 2

教郎吟尽　楚江

3 2 3 2 3 － 5 － 3 2 3 2 3 2 － －

秋。

一 曲 魂 销

胡文森 撰曲

梁玉嵘 唱

【梆子慢板】1=C 4/4 (076i5356i56453532 | 1.51.6i

564345356535 | 2312123535656i6i653235 |

26535231212 35.761231231) | 535161102

350532 1(5321) | 5352(3332)113221 76565(6i65 |

3213235 656i253213561 5635) | 5650532

1(21276) | 5123(12353)13 | 10532123 2176

5.(053212352176 | 5635)3231(3231)534327235 |

2(6535234532 72632276 7172) | 6352176

51123(651235123) | 6765(765)0161 20532

1(0532 | 7263272 6565323545321 231) | 5.32345

3(12323)2352(35232)137 | 61027653 5661.2

323(1612 | 34543)650161 232053212352176 |

生

情 有

因，   花   有债，

多

种   情恩，   惹得 债

还   不

了。   为

情 生，   为 情 死

生

生 死死，   割不断 万   丈

情

5 6 5 0 1 3 2 3 1 (3 2 3 1 2 3 1) | 1 6 1 6 1 2 3 2 1 2 1 7 6
苗。　　　　　　　　　　　　　　　　　既　多

5·(3 1 3 7 6 5 6 3 5) | 5 5 4 3 (5 4 3) 0 3 2 7 6 5 0 1 6 1
情，　　　　　　　偏　　多　恨，

2 3 3 2 (6 5 3 5 | 2 3 4 5 3 2 7 6 5 6 3 5 6 1 5 6 1 6 5 3 5 2 3 1 2) |

2 0 5 3 5 2 7 2 (7 2) 5 4 3 ‖【滚花】ㄝ 3 6 1 6 5 (3 6 1 5) 3 7
到　　处　拈　花，　　不论鲁齐　　燕

6 1·2 3 2 3 3 2 2 —【永别了弟弟】1=C 4/4 (0 3 5) | 2 5 6 7 2 5
赵。　　　　　　　　　　　　　　　风　流　人醉

3 5 3 | 2 (0 7 6) 5 5·6 | 7 6 7 2 2 3 2 7 6 7 2 | 5 (0 3 2 3) 5
步　摇，　　频频　唤情　娇，心　爱娇娆。　　口

5 4 3 5 | 2 (0 5 3 2) 7 7 | 3 5 2 2 5 3 2 | 5 — 2 5 | 3 2 6 7 2
吹　箫，　　夜夜　弄风俏，人　妙　俏，调欢　　笑，

7·2 3 5 3 2 | 7·2 7 6 5 6 7 5 ‖【中板】2/4 1 2 3 1 | (1 2 3 1)
闹　酒　卧　琼　瑶。　　　　　　　　　泊

6 5 1 3 2 1 7 6 | 5 (0 5 3 1 6 5 1 3 2 1 7 6 | 5) 1·3 5 | 7 6 7 2 6 (7 2
秦　　淮，　　　　　　　　　　筵　前邂　逅，

6 7 6) 1 3 7 | 6·1 6 1 2 3 1 1 0 2 3 5 | 2 5 3 2 1 2 3 5 2 1 7 6 |
有一位　二　　八　娇

5 0 1 2 3 1·(7 6 1 2 3) | 1 2 2 3 1 | (3 2 3 1) 1 6 1 6 1 2 | 3 (3 5 3 2
娆。　　　　　　　仅　破　瓜

1 6 1 6 1 2 | 3) 6 3 2 1 | 1·3 5 (3 6 5 3 5) 6 1 | 5 3·1 1 2
及笄　年　华，　别　有　青

3·(3 2 3 1 2 | 3) 6 3 2 7 2 3 2 7 | 3 2 (6 3 2 7 2 3 2 7 | 3 2)
春　容　　表。

81

1·2 3 5 3 2 | 1（3 5 3 2 1） 6 3 5 2 1 7 6 | 5（0 5 3 2 6 1 3 2 1 7 6 |
柳　　　　　　叶　　　　眉，

5）0 1 6 1 2 2 7 6 | 5 6 1（2 3 1 2 1）0 3 6 1 | 3 2 1 6 5 1 1 1 2 3 5 |
衬住那秋波　频送，　　真令我骨　蚀

2 3 2 2 1 7 6 5 0 1 6 1 | 3 2 1（0 3 7 6 5 0 7 6 1 | 3 2 1 0）
魂　　销。

3 0 5 6 1 | 5 3 5（3 5）6 5 1 2 | 3·（3 1 5 1 1 6 1 2 | 3·）2 2
唇　　红　鲜，　　　　好比

1 1 0 2 3 5 | 3 2 1 6 5（3 6 5 3 5）1 6 | 5 1 2 3（6 5 1 2 | 3）5 3 2
嚼破　樱桃，　　衬住梨涡　浅

7 3 2 7 2 3 5 | 2 3 2（0 5 3 2 7 2 7 2 3 5）‖【凤阳歌】1=G 4/4
笑。

5 3 2 1 2 3 5（0 1 6 5）3·5 6 5 6 1 5（6 1）| 5 5 1 6 5 6 1 5 6 5 3
带着无　限俏，　任　教　欢　笑，　意　马　心　绪

2 3 5 3 5 3 2 1·（3 2）| 1 1 6 5 3 5·3 2 1 2 1 2 3 5（0 1 6 1）|
能　不　动　摇。　唐皇　江　山　何　尝　重　要，

5 5 1 6 5 6 1 5 5 3 2 3 5 3 5 3 2 1（0 2 3 4）| 5 5 3 2 1·2 3
有意　舍　弃　换娇　娆。　　知音　既　得

2 3 2 1 6 1 2 3 1 ‖【二黄】1=C 4/4 5 3 5 1 3 2 2·3 7 6 5·5 1（2 3
竟　种　情　苗。　巫　山　云　雨，

1 2 1）0 2 1 | 6 1 3 2 1 7 6 5 0 3 2 7 6 7 6 5 1（3 2 7 6 5 6 1 5 3 2 7 |
不计暮　　暮

6 7 6 5 1）5 4 3 2（4 3）2 7 2 3 4 5 4 3 4 5 3 2 2 7 6 1 | 2（2 7 2 3
朝　　　　　　　　　　　　　　　朝。

5 6 4 3 2 7 2 3 2 3 4 3 2 1 7 2 3 1 2）1 6 | 1 0 2 3 5 2·5 3 2 2 1
有阵舞　苑

1·35 (36535) 11 | 651·532 1235327 65 (0532
留　连，　　　当作　热　　　　　情

12353217 | 62766 50) 72322 12·3217656 4335 |
　　　　　　　步

11 (0532 72352176 5643351351) 16 | 5321235
跳。　　　　　　　　　　　　　　有阵 鸳

2 (35232) 1·12·(32320) | 533561 50321 67651 (27
鸯　　戏水，　　同　　　弄

5661 5327 | 61651) 1321 (32) 12353 2276510276 |
汛

5 (6535 25321 327651 21765635) 161 | 5321235
潮。　　　　　　　　　有阵我 吹

2 (35232) 1·12·(1232) 2121 | 320532 125327
口　作音，　　卿你低唱 风

65 (0532 125327 | 62766 50) 5321235 2322176 |
流　　　　　　　小

5·7615 | 61 ‖【木鱼】サ 7632213 - 21656276274
　　调。　白头相 劝借歌 谣，人到白头有若青

3043267 20732776 3270 23732 - 651213 - 62
春　年 少，若使我黄泉 饮 恨，我一定把你 魂 招，或者

111162 21122235 6761 -【天涯歌女】1=C 4/4 6·765
咬破你嘅舌尖，等你说不出风流 吐调。　　莫

3235·(6) | 1·63532 11 (32) | 1·232532123
犹疑，　最紧 要，　事非生

1·(5) | 165 3235 - | 3·2132123 1 (65) | 3·5
怕　惹情苗，　真 爱真心 有 情

83

$\widehat{6\ 5}\ 6\ \widehat{1\ 5}\ \underline{5\ 5}\ |\ \widehat{3\ 3\ 2}\ \widehat{1\ 2\ 3}\ \widehat{6\ 1\ 5}\ |\ \widehat{3\ 5\ 3\ 2}\ \underline{1\cdot(2}\ \widehat{3\ 5\ 2}\ \widehat{1\ 6\ 1}\ \underline{5\cdot6}\ |$

苗，情苗　深深　种　　仲有阳　光　　照。

$\underline{1\ 2\ 3\ 5}\ \underline{2\ 5\ 3\ 5}\ \underline{1)}\parallel$【二黄】$\underline{0\ 1\ 7}\ |\ \underline{6\ 1\ 3\ 2}\ \underline{1\ 7\ 6\ 5}\ \underline{3\ 5}\ \underline{3\ 2\ 1\ 2\ (3\ 5}$

你仲　问　　　郎　真否

$\underline{2\ 3\ 2\ )}\ \underline{3\ 2}\ |\ \underline{1\ 3\ 2\ 1}\ \underline{2\ 7\ 6\ 5}\ \underline{0\ 1\ 2\ 3}\ \underline{1\ 7\ 1\ (2\ 7}\ \underline{6\ 5\ 6\ 1}\ \underline{5\ 2\ 3}\ |$

真否　有　　　　意

$\underline{1\ 2\ 7\ 1)}\ \underline{3\ 5\ 6\ 1}\ \underline{5\ (6}\ \underline{1\ 5\ )}\ \underline{3\ 5\ 3\ 2}\ \underline{1\ 2\ 3\ 6}\ \cdot\ 1\ |\ 2\ (\underline{6\ 7\ 6\ 5}$

藏　　　　　　　娇？

$\underline{3\ 5\ 6\ 1}\ \underline{5\ 3\ 2\ 1}\ \underline{2\ 7\ 6\ 5}\ \underline{6\ 1\ 2\ 5}\ \underline{3\ 5\ 2\ )}\ \underline{1\ 6}\ |\ \underline{5\ 0\ 1\ 2\ 3}\ \underline{1\ (2\ 3\ )}\ \underline{1\ 2\ 3\ 5}$

我仲　期　　　以

$\underline{3\ 2\ 2\ 1\ 5}\ \underline{(6\ 1}\ \underline{5\ 3\ 5\ )}\ \underline{0\ 3\ 1}\ |\ \underline{5\cdot3}\ \underline{5\ 2\ 3}\ \underline{6\ 5\ 0\ 1\ 2}\ 3\ (\underline{3\ 2\ 3\ 5}$

周年　　归作　量　　珠

$\underline{2\ 3\ 6\ 5\ 0\ 1\ 2}\ |\ \underline{3\ 5\ 1\ 2\ 3\ )}\ \underline{2\ 3\ 2\ 7}\ \underline{2\ 3\ 5\ 2}\ \underline{3\ 2\ 2\ 1}\ \underline{7\ 6\ 5}\cdot\ \underline{7\ 6\ 4\ 3\ 5}\ |$

聘

$\underline{6\ 1\ (0\ 5\ 3\ 2}\ \underline{1\ 2\ 3\ 5}\ \underline{2\ 1\ 7\ 6}\ \underline{5\ 6\ 4\ 0\ 3\ 5}\ \underline{1\ 3\ 5\ 1\ )}\ \underline{5\ 6\ 1}\ |\ \underline{6\ 1\ 3\ 2}\ \underline{1\ 7\ 6}$

召。　　　　　　　　　　　　　谁料我　未

$\underline{5\ 3\ 5}\ \underline{3\ 2\ 1\ 2}\ \underline{(3\ 1}\ \underline{2\ 3\ 2\ )}\ \underline{1\ 7}\ |$【转乙反】$\underline{7\ 1\ 4\ 2}\ \underline{1\ 7\ 6\ 5}\ \underline{6\ 4\ 5}$

营　金　屋，　　　伲已　　　玉

$\underline{1\ 0\ 2\ 4\ 5}\ 2\ (\underline{7\ 5\ 7\ 1}\ |\ \underline{2\ 5\ 4\ 3\ 2\ )}\ \underline{2\ 1\ 7\ 5}\ \underline{(2\ 1\ 7\ 5\ )}\ \underline{2\ 4\ 2\ 1}$

殒　　　　　香　　　　　　　　　　

$\underline{7\ 1\ 5}\cdot\ \underline{1\ 7\ 1}\ |\ 2\ (\underline{4\ 2\ 4\ 5}\ \underline{2\ 1\ 7\ 5}\ \underline{1\ 2}\ \underline{7\ 1\ 5}\cdot\ \underline{1\ 7\ 1}\ \underline{2\ 5\ 4\ 3\ 2\ )}\ \underline{2\ 7}\ |$

消。　　　　　　　　　　　　　　　　　　今后

$\underline{4\cdot4\ 2}\ \underline{1\ 0\ 2\ 1\ 7}\ \underline{5\ 5}\cdot\ \underline{4\ 2\ 4\ 7\ 1\ 1}\ |\ \underline{4\ 2}\cdot\ \underline{4\ 2\ 1}\ \underline{7\ 1\ 5}\cdot\ \underline{1\ 7\ 1}$

春　到　　人间，　　不复与你　香

$2\ (\underline{2\ 4\ 2\ 1}\ \underline{7\ 1\ 5}\cdot\ \underline{1\ 7\ 1}\ |\ \underline{2\ 5\ 4\ 3\ 2\ )}\ \underline{5\ 1\ 1\ 2\ 4\ 3}\ 2\cdot\ \underline{4\ 2\ 1\ 7\ 1}$

闺　　　　　　　　　　　调

84

5 2 1 7 1 2 4 | 1 1 （0 4 2 1） ‖【乙反恋檀】7 1 5 7 1（6 5）|

笑。　　　　　　　　　　夜半寒　鸟，

4 2 4 5 2（6 5 6 i）5 6 5 4 2 4 5 | 2 4 5 4 2 1 1 7 5 7 1　7 1 2 4 |

报尽恶音兆，　　寸心不教梦与娇　与　娇心　照，　魂梦绕,恨有万千

5 6 5 ·【中板】1 6 2 3 1（7 | 2/4 6 1 2 3 1）5 3 5 1 1 2 | 3（3 5 6 i |

条。　　　我恨　　　　　不　　得

5 6 1 1 1 2 5 | 3）1 3 5 | 3 2 7 6（3 2 7 6 7 6）0 1 | 1 0 2 3 5 |

　　　　瑶池乞　命，　　　　去救

2（1 2 3 5 | 2）5 3 2 1 2 3 2 1 7 6 | 5 0 1 2 3 1（5 6 1 2 3 | 1）|

返娇　　娆。

6 7 6 5 1（2 7 | 6 7 6 5 1）6 3 5 2 1 7 6 | 5（3 5 2 7 6 3 5 2 1 7 6 |

恨　未　　能，

5）5 1 1 | 5 · 4 3（5 4 3 5 3）5 3 | 1 3 5 2 1 7 6 5（1 3 7 6 |

早借春　阴，　　不教海　棠

5）5 3 2 7 3 2 7 2 3 5 | 2（5 5 3 2 7 2 7 2 3 5 | 2）3 2 3 5 6 2 7 6 |

枯　　了。　　　　　　　尤

5 6 3 2 1 2 3 5 3 2 2 7 | 6（0 5 3 2 1 2 3 5 3 2 2 7 | 6）5 3 3 2 |

自　　恨，　　　　　　阳关

7 2 7 6 ‖【滚花】7 6 1（7 6 1）5 5 3 - 2 1 2 1 2 ∨ 1 —— |

错　弄，　唉！我误了　　花朝。

【秋江别中板】2/4（6 6）| 6 6 5 | 3 5 1 | 2（3 2 7 6 1 2）| 6 6

摧花呀　罪不　少，　　　痴心

5 | 3 5 0 5 1 | 2（3 2 7 6 1 2）| 5 · 6 1 | 2 5 3 | 6 2 1 7 6 |

呀　愿娇把我招，　　　寻到　九　幽　望娇恕

5（7 6）| 5 6 | 6 1 2 3 | 6 2 3 7 6 1 | 5 - ‖

饶，　重续旧　欢共把　笑　调。

85

七月落薇花

吴一啸 撰曲
梁瑛 唱

【诗白】一曲秋坟成绝唱，可怜七月落薇花呀！　　　　　【梆子滚花】1=C

廿 (3 5 25 35 1 -) 5 5 3 2 1 0 3 7 6 3 2 3 2 1 6 5 0 2 3 2 7 6 7 2
　　　　　　　　　歌星　殒，空见月光　华，　我不禁同情泪向

5 - 4 3 2 1·2 1·2 3 七 2 —— 【胡姬怨】4/4 5 5 3 5 3 2 1 | 3·6 5 5
秋 风　　　　　　　　洒。　　　　　　　　西天返　驾 仙 貌琼姿

3 2 1 (3·6 5 5 3 2 1) | 5 5 3 5 3 2 1 | 3·6 5 5 3 2 1 (3·6 5 5
空想也，　　　　　　　　西天返　驾，仙 貌琼姿空想也，

3 2 1) | 1 6 1 2 3 3 0 5 6 5 3 2 2 0 | 5 5 6 7 7 0 7 2 7 6 5 5 5 3 |
　　　绝代　娇娃，似锦　年华，松园　寂寞，葬 玉 无瑕，只剩

2·3 5 3 5 3 7 6 1 5 6 ‖【食住化字转二黄】1 6 1 2 3 5 2·3 2 1 7 6
红　莺声　未　　　　　　　　　　化　鹃

5·5 1 (5 5 1 2 1) 5 1 | 1·2 1 2 7 6 5 6 3 5 1 2 7 6 7 6 5 1 (3 2 7
啼　血，　声衬冷　　　　　　　　　　月

6 5 6 1 5 4 3 5 | 6 7 6 5 1) 3 5 6 5 3 (5 6 5 3) 6 7 6 5 3 1 7 7 7 6 |
　　　　　　琶

5 (6 7 6 5 3 5 6 5 3 6 5 3 1 3 1 7 6 5 1 7 6 5) | 7·2 3 2 3 5 3 2 2 7
琶。　　　　　　　　　　　　　　　　艺 海痛 星

6 (3 2 2 7 6 5 3 2 7 6) | 2 1 7 6 5 (1 7 6 5) 5 1 1 (5 1 1 6 5 1 1) |
沉，　　　　歌　坛　　人去也，

86

2 3 5 2 1 7 6 5 3 5 (3 5) 2 3 2 7 6 (2 7 6 7 6) 0 3 2 7 | 6 6 7 6 5
管　　弦　　不　复、　　　都　不　复　旧

3 · 5 3 5 6 1 5 (3 5 1 1 5 1 3 5) 5 2 | 5 3 2 1 2 3 5 2 · (3 2 3 2)
繁　　华　　　　　　从　此　香　岛

6 · 7 2 (6 7 2 3 2) 6 3 2 7 | 6 5 1 · 3 2 3 2 7 6 2 7 6 5 (2 3 2 7
云　山，　　　　文　添　一　段　艺　　　　林

6 5 1 2 1 7 6 | 5 1 7 6 5) 5 3 2 1 2 3 5 2 · 3 2 1 7 6 5 6 4 0 3 5 |
伤　　　心

6 1 (3 5 3 2 1 2 3 5 2 1 7 6 5 6 4 0 3 5 1 3 5 1) | 2 3 2 2 5 3 2 1 3 6 1
话。　　　　　　　　　　　冷　冷　秋

3 2 (1 3 6 1 2 5 3 1 2) | 5 6 4 5 3 (4 5 3) 5 4 3 5 1 · (3 2 5 3 2
风，　　　　　潇　潇　秋　雨，

1 5 3 2 1) | 5 3 2 1 3 6 1 3 2 (3 2 3 2) 5 3 5 2 · 3 2 3 2 3 2 7 |
凄　　凄　秋　草

6 0 7 6 5 3 · 5 3 5 1 6 5 (3 5 1 6 5 1 3 5) | 7 · 2 3 5 3 2 7 · (2 7 2 7)
夕　阳　　斜，　　　寂　寂

5 5 3 2 1 2 5 3 2 1 6 | 5 5 0 6 3 · (5 6 3 5 6 3) | 5 3 2 1 2 3 5
秋　山　　埋　玉　骨，　　青

2 · 3 2 1 7 6 5 6 7 6 (5 7 6 7 6 0 5 3 5) | 3 0 5 6 1 5 6 3 5 (3 5)
青　　松　下，　　　长

1 2 7 1 · (7 6 5 6 1 5 4 3 5 | 1 3 2 7 1) 5 6 7 6 5 (6 7 6 5) 5 3 5 3 2
葬　　　　　薇

1 2 7 6 5 6 1 | 3 2 (2 1 7 6 5 6 7 6 5 5 5 3 2 1 3 2 7 6 5 6 1
花。

2 3 1 3 2)2 2 | 6 3 5 3 2 1 2 3 5 2 1 7 6 5 3 5 · 6 7 2 7 2 7 6 |
忆昔 卖歌 时，

5 6 3 5 (5 6 7 1 2 3 2 7 6 · 7 6 7 6 5 3 · 5 6 5 1 6 | 5 1 3 5 3 5 6
7 2 6 7 2 3 2 7 6 7 1 7 1 7 6 5 4 3 5) | 5 3 2 5 3 0 3 2 7 6 7 6 5
多 淡

1 0 1 6 1 2 3 4 · 3 2 4 3 2 | 1 2 7 1 (1 2 3 4 5 · 4 3 5 2 6 5 4 3
雅，

2 1 7 6 5 4 3 5 | 1 0 1 6 5 4 3 2 0 3 2 1 7 6 5 0 6 5 4 3 2 1 5 6 7 1) |
5 3 2 1 2 3 5 2 · (3 2 3 2) 3 2 2 7 6 (3 2 7 6 7 6 0 3 2 7) | 6 6 7 6 5
偷 将 心 事 付

3 · 5 3 5 6 1 5 (3 5 6 1 5 6 3 5) | 2 1 1 2 3 5 2 · 3 2 3 2 7 6 3 2
琵 琶， 婉 转 行歌，

(2 3 2) 1 1 | 3 2 · 5 3 2 1 2 3 5 2 1 7 6 5 (3 5 3 2 1 2 3 5 2 1 7 6 |
唱到 声 喉

5 1 3 6 5) 2 1 1 2 3 5 2 · 3 2 1 7 6 5 6 4 0 3 5 | 2 1 (3 5 3 2
暗 哑。

1 2 3 5 2 3 7 6 5 6 4 3 4 3 5 1 3 5 1) 2 2 | 2 1 7 6 5 0 0 2 7 6 · (3 7
毕竟 歌 人 真有恨，

6 3 7 6) | 5 3 2 1 2 3 5 2 2 1 7 6 5 6 7 2 6 (7 2 6 7 6)【乙反滴珠】5 5 3 1 |
一 朝 魂 逝 从今不见

1 2 4 2 1 7 6 5 6 4 5 1 7 1 6 1 6 5 4 5 2 4 | 5 (0 4 2 4 5 5 0 4 2 4
笑 脸 如 霞。

5 5 0 4 2 4 5 4 2 4 5) 2 1 | 5 · (4 5 4 5) 7 5 1 7 1 4 2 (7 1
只有 银 幕旋 机

88

2 4 2) 5 2 | 4 2 2 2 4 2 1 7 1 2 4 1 2 1 7 5 7 1 7 5 4 5 7 | 1·4
留得　音　　　　容　未　　　　化。

2·4 2 1 7 1 1 - ‖【乙反木鱼】廿 2 4 1 5 4 2 4 2 1 7 7　1 2 1·2
　　　　　　　　可惜你如花　　命运，似水呀

1 7 5 2 4 5　7 4 4 1 2 4 2 4 2 1 7 5 0 2 7 7 5 4 2 4 2 1 7 1　2 5
年　华，又可惜你锦瑟歌　　庸，都尚属云英　　未嫁，又可

5 4 5 4 2 1 4 2 4 2 7 1 1 2 1 7 5　6̣ 5 6 5 4 2　2 1 2 1 7 5 5 4 2 1
惜你腔　奇韵妙，声艺呀　徒　夸，　唉！天妒聪　明原非虚

7̣ 1　2 2 1 2 6 4 - 3 2 1 1　2 3 6 2 7 6 5 1 6　1 1 5 1 3 2 2 7
语呀，姐呀你死后多　牵　挂咯，想必黄　　泉抱恨，咬碎银

6 5 - 【反线中板】1=G ²⁄₄ 3 2 1 3（1̇ 6 5 | 3 2 1 3）5 5 6 5 4 3 |
牙。　　　　　念　　　　去

2（6 1̇ 6 5 3 5 6 1̇ 6 5 4 3 | 2·）5 6·1̇ 5 | 2 1̇ 7 6（6 7 6）3 3 |
年，　　　　　你海　角 行歌，　又是

1̇ 7 6 5 6 1̇ 7 6（1̇ 6 5 6 7 | 6）5 6 5 2 3 1 3 5 6 1̇ | 5（6 1̇ 6 5
金　戈　　铁　　　马。　　　　

2 3 1 3 5 6 1̇ | 5）3·5 3 5 6 1̇ | 5（3 5 6 1̇ 5 6 5）2 3 5 1̇ 6 5 4 3 |
病　　茶

2（6 1̇ 6 5 2 3 5 1̇ 6 5 4 3 | 2）1̇ 7 6 | 2 3 1 3 5（6 1̇ 5 6 5）5 6 |
薇，　　　　　花 枝 憔　悴，　　到底

3 0 5 6 1̇ 5（6 5 3 5 6 1̇ | 5）3 2 1 6·1 5̣ | 3 5 3 5 3 2 1（5 5 4 3 2 |
断　送　　娇　　娃。

1）5 3 5（1̇ 6 1̇ | 5 6 3 5）1̇ 7 6 5 6 1̇ 7 | 6（1̇ 2 7 6 5 1 3 5 6 1̇ 7
最　　　伤　心

89

6)5 6 6 3 3 0 | 6 5 4 3 2 (3 5 2 3 2) 6 3 | 6 5 6 5 4 3 2 (i 6 5 4 3 |
你死得寂寞 萧 条， 当日 光 荣

2 1 2 3 2) 2 1 3 5 6 i | 5·(i 6 5 4 3 2 3 1 3 5 6 i | 5)3 6 5 5 |
何 价？ 今日姐死

1 2 3 2 3 5 2 3 6 | 5 3 2 1 6 5 0 1 | 1 5 3 2 1 | 5 3 2 2·3 5 |
我悲 歌,他日悲歌 谁吊我? 伤 情触 景呀,自有

3 6 5 3 5 6 i 3 5 (3 5 6 i | 5)5 1 3 2 3 7 6 | 5·1 6 1 5 6 |
恨 绪 如 麻。

1 (6 1 5 6 | 1)1 2 3 6 1 | 2·(3 2 3 2)i 6 5 3 5 6 i | 5(0 i 6 5 |
长 声 叹，

3 5 2 1 3 5 6 i | 5)5 6 5 3 i 6 5 3 | 5·4 3 ‖【正线滚花】1=C ᵮ
， 叹一句绝 代 歌 星，

3 3 3 5 (3 3 3 5) 6 1· 2 3 2 1 2 - (3 6 1 2 3 2 -) 5 3 2 1 1 5
一朝人亡 物化 歌 国女儿

3 2 7 6 (3 1 1 5 3 7 6) 3 1 5 1 2 3 1 (3 5 1 2 3 1) 3 2 3 7 6 6 -
声 价重， 当 前有几 个 得 如

4 3 - 2 1 6 1 - (3 5 2 3 1 -) 3 6 3 6 7 2 3 3 2 3 6 (3 6 7 2 3 3
她? 今日歌坛旧侣哭孤 坟，

6) 6 2 1 5 6 3 1 3 5 (5 6 3 1 3 5) 5 - 3 2 1 2 - (3 6 1 2 3 5 2 -)
问一句坟墓中 人 知 否 也？

6 6 3 5 5 1 1 (6 6 3 5 5 1 1) 2 2 7 3 2 - (2 2 7 3 2) 5 5 - 3
但愿薇魂来鉴领， 我嘅薄酒呀 鲜花。

2 1 2 1 6 1 — —

归去来辞

龚 驰 撰曲
伍丽嫦 唱

【引子】1=C ^ᵗ (3 6 i 6 6 - 6 6 i 6 3 - ⁱ̇⁶ 3 ⁱ̇⁶ 3 i 6 5 3 3 6 i 6 i

2̇ - 3̇ -)【散板】3 2 7̣ 6̣ 7̣ 6̣ - 3 3 6 3 3 6 5̣ 6̣ 7 - ⁷6̣ - (7̣ 6̣ -)
　　　　　　归去　来　兮，田园荒芜胡不　　　归，

6̣ 2̣ 1̣ · 2̣ 3 ³⁷2̇ - (2 3 5 - 4 · 6̣ 5 2 3 5 4 5 3 2 1 - 0 3 5̣ 2̣ 5̣ 6̣ 7̣ 2̇
胡不　　　归。

6̣ 1̣ 5̣ -)【追信】²⁄₄ 0 2 3 2 | 7̣ 6̣ 5 | 3 5 3 2 | 1 7̣ 6̣ | 5̣ 5̣ 1 |
　　　　　　罡风　　遍绿堤，青　山　已渐逝，云　暗

2̣ 1̣ 2̣ · 1̣ | 1̣ 2̣ 3 2 3 | 2̣ · 1̣ 1̣ | 5̣ 5̣ 1 | 2 3 1 1 7̣ | 6̣ 1 2 1 6̣ | 5 · |
天　低，我　更　思　　归，纵有　奇才　超　世也是　力与心　　违。

5̣ | 3 6̣ 3 | 3 6̣ 5̣ | 1 · 2̣ 7̣ 6̣ | 5̣ - | 3 1 3 · 5̣ | 3 1 7̣ 6̣ | 5 - | 5̣ |
我　陶渊明　自比莲　洁　不染浊　泥，　孰可料　竟　无以有　为。龙

5̣ 1 | 2̣ 1̣ 2̣ | 1 · 2̣ 3 2 3 | 2 - | 2̣ · 3̣ 2̣ 7̣ | 6̣ · 1 | 2 1 6̣ 5̣ 6̣ 1 |
蛇　怎可　共　处相　　栖？耻于虚　位，却　身陷重

5̣ · 6̣ 2̣ | 5̣ 5̣ 1 | 2 3 1 · 7̣ | 6̣ 1 2 1 6̣ ‖【食住迷字转二黄思贤腔序】
围，在此　临歧　之际，切　莫再执

⁴⁄₄ 5 3 5 · 2̇ 7̇ 6̇ 7̇ 2̇ 7̇ 2̇ 7̇ · 6̇ 5̇ 6̇ 3̇ 5̇ | 0 5 3 2 · 3 1 3 2 2 1 5 |
迷　途　知折　返尽可弃　如　遗，　何必谄　媚阿　谀

2 7̇ 6̇ 1 5 | 1 7̇ 6̇ 5 5 3 3 2 1 5 · 1 2 7̇ 6̇ 5 6̇ 1 | 2 3 5 5 0 5 6̇ 1 |
攀附权　贵，若论屈　尊追　名　更不值　　　一　提，贻害

91

$\widehat{2\,3\,5}\,\underline{0\,3\,6\,1}\,|\,\widehat{2\,3\,5\,5}\quad \underline{2\,5\,2\,7}\,\underline{\dot{6}\cdot\underline{1}\,\widehat{2\,3\,2}}\,\widehat{1\,7\,1}\,\|$【长句二黄】

生　民　非是我　所　为，岂能腰折为　五斗　米。

$\underline{\dot{2}\cdot\underline{5}}\,\underline{5}\,\underline{1}\,\underline{0\,6\,1\,2}\,(\underline{6\,1\,2}\,\underline{3\,1\,2})\,\underline{2\,1}\,|\,\underline{5\,4\,3\,2}\,\underline{0\,5\,1}\,\underline{2\,3\,1}\,(\underline{5\,1\,2\,3}$

千　条杨柳　尽向西，　　　一派　水　清　疑见底，

$\underline{1\,2\,3\,1})\,\underline{5\,2}\,|\,\underline{3\,2\,3}\,\underline{2\,3\,5}\,\underline{2\,1\,3}\,\underline{5\,6\,7\,2\,6}\,(\underline{2\,7}\,\underline{6\,7\,6})\,\underline{0\,5\,3}\,|$

回想　当　　初勉为彭　泽　令，　　存心

$\underline{1\,2\,3\,1}\,\underline{3\cdot\underline{5}}\,\underline{6\,2\,7\,6\,5}\,(\underline{3\,5\,6\,1}\,\underline{5\,6\,3\,5})\,\underline{5\,6}\,|\,\underline{2\,0\,3\,2\,7\,6}\,(\underline{0\,\dot{2}\,7\,6})$

济　世扶　　危，　　　无奈　举　　步

$\underline{5\cdot\underline{5}}\,\overset{3}{\underbrace{\widehat{}}}\,\underline{2}\,(\underline{2\,3\,2})\,\underline{0\,2\,1}\,|\,\underline{3\,2\,0\,7\,6\,5}\,\underline{3\,5\,1\,2\,7\,6}\,\underline{5\,6\,5}\,(\underline{6\,1\,6\,5}$

维　艰，　　枉作千　　　年

$\underline{3\,5\,1\,2\,7\,6}\,|\,\underline{5\,6\,3\,5})\quad\underline{5\,3\,2\,1\,2\,6\,1}\,\underline{2\,3\,2\,2\,1\,7\,6\,5}\cdot\underline{3\,6\,1\,5\,3}\,|$

　　　　　　之

$\underline{1}\,(\underline{6\,1\,5\,6}\,\underline{1\,2\,3\,5}\,\underline{2\,3\,7\,6\,5}\cdot\underline{6\,5\,5\,3\,2\,1}\,\underline{5\,2\,1})\,\underline{5\,5}\,|\,\underline{3\,2\,3}\,\underline{2\,3\,5}$

计。　　　　　　　　　　　从来　清

$\underline{3\,2}\,(\underline{2\,3})\,\underline{3}\,\underline{2\,3\,2\,7\,6}\,(\underline{2\,7}\,\underline{6\,7\,6})\,\underline{5\,2}\,|\,\underline{1\,1}\,\underline{2\,2\,1\,7\,6}\,\underline{5\,3\,5}$

高　　多毁　谤　　为官　过

$\underline{1\,2\,3\,1}\,(\underline{2\,7}\,\underline{6\,5\,6\,1}\,\underline{5\,3\,5}\,|\,\underline{1\,2\,3\,1})\,\underline{3\,7}\,\underline{6\,7\,2\,6}\,\underline{0\,5\,3\,5\,3\,2}$

洁　　　　　　反受　排

$\underline{1\,3\,2\,7\,6\,5\,6\,1}\,|\,\underline{2}\,(\underline{2\,3\,2\,7}\,\underline{6\,7\,6}\,\underline{6\,6\,3\,2}\,\underline{1\,7\,6\,1}\,\underline{2\,3\,1\,2})\,\underline{6}\,|$

挤。　　　　　　　　　　　　误

$\underline{1\,7\,1}\,\underline{0\,5\,5\,3\,2}\,\underline{1\,0\,1\,2\,3\,1}\,\underline{2\,1\,2}\,|\,\underline{2\,1\,2\,3}\,\underline{4\,3\,4}\,\underline{3\,5\,3\,2\,1\,2\,7}$

以　往　于不　谏。

$\underline{6\cdot\underline{4}\,3\,2\,1}\,\underline{2\,3\,2}\,(\underline{2\,1\,2\,3}\,|\,\underline{5\,6\,\dot{1}\,6\,5\,3\,5}\,\underline{2\,3\,5}\cdot\underline{7}\,\underline{6\,4\,3\,2\,1}$

2 3 1 2) 3 | 5 4 3 5 2 0 3 2 3 5 3 5 3 2 3 5 6 5 3 2 | 1 5 6 7 1

知 来 者 可 追，

(0 5 3 5 2 6 5 4 3 2 1 7 6 5 4 3 5 | 1 6 5 4 3 2 0 3 5 6 7 2 6 4 3 3 2 3

1 5 6 7 1) 3 1 | 3 2 0 3 2 7 6 0 5 7 2 6 7 2 (3 5 2 3 2) 0 3 6 2 |

方 觉 今 是 而 昨 非， 应 及 早

2 0 7 6 5 3 · 5 1 2 7 6 5 6 5 (6 7 6 5 3 5 3 1 2 7 6 | 5 6 3 5)

审 时

6 5 0 1 6 1 2 5 3 2 1 2 7 6 5 · 7 6 1 5 | 1 (6 5 6 1 2 3 2 1

度 势。

6 5 6 1 6 1 5 6 1 2 3 1) 1 6 | 1 0 2 3 3 3 2 (2 3) 5 5 6 7 2 6 (7 2

既 自 以 心 为 形 役，

6 7 6) 6 5 | 2 3 2 2 1 7 6 5 3 5 1 2 3 1 (2 7 6 5 6 1 5 4 3 5 |

毅 然 解 印

1 2 3 1) 6 7 2 6 (7 2 6) 5 3 5 3 2 1 3 2 7 6 5 6 1 | 2 (2 3 2 7

而 归

6 7 6 3 2 1 3 2 7 6 5 6 1 2 3 1 2) ‖ 【赛龙夺锦】 4/4 5 5 0 3 2 3

叱晨 一声

2 | 5 5 0 1 2 3 2 | 5 · 3 2 1 2 | 5 · 3 2 1 2 ‖ 【叹颜回】 2/4 5 6 |

鸡， 归帆 仰风 威，夹 岸猿 啼，芳 草萋 萋。 摇曳

1 2 | 7 2 3 5 | 2 - | 5 5 0 6 | 2 2 7 6 | 5 - | 0 6 4 3 | 2 6 | 4 3

柳影 未看仔 细， 门闻 隐隐跃云 霓， 依旧是 浓荫 远

5 ‖ 【得胜令】 4/4 0 5 1 5 · 5 6 1 6 1 | 2 5 5 3 3 2 1 2 3 | 2 - - - ‖

蔽。 遥见童 仆稚 子欣欣飞奔 过碧 溪。

【小锣相思】 $\frac{2}{4}$ （2 2 2 5 | 3 2 1 2 | 2 2 2 5 | 3 2 1 2 | 2 2 2 5 |

3 2 1 2 ）‖【梆子慢板序】 $\frac{4}{4}$ 5 5 3 5 6 1·2 3 5 | 2 1 3 5 6 1 5

霜菊古 松未 见枯 萎，尤令我 心安慰，

0 5 6 5 3 2 3 5 3 5 3 2 | 1（6 5 3 5）1 2 3 5 3 2 7 2 6 2 7 6 1 2 3

故乡 醇 酒早斟 满， 百般香 味早已入 心

1 2 3 1 |【慢板】 1 3 5 3 3 2 7 6 0 1 2 3 1·1 | 6 5 3 2 0 3 2 3 7

肺。 云 无心出 岫， 鸟倦飞 知

6 5 6 5 3 5 |（5 6 3 5 3 5 6 1 5 6 1 2 6 5 6 1 0 3 7 6 5 6 3 5）3 2 2 |

还， 挣脱了

7 2（7 2）3 2 0 3 2 7 6 1 2 3（1 2 3 5 3·）2 | 6 1 0 5 3 2 1 2 3 5 2 1 7 6

利 锁 名 缰， 把俗

6 5（0 5 3 2 1 2 3 5 2 1 7 6 | 5 6 3 5）6 1 2 3 1 0 5 3 5 3 2 7 2 3 5 |

尘 尽

3 2（6 5 4 3 2 3 4 5 3 2 7 2 6 0 7 6 7 1 7 2）| 5 4 3 2 7 0 3 2 7

洗。 息 交以绝

6（2 3 2 7 6 7 6）| 5 6 7 2 6（7 2 6·）2 1 2 3 5 3 2 1（3 5 3 2 |

游， 宁 静 可致 远，

7 6 3 6 7 2 6 5 6 5 3 2 3 5 0 5 3 2 1 2 3 1）3 6 | 1 3 2 7 6 5 3 5

今后 寄 情

2 7 6 7 2 3 2 | 0 5 1 3 0 5 6 1 5 3 5 6 1 1 2 | 3·7 6 7 6 0 2 3

诗 酒， 唯以琴 乐 伴斜

7 2 7 6 5 1 | 3 2 1 ‖【寄生草】 $\frac{2}{4}$（0 5 3 5 3 2 ）| 1 2 3 1 2 7 6 |

晖。 那 有

94

5 3 5 6 1（6 5 3 5）| 2·3 2 5 6 1 2 3 | 7 2 7 6 5 6 1 5（6 5 6 1 |
桃源能避世？　　安　悠自得若云　霓，

5 6 5）5·6 1·6 | 5 1 6 5 3 |（2 3 1 2 3·5）| 6·1 6 5 3 5 6 |
闲　矣　垂钓在流溪，　　　　缤　纷落英

6 5 3 2 3 5 2（2 1 2 3）| 5·6 5 3 2 3 5 | 3·5 3 2 1 1 1 | 5 3 5 6 |
铺满　　堤，　处　处奇枝多　芳卉，更有渔樵问

1·3 | 2 3 1（0 5 3 2）| 1 2 3 1 2 7 6 | 5 3 5 6 1（3 5）| 2 3 2 5 |
答声声细。　　放　眼物事　和衷人共济，　毕　生能

6 1 2 | 7 2 7 6 5 6 1 | 5（6 5 6 1 | 5 5 5 1 6 5 3 2 3 5 6 5 6 1 |
若　此　复何　为。

5 6 2 5 3 2 | 1 −）‖【滚花】┵ 5 5 3 2 3 1 3 2 3 5（3 3 3 1 3 3 5）
　　　　　　　　　　　　仙乡 飘　渺不可 期，

1 3 5 5 3 − 5 6 1 1 2 1 2 −（3 6 1 3 2 −）7 7 5 5 3 3 2·3 2 7 6
种菊南山　聊自慰。　　　　　万象俱空 知　天 命，

（6 6 3 3 2 7 6）3 6 3 7（3 6 3 7）2 3 2 2 3 2 3 2 7 6 5 3 3 2
　　心无一虑　　　世　　　　　同归。

2 − 1 − 1 −（5 5 5 6 4 5 3 5 6 1 3 2 1 −）

95

残 夜 泣 笺

陈冠卿　撰曲
李宝莹　　唱

【凤钗怨】1=C ^艹（5 1 2 - 2̆ 2̆ 2̆ 2̆ 2 2 2 2 2……

6̲5̲ 6̲1̲ 2 - 5̲ 6̲6̲ 5̲3̲ 2 -) 5̲ 5̲ 1̲ 7̲1̲ 2 - (3̲2̲) 7̲ 2̲ 5 5 - 3 2̂ - 4/4
斜栏瘦　影　　泪向晓风　送。

(0 7̲6̲ | 5·2̲ 7̲6̲ 5·6̲ 7̲2̲ | 6̲1̲ 6̲5̲ 3̲2̲ 3̲5̲·3̲ 2̲3̲5̲) | 2̲3̲ 5̲6̲
　　　　　　　　　　　　　　　　　　　　　　　钗头

2̲ 7̲ 7·(2̲7̲) | 6̲7̲ 6̲5̲ 3̲5̲ 2̲3̲5̲·(2̲7̲6̲) | 5̲ 6̲6̲ 7̲5̲ 6̲ 2̲7̲6̲ | 5·6̲
凤,　　　凤何　从?　　凤只　鸾孤　各

2̲ 7̲ 7̲6̲ (5̲3̲5̲) | 6̲5̲ 3̲2̲ 2̲3̲5̲ | 6·7̲6̲ 5̲2̲ 3̲5̲·(5̲3̲ | 2̲5̲ 3̲5̲ 3̲2̲
西　东,　　东　园桃李西　　园种。

1̲6̲ 5̲6̲5̲ | 2̲5̲ 6̲5̲ 4̲5̲ -) | 5̲ 5̲4̲ 2̲1̲ 2̲4̲ 7̲1̲ | 6̲5̲ 4̲5̲ 4̲5̲ - |
　　　　　　　　　　　　　　相思　红,　　断肠　红,

2̲3̲ 2̲6̲5̲ 2̲3̲ 2̲7̲6̲5̲ | 1·2̲ 2̲4̲ 5̲0̲6̲ | 7̲ 6̲7̲6̲ (6̲5̲4̲5̲6̲) |
花　名虽　异　本　相　同, 一样　相思

2̲4̲ 5 (2̲4̲5̲) | 6̲ 2̲7̲ 6̲5̲ 1̲4̲4̲ | 5 - ‖【反线中板】1=G 2/4 (3̲5̲ 6̲1̇
肠　断　　泪飘　红。

5̲ 5̲ | 5̲5̲ 6̲5̲6̲4̲ | 3̲2̲ 3̲1̲) | 0̲6̲4̲ 3̲2̲1̲3̲ (6̲5̲ | 3̲5̲ 2̲1̲3̲) |
　　　　　　　　　　　　　底事夜

$\overline{3 \cdot 5 3 5 3 2}$ | $\overline{1 2 3 6 1 2}$ ($\overline{3 2 1 3 6 1}$ | $\overline{2)6 6 5}$ $\overline{1 \cdot 2}$ $\overline{6 1}$ |

夜　　凭　栏，　　　　　　岂贪　残

$\overline{2 3 7 6 5}$ $\overline{3 \cdot 5 6 \dot{2} 7 6}$ | 5($\overline{6 7 6 5}$ $\overline{3 \cdot 5 6 \dot{2} 7 6}$ | 5)$\overline{0 5 3 1}$ |

月　　　　冻。　　　　　　　　　谁知我

$\overline{1 \cdot 2 3}$ ($\overline{3 2}$ | $\overline{1 \cdot 2 3}$)$\overline{5 3 5}$ | $\overline{5 \cdot 6 5 6 7 2 6}$ ($\overline{7 6 5 6 7 2}$ | $\overline{6 \cdot)5 1}$ |

有　　怀　难　寐，　　　　　　愁听

$\overline{1 1 2 3 5}$ | 2 $\overline{5 6 5 3 2 3 4 5}$ | $\overline{3 \cdot 3 2 1 6 1}$ ($\overline{3 5 2 1 6}$ | 1) |

五　　更　　钟。　　　　　　

$\overline{7 6 5 3 5 3 2}$ | $\overline{1 \cdot 2 3 6 4 3}$ 2 ($\overline{1 2 3 5}$ | 2)$\overline{5 3 1}$ $\overline{1 \cdot 2 1 7 6 1}$ |

春　自　怡　人，　　　　我自情

$\overline{2 6 \dot{1} 6 5}$ $\overline{3 \cdot 5 6 \dot{2} 7 6}$ | 5($\overline{6 \dot{1} 6 5}$ $\overline{3 \cdot 5 6 \dot{2} 7 6}$ | 5)$\overline{4 3 2 7}$ |

惨　　痛。　　　　　　　　凄酸

$\overline{6 \cdot 2 1 2 3 5 2}$ ($\overline{1 2 3 1}$ | 2)$\overline{1 7 6 7 6 7 2}$ | $\overline{6 5 3 2 1 2 3 2 1 6}$ |

无　过　那日步　芳

$\overline{5 \cdot 1 6 1 5 6 1}$ ($\overline{0 5 3 2}$) ‖【幽梦曲】1=G $\frac{2}{4}$ $\overline{1 6 5 5 5 1}$ | $\overset{3}{\overline{2}} \cdot$ (3

丛。　　　　　　　　　　　有　词　留壁　中，

$\overline{2 2}$)$\overline{2 5}$ | $\overline{5 5 4 2 \cdot 4 5 6 5}$ | $\overline{4 \cdot (3) 2 3 2 1}$ | $\overline{1 7 6 1 2 0 1 2 1}$ |

读之　撕心　裂　　肺，　表哥　呀　我知你

$\overline{1 0 7 1 2}$ $\overline{1 0 6 1 5}$ | $\overline{2 0 4 1 \cdot 7}$ $\overline{5 4 5 \cdot 7}$ | $\overline{1 7 1 1}$ 1=C $\frac{4}{4}$ ($\overline{4 5 7}$

有　恨满胸，有　恨满怀　诗　肠　痛。

$\overline{1 2 7 1 2 4 2 1}$ | $\overline{7 1 2 4 2 1 7 1}$ | $\overline{5 6 4 5}$ | $\overline{5 5 5 5 4 4}$ $\overline{5 5 4 5 2 2}$

$\overline{5 5 5 5 4 4}$ $\overline{5 5 4 5 2 6 \dot{1}}$) ‖【沈园哀】（快一倍）　$\overline{5 1 1 2 3 2 \cdot (1}$

悲难成　诵，

97

$\widehat{6\ 1})\ |\ 2\ 2\ \widehat{1\ 6}\ 1\ \widehat{2} \cdot (\underline{5\ 4\ 3\ 2})\ |\ 1\ 1\ 7\ 5\ 7\ 1\ 2\ 7 \cdot (\underline{2\ 1\ 7})\ |\ 1\ 2\ 5$

鸳鸯　梦已空，　　　　锦书难托，　　　沈园

$\widehat{1\ 2}\ \widehat{6\ 5} \cdot \widehat{1\ 6\ 5}\ |\ \widehat{4\ 5}\ 6\ 3\ 2\ (\underline{5\ 3\ 2})\ |\ 2 \cdot \widehat{6\ 6\ 6}\ 5 \cdot (\underline{6\ 4\ 5})\ |\ 6\ 2\ 7\ 6$

枉　重逢，　　剩有　泪痕　红　浥鲛绡透，　　凤钗

$5\ 1\ 2\ 1\ 6\ |\ \widehat{3\ 6}\ 1\ 2\ 3\ \overset{3}{\overgroup{2} \cdot \dot{7}}\ |\ 6 \cdot \widehat{2\ 5}\ 6\ 2\ 7\ 6\ 5\ |\ 2\ 2\ 2\ 2\ 0\ 5\ 3\ 6\ |$

无语　　　紧贴　胸。　　　　　　难忘重逢　那日把

$\widehat{3\ 3}\ 5\ 6\ 7\ 6\ 0\ 6\ 2\ 2\ |\ 2\ 7\ 6\ 7\ 7\ 2\ |\ \widehat{3\ 6}\ 1\ 2\ 3\ \overset{3}{\overgroup{2}}\ 2\ -\ \|\ \text{艹}\ (\underline{0\ 5\ 4\ 2}$

黄滕酒　　捧，　便想起　书　房伴读　香茶献　诗　翁。

$5\ -\ 4\ -\ 5\ -\ 0\ 5\ 4\ 2\ 1\ 4\ 2\ 0\ 5\ 4\ 2\ 2)\ 0\ 2\ 3\ 3\ 7\ 7\ \widehat{7\ 7}\ 6\ 6\ 5\ 3\ 7\ 5\ 2$

　　　　　　　　　　　　　　　唉！当年情切切，笑　　融融，今日悲切

$2\ -\ 7\ -\ 6\ \widehat{6\ 1}\ -\ 2\ -\ (4\ -\ 5\ -\ 6\ -\ 1\ 2\ 4\ 2\ -\ 5\ 6\ 4\ 2\ 1\ 4\ 2\ 2\ 2\ 2)$

切，　泪　濛濛。　　　　　　【白】陆郎有词题壁上，唐琬有词落笺中。

【乙反南音】1=C $\frac{4}{4}$ $(\underline{0\ 5\ 4}\ |\ 2\ 4\ 2\ 5\ 7\ 1\ 5\ 7\ 1\ 6\ 5\ 4\ 5\ 6\ 2\ 4\ 5)\ |$

$5\ 1\ 2\ 1\ 7\ 5\ 0\ 7\ 5\ 7\ 1\ (5\ 4\ 2\ 4\ 5\ 6\ 5\ 4\ 2\ 4)\ |\ 1\ 7\ 1\ 2\ 1\ 2\ 5\ 5\ 0\ 6\ 5\ 4$

嘀满　　袖，　　　　　　　　　怨东　风，

$2\ (4\ 5\ 2\ 4\ 2)\ |\ 4 \cdot \widehat{2\ 1\ 2}\ 4\ 2 \cdot (\underline{4\ 2\ 4\ 2})\ 4\ 2\ 1\ 7\ (2\ 4\ 2\ 1\ 7)\ |$

怎　　　教　　花落

$1\ 2\ 4\ 1\ 6\ 5\ 4\ 5\ 6\ 2\ 4\ 5\ (4\ 5\ 2\ 4\ 5\ 6\ 2\ 4\ 5)\ 4\ 7\ 1\ |\ \dot{7}\ (7)\ 2\ 7\ 1\ (2\ 4\ 5)$

水　流　红。　　　　　　　　　今日我病骨

$\widehat{2\ 1}\ 7\ 5 \cdot (\underline{4\ 2\ 4\ 5\ 2\ 5\ 1\ 7})\ |\ 3\ 2\ 0\ 4\ 2\ 1\ 7\ 1\ 7\ 5 \cdot \dot{7}\ 2\ 4\ 1\ (5\ 4$

支离　　　　　将　　入　　　塚，

$2\ 4\ 5\ 6\ 5\ 4\ 2\ 4)\ |\ \dot{7}\ (0\ 5\ 7\ 1)\ 2 \cdot (\underline{4\ 2\ 4\ 2})\ 4\ 2\ 1\ 7 \cdot (\underline{4\ 2\ 4\ 2\ 1\ 7})\ |$

　　　　　　　欲　笺　　心事

98

$\overset{\frown}{1 \ \dot{7}1}$ $(\dot{7}\dot{1})$ $\overset{\frown}{5 \ 4\dot{5}}$ $\overset{\frown}{3 \ 3 \ 2 \ 3 \ 5}$ 2 $(4 \ 5 \ 2 \ 4)$ $2 \ 1$ | $\overset{\frown}{7 \ 7 \ 1 \ 1}$

信　　难　　通。　　　　　　　　只有　强起

$\overset{\frown}{2 \ 1 \ 7 \ 5}$ $(2 \ 4 \ 5 \ 2)$ $5 \ 5 \ 1$ | $2 \cdot 4 \ 2 \ 1 \ 1 \ 7 \ 5 \ 4 \ 5 \ 2 \cdot 4 \ 1$ $(5 \ 4 \ 2 \ 4 \ 5 \ 5 \ 4 \ 2 \ 4)$ |

挥　　毫，　酬和那　钗　头　凤，

$\overset{\frown}{\dot{7} \ 0 \ 1 \ 2 \ 4}$ $\overset{\frown}{1 \ 7 \ 1}$ $5 \ 3 \ 2 \ 2 \ 1 \ 6$ | $5 \ 6 \ 5 \ 4 \ 4 \ 5 \ 3 \ 2 \ 4 \ 2$ $(5 \ 4 \ 2 \ 5 \ 5 \ 1 \ 7 \ 1$ |

泪　纵　流　干，

$2 \cdot 6 \ 5 \ 6 \ 5 \ 4 \ 2 \ 4 \ 5 \ 5 \ 1 \ 7 \ 1 \ 2 \cdot 6 \ 5 \ 6 \ 5 \ 4 \ 2 \ 4 \ 5 \ 5 \ 1 \ 7 \ 1)$ | $\overset{\frown}{\dot{7} \ 0 \ 1 \ 2 \ 4}$

泪

$1 \ 2 \ 1 \ 7 \ 5 \ 3 \ 2 \ 0 \ 4 \ 2 \ 1$ | $6 \ 6 \ 7 \ 6 \ 5 \ 4 \ 5 \ 7 \ 2 \ 4 \ 5 \cdot 7 \ 1 \cdot 2 \ 6 \ 7 \ 6 \ 5 \ 4 \ 5 \ \overset{\frown}{4}$ |

纵　　流　干，　　　墨尚　　　浓。

$\dot{5} \ -$ ‖【乙反七字清】1=C $\frac{1}{4}$ $(\underline{5 \ 1}$ | $\underline{0 \ 4}$ | 5 | $\underline{5 \ 1}$ | $\underline{0 \ 4}$ | $\underline{5 \ 6}$ | $5)$ |

2 | 7 | $\underline{0 \ 7}$ | $\underline{0 \ 5}$ | 5 | 7 | $\overset{\frown}{7 \ 1}$ | $2 \ 5$ | $1 \ 6$ | $0 \ 2$ | $\overset{\frown}{2 \ 4}$ | 5 | $0 \ 7$ |

先　谢　赵　郎　情义　重，　胸怀　豁达　可怜　侬。　恕

$\underline{0 \ 7}$ | 1 | 1 | $\underline{5 \ 4}$ | 5 | $0 \ 1$ | $7 \ 1$ | 2 | $0 \ 1$ | $0 \ 1$ | $5 \ 7$ | $1 \ 2$ | 7 |

我　冰心　常　　却　　宠君　知　唐琬　有

1 | $\overset{\frown}{1 \ 2}$ | 7 | $\overset{\frown}{6 \ 6}$ | $6 \ 5 \ 4$ | 5 | $(0$ | $\underline{5 \ 1}$ | $\underline{0 \ 4}$ | 5 | $\underline{5 \ 1}$ | $\underline{0 \ 4}$ | $\underline{5 \ 6}$ |

哀　衷。

$5)$ | 5 | 7 | $0 \ 2$ | $0 \ 5$ | 3 | $2 \ 1$ | $7 \ 1$ | $0 \ 2$ | $0 \ 5$ | 2 | $2 \ 7$ | 1 |

怀念　诗　人　心　悲恸，　伤情　伤国

0 | $\overset{\frown}{6 \ 6}$ | $6 \ 7$ | $6 \ 5$ | 4 | 4 | $4 \ 3$ | $\overset{\frown}{2 \ 4}$ | 5 | $0 \ 4$ | 1 | $0 \ 4$ | $4 \ 3$ |

恨　　　　重　　重。　千里　江

2 | 2 | $2 \ 0$ | 5 | 5 | 5 | $5 \ 3$ | 2 | 2 | $\overset{\frown}{2 \ 4}$ | $5 \ 2$ | 4 | $(5 \ 4$ | $2 \ 4$ |

山　　非　　大　　宋，

<u>5 2</u> | 4) | ^廿 4 4 <u>5</u>·<u>7</u> <u>5 7 1 2</u> 7 − (7 −) <u>1 2</u> <u>7</u> 1 − <u>4</u>·<u>5</u> <u>6 1 2 7 2</u>
知音长　　　　逝　　　　再　　难

6 − 5 − (5 −)【叫相思】陆郎？(<u>6 6</u>) 表哥 (<u>4 4</u>) 梦中逢！　6 − 1 −
逢。　　　　　　　　　　　　　　　　　　　　　　　　梦　中

<u>4 5</u> <u>1 2</u> 6 − 5 ——【雁儿落】 $\frac{2}{4}$ (<u>2 5</u> <u>5 4 5</u> | <u>1 7</u> <u>7 7 7</u> | <u>5 7</u> <u>2 4</u> |
逢。

<u>5 2 1</u> | 6 − | 5 −) ‖

牡丹亭·游魂

陈冠卿　整理
郑培英　　唱

【清唱】1=C ^廿 (2 − 4 − 5 − <u>1 7 1 2</u> <u>4 2 4 5</u> <u>2 4 2 1</u> 7 − 6 <u>5</u> 4 − 5 −

1 − 7 − <u>6 7 6 5</u> <u>4 5 2 4</u> [∨]5 − 5 <u>4 7</u> <u>1</u>·<u>2</u> 4 3 − 2 −) 6 − <u>6 5</u> <u>4 5</u> 5 −
　　　　　　　　　　　　　　　　　　　　　　　　　　　　　夜　　　莹　莹

7 <u>5</u> − <u>5 7</u> <u>1 2</u> 7 − 2 − <u>2 1</u> <u>1 1</u> − <u>1 7</u> − <u>1</u> <u>4 5</u> − <u>5 5</u> − <u>1 1</u> − <u>7 1 2</u> <u>5 7</u>
墓门　人　　静，孤　冷冷　对月　中　庭，游魂　渺渺，踏进西廊

1 − <u>1 1</u> <u>1 2</u> − <u>5</u>·<u>6</u> <u>5 4</u> [∨]3 2 − (2 − 2 − 4 − 4 − 5 − <u>4</u>·<u>5</u> <u>4 2 1</u> <u>2 4 3</u>
径。

[∨]2 −) (钟声)【小曲】1=C $\frac{4}{4}$ (<u>5 4</u>) 2·<u>4 2 1</u> <u>6 5</u> | <u>1 6</u> 5·(<u>6</u>
　　　　　　　　　　　　　　　风　　动　　铃，

4 2 | 5 6) 4 5 5 6 | 7 6·(5 4 5 | 6) 2 2 7·2 7 6 | 5 6 1·(6
　　　　殿角响　咚叮，　　　声凄　　　切，

5 6 | 1 6) 5·6 4 5 6 0 6 | 2 4 5·6 5 1 | 6 5 4 2 5 3 2 3 2 | 0 5
　　　断 鼓 零 钟 金 字 经。

4·5 1 6 5 【转尺五线反线二黄】1=F (2 1 2 3 ‖ 4/4 5 6 1 6 5 3 5

2 3 5·2 1 5 1 5 6 1 2 3 2) | 5 3 2 2 (5 3 2 2) 6 5 3·5 6 1
　　　　　　　　　　　　　　三 年 　　倾 耳

5·6 4 3 | 3 5 0 3 5 1·2 5 3 2 | 3·5 2 3 2 7 6·6 1 1 2·6 |
听，　越 听 越 伤情，　　　千　　回 寻旧梦呀，梦

3·5 2 1 6 5 6 1 5 1 1 2 3 5 3 (2 3 1 2 | 3 5 3) 6 5 6 5 6 1 5·1
不　　　　　到　　　　　　　　幽

6 5 5 3 | 2 0 5 3 2 3 5 2 3 2 1 6 1 2 | 5 5 1·2 5 3 2·(5 1 6 2) |
冥。　　　　　　　　　　　冷冷冥　　冥，

6·1 6 5 3 2 3 5 6·(2 1 7 6) | 6 6 6 1 2 3 5 6 4 (2 3 4) | 3 6 5
花　弄　影，　　凄凄楚　　楚　　听飘

5 1 2·(5 1 6 2 1) | 6 6 1·2 5 3 2 0 6 3 | 5 5·6 4 3 2 3 5 6
零，　　　如凭　　吊，昔日 太守 衙 中

(2 5 6) | 7 6 7 2 6 1 6 5 3 2 5 0 5 2 | 5·6 5 2 1 6 1 5·6 1 2 3 |
千 金 小　女，今日 水　流 花 谢

2 7 6 0 3 2 1 6 1 2 3 2 5 3 ∨ 艹 | 2 - 3 - 5 - 6 - 4 - 3 - 2 - (1 -
悄 无　　　　　　声。

2 - 6 - 1 - 2 -)【乙反长句滚花】1=C 艹 5 2 1 7 1 0 1 7 2 4 4 ᵗ 2 2
　　　　　　　　　　梅花　观 念什么金刚 经，勾

5 7 1 0 7 1 1 6 5 4 - 5 7 5 - 2 2 7 2 2 2 2 1 7 1 5 0 4 2 1 7 1 0 7 2 7
魂 册 没有我丽 娘 名，　一不愿飞升天 界为 仙　圣，二不愿

101

1 2 1 7 5 7 1 $\overline{6\,7\,6\,5}$ 4 5 - $\overline{4\,4}$ $\overline{5\,6}$ $\overline{1\,1}$ $\overline{4\,5\,6\,6}$ $\overline{1\,5}$ $\overline{1\,6}$ $\overline{5\,4}$ 5 - 2·4

托生　尘　世换　门庭，怨女只　求圆梦　境，芍药　栏前　一

$\overline{2\,1}$ $\overline{6\,5}$ $\overline{1\,6}$ 5 - 【乙反中板】 $\frac{2}{4}$ 0 $\overline{5\,2}$ | ($\overline{5\,2}$) 1 2 1 7 5 7 1 |

段　　情。　　　　　　　　　　梅卿　柳

2 ($\overline{2\,1\,7\,6}$ $\overline{5\,2}$ $\overline{7\,5\,7\,1}$ | 2) $\overline{1\,4}$ $\overline{2\,1\,7}$ | 5 7 1 2 ($\overline{5\,1\,2\,4\,2}$) 4 7 |

卿，　　　　　寄　望　成　虚，　　空自

1 0 2 4 5 2 ($\overline{1\,2\,4\,3}$ | 2·) $\overline{4\,5}$ $\overline{4\,5}$ | 1 $\overline{5\,5\,5\,4}$ $\overline{2\,1}$ 1·($\overline{4\,2\,5\,4\,2}$ |

盼他　　　　三年　整　　　　　

1·) 1 7 2·($\overline{1\,7}$ | 2) $\overline{1\,2\,1\,7}$ $\overline{5\,7\,1\,2}$ $\overline{6\,5\,4}$ | 5·($\overline{1\,7}$ $\overline{2\,1\,6\,5}$ $\overline{5\,4}$ |

花亭　委　　　地　　　　

5) $\overline{4\,4}$ $\overline{2\,7}$ | $\overline{1\,4}$ $\overline{2\,1\,7}$ ($\overline{5\,1}$ $\overline{7\,5\,7}$) $\overline{2\,2}$ | $\overline{5\,6}$ $\overline{4\,5}$ $\overline{2\,2}$ $\overline{1\,7}$ $\overline{1\,2\,4}$ |

都荒　废　咯　　不堪　回首

$\overline{1\,1}$ $\overline{2\,2}$ $\overline{1\,6}$ $\overline{1\,6}$ $\overline{5\,4}$ $\overline{5\,2\,4}$ | 5 ($\overline{1\,2}$ $\overline{1\,6}$ $\overline{1\,6}$ $\overline{5\,4}$ $\overline{5\,2\,4}$ | 5·) $\overline{1\,7}$ $\overline{5\,7\,1}$ |

牡丹　　亭。　　　　　　我问

($\overline{7\,1\,5\,7\,1}$) $\overline{4\,4}$ $\overline{2\,1}$ $\overline{2\,1}$ $\overline{2\,4}$ | 2 ($\overline{2\,4}$ $\overline{5\,6}$ $\overline{4\,5}$ $\overline{4\,2}$ $\overline{1\,2\,4\,3}$ | 2) $\overline{7\,5\,7}$ $\overline{5\,7\,1}$ |

一　声　　　　　　　　梦

$\overline{2\,1\,7\,5}$ ($\overline{1\,7}$ $\overline{5\,7\,5}$) $\overline{5\,6\,5}$ | $\overline{4\,5}$ $\overline{4\,4}$ $\overline{5\,2}$ $\overline{4\,5}$ ($\overline{6\,5\,4}$ $\overline{5\,2\,4}$ | 5) 5 0 7 |

中　人　何日　重　来　寻梦

$\overline{2\,4\,1}$ (0 $\overline{2\,1\,7\,5}$ ·$\overline{1\,7}$ $\overline{1\,2\,4}$ | 1) $\overline{4\,4}$ $\overline{2\,1}$ $\overline{7\,5\,7\,1}$ ($\overline{4\,2\,1}$ | $\overline{7\,1}$ $\overline{5\,7\,1}$) |

境？　　　知否呢个墓

$\overline{2\,6}$ $\overline{5\,4}$ $\overline{5\,6}$ | $\overline{5\,7\,5}$ ($\overline{1\,1}$ $\overline{6\,1}$ $\overline{6\,5}$ $\overline{4\,5}$ $\overline{2\,4}$ | 5) 5 $\overline{4\,2}$ 5 | 7 $\overline{1\,2\,4\,1}$ ($\overline{5\,7}$ |

中　人，　　怀　念　你，

$\overline{1\,7\,1}$) 4 5 ‖ 【乙反二黄】 $\frac{4}{4}$ $\overline{7\,1\,4\,2}$ $\overline{1\,1\,7}$ $\overline{5\,4\,5}$ $\overline{7\,1\,1\,2\,4\,3}$ |

孤魂　　　夜　　　夜

2·($\overline{1\,7\,5\,7\,1}$ | $\overline{2\,5\,4\,3\,2}$) $\overline{5\,4}$ 2·5 $\overline{7\,1}$ $\overline{1\,2\,1\,7}$ $\overline{5\,7\,1\,2}$ $\overline{6\,5\,4}$ |

梦　难

5·75（0765 2257 17 5712 654 5645）｜ 7105

成。　　　　　　　　　　　　　　　　　　　　　艳魄　无

5·65654242（2124 ｜ 5·656542 45·1 757571

依，

25432）｜ 2175（2175）57 241·4 2456 5442 ｜

芳　魂　无　主，

1271（0421 17 54 2456 5424 ｜ 1·42 117 54

2456 5424 1271）｜ 774217·1 1265 45 245（24）

月　下　徘　徊

712727 ｜ 20421712421 45（0421 7121264 ｜

伴我者是不灭　不　　　　明

5645）2 75124 52·4 21175·1 7124 ｜ 241054

身后　　　　　　　　　　　影。

2456 5424 11 1535 32 ｜ 111·2 5156 5424·3

242421 ｜ 71701 71 2042 1712 4211 75·757 15

7－‖（5－1－7－5－）【散板】5 1217－1－2454

【白】杜丽娘好若呀！　【唱】怀往　事，倍伤

24 5·75－（5－6－4－3－2－）

情。

103

金 钏 投 井

陈冠卿　撰曲
黎佩仪　　唱

【北上小楼】1=C ♯（6 76－232－2673276－）6 767 6－
　　　　　　　　　　　　　　　　　满腔　怨，

2 3－3 2－2613276－（23565612321232123 21
怎得　消，　朱唇懒点泪儿浇。

7 6－）0 53 276 5·6 231（56）72 76 5·61 76165
金钏　命　　苦，　　有冤　难　诉有恨

4 52 4 5－6－2－767－666－ 4/4 5（356 7672327
难　　描。

67171765 5635）|【长句二黄】3·576065435 2（1235
　　　　　　　　　　红 楼夜夜 凤鸾 箫

2312）|7·723057761（51231271）52 | 60276
满 眼珠围 和翠 绕，　　谁惜 白

535 2321（23121）26 | 2215760276 5（3561
杨 影 里，　花落 鹃 啼咽暮 潮，

5635）251 | 10235 2223522 | 305 7765435
夫人你 昼 寝堂前，不知 人 困

231（51231271）65 | 53212352（232）23261（23
扰，　　侍儿 轻 声 浅 笑

121）01 | 61202765（35615635）| 263323602
也 犯你天 条，　　猛然间一脚挥来 似

66 0 1 2 2 7 | 6 0 2 7 6 5 3 5 5 3 2 1 (2 3 1 2 1) 6 5 | 3 2 0 2 7 6
狼嚎 叫,将我逐 回 家 里, 下流娼

5 3 5 1 7 1 (2 7 6 5 6 1 5 3 5 | 1 7 1) 7 6 4 6 (7 2 6) 2 3 2 7
妇 罪名

6 5 1 0 2 3 5 | 3 2 (2 3 2 7 6 7 6 3 2 1 7 1 1 2 3 5 2 3 1 2) | 5 2 6 5
标。 愁倚

3 0 5 6 1 | 5 3 5 · 6 7 2 2 1 7 6 | 5 6 1 5 (0 3 2 7 6 · 7 6 7 6 5
柴 门,

3 · 5 3 5 6 1 | 5 6 3 5 · 6 7 6 7 2 3 2 7 6 7 1 7 1 7 6 5 6 3 5) |

5 3 3 2 3 6 6 1 0 3 5 2 3 2 0 5 3 2 | 1 7 1 (0 5 · 4 3 5 2 6 5 4 3
斜晖 独 吊,

2 1 7 6 5 4 3 5 | 1 0 6 5 4 3 2 7 2 3 4 5 4 3 2 3 5 0 4 3 2 1 2 7 1) |

5 0 6 7 2 6 · 6 2 7 6 7 3 2 (6 7 2 3) 5 5 1 | 7 0 7 6 4 5 6 0 2 4
含 泪 问天 公, 金钏我 向

5 (6 7 6 5 4 5 2 1 2 4 | 5 6 4 5) 5 5 3 2 1 2 3 5 2 7 2 7 6 5 · 2 6 1 5 |
谁 将屈

1 2 7 5 7 0 2 5 7 1 2 4 1 ‖【风潇潇】4/4 0 2 1 7 1 5 7 1 (0 5 6 5) |
叫?宝二爷你 空垂 照。 唉你自怨还未了,

4 2 4 5 2 5 2 5 5 5 4 | 2 (0 1 6 1 2 4 6 1 2) 1 2 | 5 2 0 1 6
要入圣 庙,空望 金簪井里 掉, 纵使 怜香有

1 5 5 5 5 | 0 1 2 4 5 (0 1 2 4 5 1 2 4 | 5) 1 5 5 4 6 1 5 4 2 4 |
意,怎许金屋 藏 娇。 奴非府里贤人花 大

5 6 5 0 5 3 3 2 (0 1 7 1 | 2 4 7 1 2 ·) 6 6 5 2 1 5 1 2 6 | 5 · 1
姐, 是 任人呼喝牛马一 条

6 1 2 3 2 1 1 6 5 6 1 | 6 1 6 1 6 5 4 5 2 4 $\lor$ | 5 - ‖【乙反中板】 $\frac{2}{4}$

(7 5 7 1 5 5 5 5 | 5 5 7 5 4 | 2 1 7 1) | 0 0 7 5 7 1 (2 1 | 7 5 7 1)
　　　　　　　　　　　　　　　　　　　　　　　　　　　　　　大

2 1 6 5 5 4 | 5 (1 1 6 5 4 | 5) 4 7 1 | 5 6 5 4 4 2 (2 4 2) 2 7 |
观　　　　　园，　　　　花谢花　飞，　　一夜

7 0 1 2 7 5 (1 2 1 7 | 5) 4 4 2 7 5 7 0 1 2 4 | 2 4 1 (0 4 2 1
落　　　红　　　知多　　　　少。

7 5 7 7 1 2 4 | 1) 0 1 1 7 7 | (7) 1 1 7 7 5 | 4 (5 7 1 1 7 5 |
潇湘有 葬　花人

4) 0 7 1 1 1 7 6 5 5 | 1 5 7 (1 5 7 5 7) 5 4 | 1 0 4 2 1 7 1 7 1 2 4 |
也不知他　年谁 收 葬，　愁看 冷　月

1 · 1 2 0 4 5 6 | 5 (5 7 5 4 2 2 4 5 6 | 5) 5 6 5 5 | (5 6 5 5)
把琴　调。　　　　　　　　金

5 5 4 4 2 | 1 (0 1 6 1 5 5 4 5 4 2 | 1 ·) 5 4 5 5 4 2 2 1 | 6 1 5 6 1 (6 2
钏　儿，　　　空有金　字为　名，

1 6 1) 2 1 5 5 | 5 5 4 2 5 4 2 1 (2 5 4 2 | 1) 4 6 5 6 5 4 2 5 4 2 1 |
岂同金锁 胸　前　显

2 4 (5 6 5 4 2 5 4 2 1 | 2 4) 5 1 1 2 4 (5 1 | 1 2 4) 5 4 1 7 |
耀。　　　　　　什么金　玉

5 (2 4 5 2 1 2 1 7 | 5) 4 5 | 1 2 1 7 (5 1 7 5 7) 4 4 | 5 · 7
儿，　　　都无我 份，　乌鸦 难

1 1 7 1 2 4 | 1 · 7 5 1 6 5 | 4 · 5 4 5 1 6 | 5 - ‖【南音】 $\frac{4}{4}$
上　　凤凰　寮。

106

（0 5 4 2̂ 4 2̂ 4 5 7̂ 1̂ 5 7̂ 1̂ 6̂ 5̂ 4 5̂ 2̂）1̂ 7̂ 1 | 5̂ 1̂ 1̂ 5̂ 5 0 2̂ 5̂ 7̂ 1̂ 2

今日我　无辜　受辱　遭人骂

1·（7̂ 5̂ 7̂ 1̂）| 2̂ 1̂ 2̂ 4̂ 5̂ 1·6̂ 1̂ 2̂ 3̂ 2·（4̂ 7̂ 1̂ 2̂）| 1 1 5̂ 7̂ 7̂ 1̂ 2̂ 7̂ 6̂

笑，　　　一寸肝　肠百　寸　焦，　　　感姐妹劝慰有加

5̂ 4̂ 0 7̂ 5̂ 1̂ 0 5̂ 7̂ 1̂ | 2̂ 1̂ 7̂ 5̂ 2̂ 7̂ 1̂ 6̂ 5̂ 4̂ 2̂ 4̂ 5̂ 0 7̂ 5̂ 7̂ | 4̂ 7̂

勤　照料，无奈我　心·如稿木呀泪如·　潮，二爷呀　解赠

4̂ 4̂ 2̂ 1̂ 1̂ 7̂ 5̂·4̂ 2̂ 4̂ 1̂ 4̂ 5̂ | 4̂ 4̂ 2̂ 1̂ 5̂ 2̂（5̂ 1̂ 2̂）4̂ 5̂ 5̂ 6̂ 5̂ 4̂ 2̂ |

香砂　　情 不 少，那晓 贵 人 一 怒　　震九宵。

4̂ 4̂ 2̂ 1̂ 7̂ 1̂（7̂ 2̂ 1̂）5̂ 7̂ 7̂ 1̂ 7̂ | ⁵5·7̂ 7̂ 1̂ 2̂ 1̂ 2̂ - 1 — 【爽二黄】4/4

金钏　烈性　　难受辱，　　难 受 辱，

2̂ 7̂ 6̂ 5̂ 3̂ 5̂ 2̂ 7̂ 6̂ 0 5̂ 2̂ | 2̂ 7̂ 6̂ 5̂ 3̂ 5̂ 6̂ 5̂ 1̂（6̂ 1̂ 5̂ | 1̂ 2̂ 1̂）6̂ 5̂ 1̂

生 难 解 恨，何惜 身　赴　　　　　奈何

0 3̂ 2̂ 7̂ 6̂ 2̂ 7̂ 6̂ | 5̂（2̂ 3̂ 1̂ 3̂ 5̂ 6̂ 1̂ 5̂ 3̂ 5̂）| （催快）2̂ 6̂ 5̂ 3̂ 5̂ |

桥。　　　　　　　　　　　　　　　　敢入　黄泉

2̂ 3̂ 5̂（6̂ 1̂ | 5̂）7̂·6̂ 5̂ | 2̂ 1̂（7̂ 6̂ 5̂ 6̂）1̂ 1̂ | 2̂ 2̂ 5̂ 6̂　5̂ 2̂ | 3̂ 5̂

森 罗　　　殿上　表，　　告你　簪缨门第，民膏　为

2̂ 1̂（7̂ 6̂ | 1̂）2̂·5̂ 6̂ 1̂ | 2̂ ‖【月下飞鸾】0 5̂ 2̂ 0 6̂ 2̂ 0 1̂ | 2̂

烛　　　照天　烧。　　　　　银箫 玉箫 血箫，

2̂ 3̂ 2̂ 1̂ 6̂ 6̂ 0 3̂ 0 5̂ | 2̂ 2̂　2̂ 7̂ 6̂ 5̂ 3̂ 2̂ 1̂ 2̂ 2̂ 7̂ | 6̂·（7̂）6̂ 7̂ 6̂ 5̂ 4̂ 5̂ 6̂

笙 歌 夜夜 玉 带 摇摇，谈诗　韵披冠带 捧圣诏，　千 堆 白 骨

0 4̂ 3̂ | 2̂ 0 3̂ 3̂ 2̂ 7̂ 6̂ 7̂ 2̂　2̂ 2̂ | 7̂ 5̂ 0 5̂ 3̂ 5̂ 2̂ 2·1̂ 2̂ ‖【快二流】1/4

砌琼 瑶，金钏我恨难 消，要化 厉鬼 哭深 宵。

（0 5̂ 3̂ 5̂ | 2̂ 3̂ 2̂ | 0 5̂ 3̂ 5̂ | 2̂ 3̂ 2̂）| 2̂ 5̂ 6̂ | 1̂ | 1̂ 2̂ 3̂ | 5̂·7̂ | 6̂ 5̂ 6̂ 1̂ |

东南　角有井 台，

107

5 6 3̲ | 5̇ (0̲7̲6̲1̲ | 5̲6̲5̲ 0̲7̲6̲1̲ | 5̇) 1̲5̲2̲ | 1̲2̲ 0̲2̲ | 1̲2̲ |

　　　　　　　　　　　　　　　　　我何不　纵身　一　跳。

0̲2̲2̲ | 1̲2̲7̲ | 1 (0̲3̲2̲3̲ | 1̲2̲1̲ 0̲3̲2̲3̲ | 1̲2̲1̲) | 5̲2̲ | 6̲5̲2̲ |

老娘　亲恕儿

2̲3̲ | 3̲5̲ | 0̲5̲ | 3̲5̲3̲2̲ 7̲6̲7̲2̲ | 3̲5̲2̲ | 3 (0̲5̲6̲5̲ | 3̲5̲3̲ |

难侍　奉，

0̲5̲6̲5̲ | 3̲5̲3̲) | 3̲6̲ | 6̲2̲5̲ | 5̲5̲ | 0̲5̲ | 0̲1̲ | 2̲3̲2̲1̲ | 2 |

玉钏　妹和你　永诀　今　朝。

(0̲5̲3̲5̲ | 2̲3̲2̲ 0̲5̲3̲5̲ | 2̲3̲2̲) | （渐慢）　²⁄₄ 1̲1̲2̲5̲ | 2̲3̲6̲ |

　　　　　　　　　　　　　　　　　百拜多情　宝二

5̲·7̲ | 6̲5̲6̲1̲5̲6̲3̲ | 5̲0̲3̲2̲ | 7̲2̲7̲6̲2̲3̲2̲ | 7̲2̲7̲6̲5̲6̲2̲ |

爷，　　　　金钏　簿福受殊　恩，他生　再相　酬，愿君

5̲6̲2̲1̲3̲ | 5̇ - ‖【合尺滚花】ᶳ　（2 - 3 - 5 -）6̲6̲2̲2̲ - 5̲1̲ - 2

能护好　情苗。　　　　　　　　　莫令潇湘　人冷　孤

3̲5̲ - 6̲1̲ - 2̲2̲2̲1̲6̲ - 1̲ -【白】娘亲呀！（7̲ -）玉钏妹！（6̲ -）宝二爷！

帏　独吊，

（1̲ -）【慢五捶花下句】（2̲5̲7̲6̲1̲ -）3̲2̲2̲ - 2̲ - 3 -（3̲2̲2̲3̲）5̲ -

　　　　　　　　　　　　　　　　　公子多情　　　　还

6̲1̲ - 3̲2̲ - 2̲7̲7̲6̲5̲·6̲7̲7̲6̲7̲7̲2̲6̲ -（7̲2̲5̲·6̲5̲6̲7̲6̲ -）3

念我，　　　　　　　　　　　　　　　　　　　　井

6̲ - 3̲2̲ -（3̲6̲3̲2̲）3̲ - 3̲5̲2̲ - 3̲2̲1̲1̲6̲5̲ - 6̲6̲ - 6̲6̲6̲6̲5̲5̲ - 3̲2̲

前一祭　　　把　　　　　魂招。

1̲·2̲1̲2̲3̲3̲ - 3̲3̲2̲2̲ ——（5̲ - 6̲ - 4̲ - 3̲ - 2̲ ——）

文　成　公　主

陈冠卿　撰曲
谭佩仪　唱

【沉腔首板】1=C sa （2 6̣ 1 2 3 2 - 5̣ - 5 - 3 2 1 6̣ 1 2 3 - 5̣ -）7̣ ²⌃2
　　　　　　　　　　　　　　　　　　　　　　　　　　　　　　　雪　初

3 - （7̣ 2 3）2 7̣ 6̣ 7̣ 2 - 5̣ - 3 5 3 2 7̣ - 6̣ - （3 - 2 - 1· 2 7̣ 6̣ -）
晴，　　　　风满袖。

【寒关月】1=G 4/4 （0 3 5 2 1 2 3 5 3 5 | 2 6 5 3 5 2 3 2 7 6· 1 5
　　　　　【诗白】轻车宝马过松州，大漠扬沙壮远游。锦绣长安徒入梦，

1 5 6 1 | 2· 5 3 2 3 5 2 3 1 2 3 5 2 5 3 ） | 2 1 2 3 6 5 4 3 5 3 2
文成志决不回头。　　　　　　　　　　【唱】奇　　峰　险

1 | 6· 1 6 5 3 5 2 1 2 3 5 6 5 （6 1 5 6 5） | 6· 1 6 1 6 5 3 4 5 3
峭千　　寻　陡，　　　　　　　身　　在

（0 6 5 3 5）2 1 2 3 | 6 5 （6 1 5 6 5 3）2 3 5 0 5 4 3 2 | 1 2 1 （0 1
云　　中　　　舞　彩　裳。

6 6 5 3· 5 6 5 6 1 | 5 6 3 0 5 3 5 3 2 1 5 3 5 3 2 1 6 1 6 5 ） |

3 4 3 2 1 6 1 6 5 0 6 6 1 5 （5 6 1 7）| 5· 6 1 6 1 6 5 4 3 3 2 （2 3 2 1
冰原千　里　猛　鹰　愁，

6 1 2 ）| 3· 5 6 6 5 4 3 2 （6 5 3 5）2 3 2 | （0 3）5 6 1 6· 1 6 5
难　阻　　　唐藩　　两　相交

3· 5 6 5 6 1 ‖ 【食住厚字转反线二黄】 5 3 5 6 1 6 1 2 0 3 4 5
厚　情　谊，　　　　　　　　　　　　　厚　情　谊，

109

3 (2312)｜3·5 3 2 7 2 6 5 6 2 3 5 2 (2 3 5) 2 5｜6·3 2 3 2 1

英　　雄　赞　普　　不　辞　万

6 5 6 1 5｜1 1 2 3 5 6 3 (2312｜3 5 3) 5 6 5 0 5 6 1 5 0 1

里　　　　　　把　亲

6 1 6 5 5 6 3 2｜1 0 2 3 5 6 1 6 5 3 5 2·5 6 1 ³2｜2 2·1 2 3

求。　　　　　　　　　　　　　　恭　于

1 0 2 7 6 5 0 1｜2·7 6 1 6 6 5 3 ³2 (6 5 3) 2 2｜1·7 6 1 6 5

礼，　　　遣　子　第　入　国　学　习　诗　篇，　恳　请　结

3 5 3 2 1 2 3 5 (6 1 6 5 3 5 3 2 1 2 3｜5 6 3 5) 5 6 1 6 5 5 3

成　　　　　　　　甥

2 3 1 2·3 2 3 5 1 6 5 3 2｜1 (6 5 3 5 2 3 1 2·3 2 3 5 1 6 5 3 2

舅。

1 2 3 1)｜6 5·6 5 1 2 0 3 4 5 3 2 2｜6·3 2 3 7 6 (6 7 6) 5 1 2

唐　天　子，　雅　意　玉　成　　好　事，

(5 1) 6 1｜1·3 2 3 2 1 6 5 6 1 5 5 1 2 3 4 5 3 (2 6 1 2｜3 6 5 3)

命　女　远　　　　适

6 5 0 5 6 1 5·(3 5 3 5) 6 1 6 5 3 5 3｜1 1 1 0 2 7 6 5 5 5 0 6 4 3

西　　　　　　　　州。

2 2 0 5 5 0 1 1 2 3 2·6 5 1 2 (2 1 2 3｜5 6 1 6 5 3 5 2 3 5

5 6 1 7 6 5 3 5 2 3 1 2)｜3 4 5 3 (4 5 3) 1 7 6 5 6 6·(1 2 3 2 7｜

文　成　公　主，

6 6 7 2 2 7 2 7 6 5 6 7 6 0)‖【反线中板】2/4 0 5 6 1 3 6 1 7 6 (6 3｜

我　本　是　金

$\overbrace{6\ \dot{1}\ 7\ 6}$) $\overbrace{\dot{1}\ 0\ 7\ 6\ 5}$ | $3\cdot\overbrace{5\ 1\ 1\ 2}\ 3\cdot$($\overbrace{5\ 2\ 3\ 1\ 2}$ | 3) $\overbrace{\dot{1}\ 7\ 6\ 5\ 6\ 7}$ |

枝　　玉　叶　　宫

$\overbrace{6\ 0\ 6\ 4\ 3\ 2\ 1\ 3\ 5\ 6\ \dot{1}}$ | 5($\overbrace{6\ \dot{1}\ 6\ 5\ 2\ 3\ 1\ 3\ 5\ 6\ \dot{1}}$ | 5)$\overbrace{2\ 3\ 5\ 2}$($\overbrace{3\ 5}$ |

墙　柳。　　　　　　　　　　　　　　那

$\overbrace{2\ 3\ 5\ 2}$) $\overbrace{5\ 3\ 2\ 2\ 3\ 2\ 7}$ | $\overbrace{6\ 2\ 1\ 2\ 3\ 5\ 2}\cdot$($\overbrace{2\ 1\ 2\ 3\ 5}$ | 2) $\overbrace{1\ 0\ 2\ 3\ 5}$ |

堪　　移　　向　　　雪

$\overbrace{2\ 5\ 5\ 4\ 3\ 2\ 1\ 2\ 3\ 5\ 2\ 1\ 6}$ | $5\cdot\overbrace{1\ 6\ 1\ 2\ 6\ 1}$($\overbrace{5\ 6\ 1\ 2\ 3}$ | 1) $1\ 2$ |

山　　　　　头。　　　　　　　犹幸

$\overbrace{1\ 2\ 6\ 1}$($\overbrace{1\ 2}$ | $\overbrace{1\ 2\ 6\ 5\ 1}$) 5 | $5\cdot\overbrace{\dot{1}\ 3\ 5\ 7\ 6}$($\overbrace{5\ 6\ 3\ 5}$ | 6) $\overbrace{6\ 0\ 1\ 2\ 3}$ |

庭　　　　　　　训有　方　　　明

$2\cdot$($\overbrace{3\ 2\ 3\ 2}$) $\overbrace{4\ 3\ 2\ 3\ 1}$ | $\overbrace{3\ 5}$($\overbrace{\dot{1}\ 7\ 6\ 5\ 3\ 5\ 2\ 3\ 1}$ | $\overbrace{3\ 5}$)$\overbrace{3\ 2\ 1}\ 5\cdot\overbrace{6\ 7\ 2\ 7\ 6}$ |

去　　就。　　　　　　　　深知　唐

$5\cdot$($\overbrace{6\ 5\ 3\ 5}$) $\overbrace{5\ 3\ 5}$ | $\overbrace{5\ 3\ 2\ 1\ 3\ 6\ 1\ 2}$($\overbrace{1\ 3\ 6\ 1}$ | 2) $\overbrace{7\ 3\ 7\ 6\ 5\ 6\ 7\ 2}$ |

藩　亲　　好　　　造福万代

$6\cdot$($\overbrace{7\ 6\ 7\ 6}$) $5\cdot\ 4$ | $3\cdot\overbrace{5\ 2\ 1\ 6\ 1}\ 1\cdot$($\overbrace{3\ 2\ 1\ 6}$)‖【正线二黄慢板】1=C $\frac{4}{4}$

千　秋。

$\overbrace{5\ 5\ 6\ 1\ 6\ 5}\ \overbrace{3\ 5\ 2\ 3}\ \overbrace{5\ 6\ 3\ 5}\cdot\overbrace{6\ 7}\ \overbrace{2\ 2\ 1\ 7\ 6}$ | $\overbrace{5\ 6\ 1\ 5}\ \overbrace{5\ 6\ 1\ 2\ 6\ 1\ 6\ 5}$

文成学　王　嫱，

$\overbrace{4\ 2\ 4\ 5\ 6\ 2}\cdot\overbrace{6\ 2\ 3}$ | $\overbrace{5\ 6\ 1\ 5}$($\overbrace{5\ 6\ 1\ 7\ 6\ 1\ 6\ 5}\ \overbrace{3\ 4\ 5\ 6\ 2}\cdot\overbrace{6\ 4\ 5\ 3}$ |

$\overbrace{5\ 3\ 5\ 3\ 5\ 6}\ \overbrace{7\ 6\ 7\ 2\ 3\ 2}\ \overbrace{7\ 6\ 7\ 1\ 7\ 1\ 7\ 6\ 5}\ \overbrace{6\ 1\ 5}$) | $\overbrace{5\ 6\ 5\ 3}$($\overbrace{4\ 5}$

驱　车

3) $\overbrace{5\ 6\ 1\ 1\ 1\ 2\ 3}\ \overbrace{2\ 3\ 5\ 0\ 4\ 3\ 2}$ | $\overbrace{1\ 2\ 7\ 1}$($\overbrace{1\ 2\ 3\ 4\ 5}\cdot\overbrace{4\ 3\ 5\ 2\ 6\ 5\ 4\ 3}$

临绝塞，

111

2 1 7 6 5 4 3 5 | 1 · 5 6 2 4 · 6 5 2 3 0 2 7 6 5 4 3 5 1) | 6 · 2 7 6

灞 桥 饯 别

2 2 5 5 6 · 5 2 7 6 6 3 5 | 5 3 0 5 6 1 2 · (3 2 3 2) 2 3 5 (1 6

长亭折柳，士 民欢送 热泪盈眸，唐 主 深 情，

5 6 5) 6 1 | 3 2 0 3 2 3 5 5 · 6 5 (5 4 3 5 2 3 5 0 1 7 6 | 5 6 3 5)

赠我 妆 奁，

4 4 3 2 0 3 2 1 6 1 2 3 5 | 1 (1 7 6 1 4 · 3 2 3 2 7 6 · 1 6 1 2 3

丰 厚。

1 2 3 1) 1 | 2 7 5 5 5 3 2 · (3 2 3) 2 3 3 3 6 6 1 2 3 · (2 3 2) 3 |

有 两万疋丝 绸， 有 千箱香茶和美 酒， 有

5 5 6 7 2 2 · (3 2 3) 2 3 3 6 7 1 3 5 · (6 5 3 5) | 6 · 7 6 5 3 2 7 2

苏州名 刺绣， 有京都磨碾冠同俦。 粮 种蚕桑耕 具有，

2 · 7 6 7 2 7 2 3 5 | 5 5 3 2 7 · (6 5 6 7) 5 2 5 6 7 6 · (5 3 5 6) |

医 士农 师第一 流，诗歌书 籍 满车满 斗，

2 5 7 7 2 · 5 3 2 2 7 6 7 2 0 2 3 5 · (6 5 6 5) | 2 · 2 6 6 5 3 5 2 2 7

百工枝艺 随我 西 游， 满 载唐人心 意，表达

6 6 0 2 5 6 7 · (6 5 6 7) | 6 5 6 7 2 2 7 6 5 2 3 2 7 6 2 7 6 |

藩人 心 愿， 为 把荒 原铺 锦

5 - 6 - 2 · 5 3 2 2 7 2 6 6 2 3 ⁶ 5 - (6 6 2 3 - 5 -)【南音短序】

绣。

(2) 1 1 5 2 5 6 5 6 5 3 5 2 -【南音】4/4 5 · 4 3 2 1 6 1 5 0 6 1 3 2 · (3

远 离京城不免动旅 愁。 山 如 黛，

2 3 5 6 3 5 6 5) | 7 2 0 3 5 5 6 1 7 6 5 5 5 0 6 5 4 3 2 (2 5 2) |

月 如 钩，

$\widehat{6\ 5}\ (\underline{5\ 3\ 5})\ \underline{3\ 2\ 3}\ \cdot\underline{5}\ \underline{2\cdot\ 3\ 1}\ (\underline{3\ 5\ 2\ 3}\ \underline{5\ 6\ 3\ 5\ 6\ 5})\ |\ \underline{6\ 0\ 5\ 4\ 3\ 2}$

停　　驂　　小　　驻　　　　怒　江

$\underline{1\ 2\ 3\ 5\ 3\ 2}\ \underline{2\ 7\ 6\ 5}\ (\underline{0\dot{1}\ 6\ 5}\ \underline{3\ 5\ 6\ 2\ 6})\ \underline{2\ 6}\ |\ \underline{2\ 0\ 4\ 3\ 5}\ \underline{2\cdot\ 5\ 3\ 2\ 2\ 1}$

头，　　　　　　　暗　愁　重　　担

$\widehat{6\ 5\ 5\ 4\ 3\ 2}\ (\underline{5\ 6\ 3\ 5})\ \underline{2\ 7}\ |\ \underline{2\ 6\ 5}\ \underline{5\cdot\ 6\ 7}\ \cdot\underline{3\ 2}\ (\underline{3\ 5\ 2\ 3\ 5\ 6\ 3\ 5})\ \underline{2\ 6}\ |$

难　肩　　　有　负　国　人　情　厚，　　　　只　为

$\underline{5\ 0\ 3\ 2\ 6\ 5}\ (\underline{5\ 3\ 5})\ \underline{7\ 2}\ (\underline{3\ 5\ 2\ 3\ 5\ 6\ 3\ 5\ 6\ 5})\ |\ \underline{7\ 2\ 0\ 2\ 7\ 2}\ \underline{3\ 0\ 7\ 6\ 1\ 5}$

前　　途　　尚有　　　　万　壑　　千

$\underline{5\ 5\ 0\ 5\ 4\ 5}\ \underline{3\ 5\ 2}\ (\underline{5\ 2\ 5\ 2})\ \parallel$【爽二黄】$\underline{2\cdot\ 3}\ \underline{1\ 2\ 5\ 0\ 1}\ |\ \underline{6\ 6\ 5}$

丘。　　　　　　　　　　　虎　豹侵来，我　尚

$\underline{3\ 5\ 1\ 6\ 5}\ (\underline{3\ 5\ 6\ 1}\ |\ \underline{5\ 3\ 5})\ \underline{7\ 0\ 2\ 7\ 6\ 5\ 3\ 5}\ |\ 1\ (\underline{7\ 2\ 7\ 6\ 5\ 4\ 3\ 5}$

能　　骋　　搏　　　斗。

$\underline{1\ 2}\ )\ \underline{1\ 1}\ |\ \underline{3\ 5\ 6\ 1\ 5}\ \underline{5\ 0\ 1\ 1}$【二黄慢板】$\underline{0\ 3\ 5}\ |\ \underline{1\ 2\ 7\ 6\ 5\ 6\ 3\ 5}$

最怕　难　防　暗箭，　　　文　成　壮

$\underline{1\ 2\ 3\ 1}\ (\underline{2\ 7\ 6\ 5\ 6\ 1\ 6\ 4\ 3\ 5}\ |\ \underline{1\ 2\ 3\ 1})\ \underline{2\ 3\ 5\ 2}\ (\underline{3\ 5}\ 2\ )\ \underline{6\ 1\ 6\ 5}$

志　　　　　　　　　　难

$\underline{4\ 6\ 0\ 2\ 4}\ |\ 5\ (\underline{6\ 5\ 3\ 5}\ \underline{2\ 3\ 5\ 2\ 6\ 5}\ \underline{4\ 5\ 0\ 2\ 4}\ \underline{4\ 5\ 6\ 4\ 5})\ \parallel$【寒宵吊影】

酬。

$\underline{2\cdot\ 5}\ \underline{4\ 2\ 1\ 6\ 1\ 2}\ \underline{2\cdot}\ (\underline{1\ 6\ 1\ 2})\ |\ \underline{6\ 1\ 2\ 6\ 2\ 7\ 6\ 5}\ \underline{5\cdot}\ (\underline{4\ 2\ 4\ 5})\ |\ \underline{5\ 5\ 4}$

心　惴　忧，　　脉　脉　愁，　　　山　高

$\underline{5\ 6\ 5}\ (\underline{5\ 5\ 4\ 5\ 6\ 5})\ |\ \underline{5\ 5\ 2\ 3\ 2\ 1\ 6\ 1\ 5\ 6}\ \underline{1\cdot\ 4\ 2\ 1\ 6\ 1\ 5\ 6}\ |\ \underline{1\ 1\ 6}$

峰　陡，　　云　迷　古　　塞，　　　公　主

$\underline{5\cdot\ 6}\ \underline{1\ 2\ 5\ 6}\ \underline{6\cdot}\ (\underline{5\ 4\ 5\ 6})\ |\ \underline{3\ 5\ 6\ 0\ 4\ 0\ 2\ 2}\ \underline{2\cdot\ 4\ 2\ 4\ 5\ 6}\ |\ \underline{4\ 2\ 4\cdot\ 4}$

何　日　　　会赞普　结　鸾　俦？　　　怕

6 2 5 3 2·(1 4 1 2) | 2 2 7 6 5 6 1 5 2 1 7 6 | 0 5 4 3 ³⌒2 - 0 ‖
好事多　磨，　　　　枉把鹊　桥　架，重开战　乱　　不　　休。

【追贤二黄】 4/4 (0 5 2 1 6 1 5 3 2 1 | 5·6 5 5 0 1 6 1 5 3 2 5

6 2 1) | 2 1 2 5 (5 5) 2 5 2 1 2 1 6 | 5 6 6 2 2 1 5 1 2 2 2 2 2 5 1 |
新嫁　娘，　　此行安　否？既是　怀重任出都　门，雪山崩于　前也

2 2 0 3 5 (3 6 | 5) 1 7 6 5 | 6 1 (7 6 5 6 1) | 2 5 0 7 6 0 ‖
不惊　惶　　退　　　后，　　　当排　万难

【打扫街】 7 6 7 2 | 7 6 7 2 6 | 7 2 6 7 2 6 | 0 2 1 5·1 | 2·1
　　　　竭诚尽心　完成使　命，弘　扬汉藩　本　同　　舟，载

2 3 2 | 5 3 2 1 6 | 2·(5 6 1 2) | 5 3 2 1 | 6 2 7 2 5 | 2 7 6 - ‖
千　秋，可喜所过郡　州，　　　　欢声一片　牧歌四起迎　新　后。

(2 2 2 0 | 3 5 2 5 3 - | 2 3 2 7 6 - | 6 6 6 5 6·5 | 3 5 6 1 5 - |

5 1 6 5 3·2 | 1 6 1 2 3 - | 1 2 6 5 1 2 3 | 5 - 2 5 3 2 | 1 7 6 5

6 2 5 7 | 6 - 0 0) ‖【二黄滚花】ᵴ 3 1 6 3·3 2 - (6 3 3 2) 5 -
　　　　　　　　　　　将见牧歌　　　　　响

1 3 5 - 3 2 - 3 4 - 3 4 3 2 3 2 2 7 6 7 - 6 7 6 - (7 2 5 3 5 6 5 6
彻黄河　　　　　　　　　　　　　　　岸，

7 2 ⱽ 6 -) 2 3 5 5 5 - (2 5 5 5) 2 ⁶ 5 - 3 2 3 1 5 - 1 - 2 - 5 -
唐柳　插遍　　　　雪　山　　头。

0 6 4 5 3 - 3 5 2 ——

114

贵 妃 登 殿

李池湘　唱

【引子】1=C ₩（ 6̣ 1 2 3 - 2 - 3 5 1 2 7̣ - 6̣ - ）【雪中燕】3 3 3̂2̂3 -
一声喧，

（ 6̲5̲4̲3̲ 6̲5̲4̲3̲ 6̲5̲4̲3̲ 6̲5̲4̲3̲ - ） 4/4 （ 0̲6̲i̲ 5̲6̲4̲5̲ 3̲·2̲ | 3̲5̲

2̲2̲3̲5̲ 6̲4̲5̲3̲ 3̲·2̲ | 3̲2̲3̲5̲ 2̲2̲3̲1̲ 2̲6̲5̲i̲ | 5̲·3̲2̲6̲ 1̲2̲4̲ |

3 -) ₩ 6̣ 6̣ 6̣5̂6̣ - （ 2̲1̲7̲6̲ 2̲1̲7̲6̲ 2̲1̲7̲6̲ 2̲1̲7̲6̲ - ） 4/4 0̲3̲2̲ |
入内殿，　　　　　　　　　　　　　　　　　　天宝

1̲6̲1̲6̲ 1̲2̲3̲5̲ 3̲0̲3̲5̲ | 2̲3̲5̲3̲ 5̲3̲2̲1̲ 2̲1̲ （ 0̲6̲5̲3̲5̲ ） | 3̲5̲2̲3̲
四年设盛　典，　凤　凰园摆酒宴，　　　　霓裳

5̲6̲5̲3̲ 3̲2̲1̲3̲ 2̲7̲ | 6̲1̲3̲2̲ 3̲5̲6̲7̲6̲ （ 0̲6̲5̲ ） | 3̲·5̲3̲2̲1̲6̲
羽衣　曲高　奏吹声震　直上凌　云　殿。　　　天　子　册立

2̲3̲1̲2̲ 3̲2̲3̲ | 6̲1̲2̲1̲ 2̲3̲1̲2̲ 1̲0̲3̲2̲7̲ | 6̲5̲6̲1̲ 3̲2̲3̲5̲ 6̲7̲6̲
太真　妃，　受百官参　见，　金钗　钿盒耀　眼闪，

0̲3̲2̲7̲ | 6̲5̲1̲ 3̲2̲3̲5̲ 6̲7̲6̲ （ 0̲5̲6̲ ） | 7̲·2̲6̲·2̲ 7̲2̲3̲5̲ 2̲7̲6̲ |
天子赐　赠　人人羡。　　　　似　梦　却未　敢　信玉

5̲1̲3̲2̲ 3̲5̲6̲ - ‖【老鼠尾】 4/4 0̲2̲2̲7̲6̲ 2̲7̲6̲ 2̲7̲ | 6̲6̲6̲·7̲
环我能　如　愿。　　　　　心欢　忭，心也乱，昔日　是

6̲5̲1̲ 5̲1̲3̲5̲ 6̲7̲6̲ | 0̲3̲5̲3̲2̲ 1̲1̲1̲6̲ 5̲6̲1̲ 5̲1̲6̲5̲ | 3̲5̲3̲0̲6̲5̲
寿王妇,鱼水和谐共眷念。　天　生　美态惹　人忌怨,无故受熬　煎。　　　君主

3̲5̲2̲3̲ 2̲3̲5̲ | 2̲3̲2̲0̲6̲5̲ 3̲5̲2̲6̲ 6̲5̲3̲5̲ | 2̲ 3̲5̲2̲3̲ 2̲7̲6̲1̲ 5̲1̲5̲6̲1̲ |
召　奴入　宫苑，　紫禁城　不见旧家　园,改衣装　作道　人确曾令我

115

5 5 3 2·<u>5</u> 6·<u>1 2 3 1</u> ‖【梆子慢板】 $\frac{4}{4}$ (0 6 <u>5 3</u> <u>5 6</u> <u>1 6</u> <u>1 2</u> <u>3 2</u> 3 5 |
心　酸，唯望　早改变。

<u>2 3</u> <u>1 3</u> 5 <u>1 7 6</u> <u>1 5</u> 0 <u>7 6</u> <u>5 6</u> <u>5 3</u> <u>2 3</u> <u>5 3</u> <u>5 3</u> 2 | <u>1 6</u> <u>5 3</u> <u>2 1</u> <u>2 3</u> <u>5 3</u> <u>2 7</u> 2

6·<u>7 6</u> <u>1 2</u> <u>3 1</u> <u>1 2 3 1</u>) | 3·<u>3</u> <u>7 6</u> 0 <u>5 3</u> <u>2 7</u> <u>6 1</u> <u>6 1</u> <u>2 3 1</u> (<u>5 3 2 1</u>) |
冰　肌月貌　容光　艳，

3·<u>5</u> <u>3 1</u> <u>1 2</u> <u>3 2</u> 2 <u>3 5</u> <u>1 2</u> <u>7 6</u> <u>6 5</u> (<u>6 1</u> <u>6 5</u> | <u>3 2</u> <u>3 2</u> <u>3 5</u> <u>6 1</u> <u>2 5</u> <u>3 2</u>
回　眸一笑更　娇　妍。

<u>1 3</u> <u>5 7</u> <u>2 6</u> <u>1 5</u> <u>6 3 5</u>) | <u>3 3</u> <u>5 7 6</u> <u>5 3</u> <u>5 7</u> <u>6 7</u> <u>2 6</u> (<u>3 5</u> <u>6 7 6</u>) <u>7 6 1</u> |
轻　盈漫　步，　　似月里

<u>1 3</u> 0 <u>5 6</u> 1 <u>5 3</u> <u>5 3</u> <u>5 2</u> 1 <u>2 3</u> 5 (<u>6 1</u> <u>6 5</u> <u>3 5</u> <u>2 1</u> <u>2 3</u> | <u>5 6 3</u>) <u>6 5</u>
嫦　娥　　　　　　下凡

<u>3 5</u> <u>7 6</u> 5 0 <u>6 7</u> <u>6 7</u> 2 <u>6 1</u> <u>2 3</u> 5 | 　　　　1 (<u>6 5 6 1</u> <u>5 3</u> <u>5 6</u> <u>4 3</u> <u>4 5</u>
相　　　　　　　　　　见。

<u>3 0</u> <u>7 6</u> <u>1 2 3</u> <u>1 2 3</u>) <u>3 3</u> | <u>6 1</u> <u>2 3</u> 1 (<u>2 3</u> 1) <u>5 4</u> <u>3 2</u> <u>1 6</u> <u>1 2 3</u>
　　　　　　　　可比　越国　　西施，

1 (5) <u>3 6</u> | 1·<u>2</u> <u>3 2</u> <u>3 5</u> 2·<u>5</u> <u>3 5</u> <u>3 2</u> <u>1 2</u> <u>3 5</u> <u>2 3</u> <u>7 6</u> <u>6 5</u> (<u>3 5</u> |
不让　掌　中轻，

<u>1 3</u>·<u>5</u> <u>3 2</u> <u>3 5</u> <u>1 1</u> <u>3 3</u> <u>5 6</u> <u>1 5</u> <u>6 3 5</u>) | <u>3 2</u> <u>6 5</u> <u>3 5</u> <u>3 2</u> (<u>2 3 2</u>)
　　　　　　　　　　　　千　娇

<u>7 6</u> <u>2 6</u> (<u>7 2</u> <u>6 7 6</u>) <u>6 3</u> | <u>2 3</u> <u>2 2</u> <u>1 7</u> <u>6 5</u> <u>3 5</u> <u>7 6</u> <u>3 2</u> <u>7 6</u> (<u>3 2 3 5</u>
百　媚，　六宫　粉　　　黛

<u>6 7</u>) <u>3 3</u> <u>2 1</u> <u>2 3</u> 1·<u>2</u> <u>7 6</u> <u>5 6</u> <u>1 6</u> <u>5 4 3</u> | <u>2 3</u> <u>5 2</u> 0 <u>6 4</u> <u>5 3 5</u> (<u>3 5 6 1</u>
失色黯　　　　　　　然。

116

$\overline{5\ 1\ 3\ 5})$ | $\overline{5\ 3\ 5}\ \overline{3\ 2\ 7\ 6\ 1\ 5}\ \overline{2\ 3\ 1\ 0\ 5\ 3\ 2\ 1}\ (\overline{5\ 3\ 2\ 1})$ | $\overline{6\ 3\ 2\ 2}\ (\overline{3\ 5}$

　　　　承　新　宠　　　　　复

$\overline{2)\ 2\ 3\ 1}\ \overline{2\ 3\ 7\ 2}\ \overline{6\ 5}\ (\overline{3\ 5}$ | $\overline{6\ 6\ 0\ 6\ 5\ 6}\ \overline{1\ 1\ 0\ 3\ 5\ 6}\ \overline{1\ 2\ 3\ 5\ 0\ 3\ 2}$

　爱　　　怜。

$\overline{1\ 7\ 6\ 1\ 2\ 3\ 1\ 3\ 5})$ | $\overline{3\ 5\ 6}\ \overline{7\ 7\ 6}\ \overline{5\ 3\ 5}\ \overline{7\ 6\ 7\ 2\ 6}\ (\overline{3\ 5\ 6\ 7\ 6})\ \overline{6\ 2}$ |

　缠　　绵　旦　夕，　　　　自此

$\overline{1\ 2\ 3\ 5\ 7\ 6}\ \overline{5\ 6\ 7\ 2\ 6\ 1\ 6\ 5\ 3}\ (\overline{0\ 2\ 7\ 6\ 5\ 6\ 7\ 3\ 6\ 1\ 6\ 5}$ | $\overline{3}\ )\ \overline{3\ 1\ 3}$

早　　　　朝　　　　　　　不见君

$\overline{3\ 2\ 3\ 5\ 6}\ \overline{2\ 7\ 6}\ \overline{5\ \cdot\ 6}\ \overline{7\ 6\ 7}\ \overline{2\ 6\ 1\ 2\ 3\ 5}$ | $\overline{6\ 1}\ (\overline{3\ 5\ 6\ 1}\ \overline{5\ 5\ 6\ 4\ 3\ 4\ 5}$

皇　　　　　　　　面。

$\overline{3\ 0\ 7\ 6\ 1\ 2\ 3\ 1\ 2\ 3\ 1})$ | $\overline{3\ 2\ 7\ 6}\ \overline{5\ 3\ 5\ 3\ 2\ 1\ 0\ 2\ 3\ 5\ 1}\ (\overline{5\ 3\ 2\ 1})$ |

　昔　日梅　花鲜，

$\overline{3\ 2\ 3\ 3\ 2\ 0\ 2\ 3\ 5}\ \overline{1\ \cdot\ 2}\ \overline{7\ 6\ 5}\ (\overline{0\ 5\ 3\ 5}$ | $\overline{6\ 6\ 0\ 6\ 5\ 6}\ \overline{7\ 7\ 0\ 3\ 5\ 6}$

三　千　宠　爱

$\overline{7\ 2\ 7\ 2\ 7\ 6}\ \overline{5\ 6\ 3})\ \overline{6\ 5}$ | $\overline{6\ \cdot\ 2}\ \overline{7\ 6\ 5}\ \overline{3\ 5\ 1}\ \overline{1\ \cdot\ 3}\ \overline{2\ 3\ 5\ 6}\ (\overline{5\ 3\ 2\ 3\ 5}$

绿杨　独　　　占

$\overline{6\ 7\ 6})\ \overline{3\ 2\ 3\ 2\ 3\ 5\ 2\ 0\ 3}\ \overline{6\ \cdot\ 7}\ \overline{1\ 2\ 7}$ | $\overline{2\ 3\ 2\ 7\ 6}\ \overline{7\ 1\ 2}\ \overline{7\ 6\ 5\ 6\ 5}$

称　　　　　　尊。

$\overline{0\ 2\ 3\ 2}$ | $\overline{5\ 5}\ \overline{5\ \cdot\ 2}\ \overline{3\ 2}\ \overline{5\ 3\ 5\ 6}\ \overline{1\ \cdot\ 2}\ \overline{7\ 6}$ | $\overline{5\ \cdot\ 6}\ \overline{1}\ \overline{6\ 1\ 6\ 1\ 6\ 5}$

$\overline{3\ 5\ 3\ 0\ 5\ 3\ 5}\ \overline{3\ 5\ 6}\ \overline{5\ 6\ 1}\ \overset{\frown}{1}^{\vee}$ | $\overset{\mathrm{t}}{5}\ -$ ‖【小曲】$1 = {}^{\flat}\mathrm{B}\ \frac{2}{4}$ $(\overline{3\ 3\ 5}\ \overline{2\ 4\ 3\ 2}$

$\overline{1\ 0\ 3\ 2\ 1}$ | $\overline{6\ 6\ 1}\ \overline{7\ 6\ 5}$ | $\overline{6\ \cdot}\ \overline{6\ 6\ 6\ 6\ 6})$ | $6\ 1$ | $\overline{6\ 1}\ \overline{6\ 5}$ | $6\ (\overline{6\ 6}$

　　　　　　　　　　　　　　　为搏　贵妃　把笑　展，

$\overline{6\ 6\ 6\ 5\ 3\ 5})$ | $6\ 1$ | $\overline{6\ 1}\ \overline{5\ 6}$ | $2\ (\overline{2\ 2}$ | $\overline{2\ 6\ 1\ 2})$ | $3\ 1$ | $2\ 5$ | 3

　疾骑　复再扬厉　鞭，　　　　　千里　驿转　匹

2·2 | 331 | 2312 6 | 1261 5 | 6̣1 5̣ | 6̣1 6̣5 | 6̣(165

马 似 飞 箭，不分昼 夜 信抵入某园，御案前 感君恩眷 恋，

6̣35̣)| 1211 | 5(5̣65̣) | 6̣156̣ | 2(232) | 35 | 23 | 6 - ‖

妾心倍觉 甜， 愿与皇共 享， 啖试 红荔 鲜。

【南音】1=C $\frac{4}{4}$ (0653 5235 2353 5615 6161 2353 56̂ | 5 -)

35016̣ | 32321 65171(3523 5635)36 | 2327·2

芙蓉 帐内春 暖， 君皇 赞誉比

32761 56506432(6535 2522)| 70432 72·1 3276

天 仙。 在 地愿 效

(2356355)| 53520 5321·32·(3235 6355)| 6512

连 理 树， 在

32313276·(3235 6355)| 65125127615(5165

天 比 翼 傲苍 穹。

3562643)| 10321 61276 53·(3235 6355)| 353

赐 浴 华清 君恩

32761 52·31(3235 35)11 | 31321 76535 3276(35

非 浅， 更欣 逢七 夕，

6760)‖【反线二黄】1=G $\frac{4}{4}$ 2·3 23216·15 11 2345

夜 宴

3(2312 | 3453)36565 61535·1 61 65323 | 61065

长生 殿。

32323 5232 161 232(2123 | 56165 35235

56 1̇ 6 5 3 5 2 3 1 2) ‖ 【双星情歌】1=G 2/4 3 2 3 5 | 6̂ 1̇ 6 5 |

　　　　　　　　　　　　　　　　　　　　　　共携玉手 倚 香

6̂ 6 (2̇ 3 5 6) | 3 2 3 5 1 6 5 3 | 2·(2 2 1 2 3) | 5 6 5 3 ³2 |

肩，　　　　　吾皇共妾拜跪苍　天，　　　　　圣君与玉 环

3 5 3 2 1 (1 6) | 6̣ 1 2 3 2 1 7 5 | 6̣ (0 5 3 5 | 6̣ 1 2 3 5) 6̣ 1 2 3 |

天心不 变，　　共对双星取证发盟　愿，　　　　　　效燕双飞

2 1 7 5 6̣ | (0 3 5 6 6 5 | 6̂ 1̇ 6 5 6 1̇ 2̇ 1̇ | 7 6 5 3 5 5 | 5 6 7 6 |

心 更 坚。

5 4 2 | 4 4 2 3 5 1̇ | 6 5 3 3 3 | 1 2 3 2 3 5 | 6̣ 1̇ 5 1̇ 0 | 6 6) ‖

【明月千里寄相思】4/4 0 1̇ 7 | 6·5 3 2 3 0 5 3 5 6 5 6 | 1·(2) |

　　　　　　　喜今 天 上大 殿，已尽慰心　怀

3 5 2 2 3 5 0 3 5 | 6·5 6·1̇ 2̇ 3̂ 2̇ 7 6 1̇ 6 5 | 3·5 2 6 1 2 |

象那凌云 燕，杨氏 门　第 也得 钦　点,官高　禄 厚挥步上青

3 5 3 3 (5 3) | 2 2 3 5 3 0 5 6 3 2 3 5 | 6·1̇ 6 5 6 0 1 2 1 |

天。　　　　娥眉伴圣 驾 上金 鸾，后　宫 称 尊，了心

6̣ 5 6 | 1·6 1 2 3 3 2 0 1̇ 6 5 | 3·5 6 5 1̇ 6 ∨ 5 - (1̇ 6 1̇ 2̇ 3̇·3̇ |

愿,盟誓 百 代永相依 恋，千秋　万 世颂 唱 传。

3̇ 3̇ | 2̇ 3̇ 2̇ 1̇ 3 5 | 6 5 1̇ | 5 - - -) ‖

119